oktober
nacht

Dieses Buch ist ein Roman. Die Handlung ist frei erfunden, ebenso wie die meisten Personen. Wo reale Personen auftreten, ist auch ihr Handeln frei erfunden: So talkt Anne Will zum Zeitpunkt der Drucklegung weiterhin jeden Sonntagabend um 21:45 Uhr in der ARD.

VOLKER BACKERT

oktober nacht

KRIMINALROMAN

emons:

Lust auf mehr? Laden Sie sich die »LChoice«-App runter, scannen Sie den QR-Code und bestellen Sie weitere Bücher direkt in Ihrer Buchhandlung.

Bibliografische Information der Deutschen Nationalbibliothek
Die Deutsche Nationalbibliothek verzeichnet diese Publikation in der Deutschen Nationalbibliografie; detaillierte bibliografische Daten sind im Internet über http://dnb.d-nb.de abrufbar.

MIX
Papier aus verantwortungsvollen Quellen
FSC® C083411

Umschlagmotiv: Hayden Verry/Arcangel Images
Umschlaggestaltung: Nina Schäfer
Gestaltung Innenteil: César Satz & Grafik GmbH, Köln
Lektorat: Dr. Marion Heister
Druck und Bindung: CPI – Clausen & Bosse, Leck
Printed in Germany 2020
ISBN 978-3-7408-0767-2
Originalausgabe

Das ist auch ein Punkt, der mich ständig bewegt.
Was ist Wahrheit, und was ist nicht Wahrheit?
Alexander Schalck-Golodkowski

Im Dienstgebäude [der Stasi-Abteilung Kommerzielle Koordinierung, kurz KoKo] fanden sich 19,970 Tonnen Gold, das seit Oktober 1988 gekauft worden war. In der Verwertungsmasse befanden sich Einfamilienhäuser, Kraftfahrzeuge, Bargeld, Schmuck, hochwertige Konsum- und Kulturgüter, Waffen und Munition.
Reinhard Buthmann, Die Arbeitsgruppe Bereich Kommerzielle Koordinierung, MfS-Handbuch, Teil III/11, Berlin 2004, S. 10

Vorspiel

Der Weg zur Einheit
Honeckers Highway to Hell – die Roadmap, die keiner kannte

19.01.1989: DDR-Staats- und Parteichef Erich Honecker versichert, die Mauer werde »in fünfzig und auch in hundert Jahren noch bestehen bleiben«.

05.02.1989: Chris Gueffroy (20) wird bei seinem Fluchtversuch an der Mauer von DDR-Grenzsoldaten erschossen. Er ist das letzte Maueropfer, das durch Schüsse stirbt.

08.03.1989: Winfried Freudenberg stürzt mit einem selbst gebauten Ballon bei seiner Flucht nach West-Berlin tödlich ab.

03.04.1989: Der Schießbefehl an der innerdeutschen Grenze wird ausgesetzt.

17.04.1989: In Polen wird die Gewerkschaft Solidarność legalisiert.

02.05.1989: Ungarn beginnt mit dem Abbau der Grenzbefestigungen nach Österreich.

07.05.1989: DDR-Kommunalwahlen: Nach offiziellen Angaben entfallen 98,85 Prozent auf die Kandidaten der Einheitslisten. Erstmals werden von Bürgerrechtlern Kontrollen vorgenommen, vielerorts Wahlfälschungen festgestellt und publik gemacht.

25.05.1989: In der UdSSR wird Gorbatschow zum Staatspräsidenten mit besonderen Vollmachten gewählt.

04.06.1989: In Peking richtet das chinesische Militär auf dem Platz des Himmlischen Friedens ein Blutbad an unter Studenten, die dort seit Wochen für mehr Demokratie demonstrieren. Angaben über die Zahl der Toten schwanken zwischen 2.500 und 7.000 Menschen. Dem Massaker folgt eine umfassende Verfolgungswelle.

04.06.1989: Bei den polnischen Parlamentswahlen sind erstmals Oppositionsparteien zugelassen.

07.06.1989: In Ost-Berlin löst der Staatssicherheitsdienst eine Demonstration gegen die Fälschung der Kommunalwahl vom 7. Mai auf.

12.–15.06.1989: Der sowjetische Staats- und Parteichef Gorbatschow wird bei seinem Staatsbesuch in Bonn von der Bevölkerung mit großem Jubel empfangen. Zum Abschluss erklärt er: »Die Mauer kann wieder verschwinden, wenn die Voraussetzungen entfallen, die sie hervorgebracht haben.«

27.06.1989: Der ungarische Außenminister Gyula Horn und sein österreichischer Kollege Alois Mock zerschneiden den Stacheldrahtzaun der gemeinsamen Grenze bei Sopron. Nur die Grenzkontrollen bleiben. In der DDR löst dies dennoch einen verstärkten Urlauber- und Flüchtlingsstrom nach Ungarn aus.

07.07.1989: Der sowjetische Staats- und Parteichef Gorbatschow gesteht in Bukarest auf der ersten Ostblock-Gipfelkonferenz seit 1968 jedem sozialistischen Staat eine eigene Entwicklung zu. Damit verliert die Breschnew-Doktrin vom November 1968 ihre Gültigkeit.

08.08.1989: Die Ständige Vertretung der Bundesrepublik in Ost-Berlin wird wegen Überfüllung für den Besucherverkehr geschlossen. Über 130 DDR-Bürger halten sich in der Vertretung auf, um ihre Ausreise zu erzwingen.

13.08.1989: Auch die Bonner Botschaft in Budapest muss wegen Überfüllung geschlossen werden. Dort wollen 180 DDR-Bürger ausreisen.

19.08.1989: In Sopron (Ungarn) kommt es zur größten Massenflucht von DDR-Bürgern seit dem Mauerbau. Etwa 900 Menschen nutzen das von Otto von Habsburg (Präsident der Paneuropa-Union) initiierte »Paneuropäische Picknick« zur Flucht über die grüne Grenze nach Österreich.

22.08.1989: Die Bonner Botschaft in Prag wird wegen Überfüllung geschlossen. Rund 140 DDR-Bürger wollen von dort in den Westen.

24.08.1989: In Budapest erhalten 108 DDR-Bürger in der deutschen Botschaft durch die ungarische Regierung als einmalige humanitäre Aktion die Ausreiseerlaubnis.

04.09.1989: In Leipzig findet die erste Montagsdemonstration im Anschluss an das Friedensgebet in der Nikolaikirche statt. Es werden Reisefreiheit und die Abschaffung der Stasi gefordert. Von nun an finden wöchentliche Montagsdemonstrationen statt.

07.09.1989: Auf dem Alexanderplatz in Ost-Berlin wird wieder gegen die Fälschung der Kommunalwahlen vom 7. Mai protestiert. Sicherheitskräfte unterbinden die Aktion und nehmen 80 Personen vorübergehend fest.

09./10.09.1989: Das »Neue Forum« veröffentlicht seinen Gründungsaufruf.

10./11.09.1989: Ungarn lässt ohne vorherige Absprache mit der DDR-Regierung alle dort anwesenden DDR-Ausreisewilligen in den Westen ausreisen. Bis Ende September kommen auf diesem Weg ca. 30.000 Übersiedler in die Bundesrepublik.

12.09.1989: Gründungsaufruf der Bürgerbewegung »Demokratie jetzt« in der DDR.

12./13.09.1989: Die DDR protestiert gegen die Öffnung der ungarischen Grenze für DDR-Bürger und bezeichnet dies als »organisierten Menschenhandel«.

19.09.1989: Mit dem »Neuen Forum« beantragt erstmals eine Oppositionsgruppe in der DDR offiziell ihre Zulassung als Vereinigung. Der Antrag wird am 24. September abgelehnt.

19.09.1989: Auch die deutsche Botschaft in Warschau muss wegen Überfüllung durch ausreisewillige DDR-Bürger den Publikumsverkehr einstellen.

25.09.1989: Montagsdemonstration in Leipzig mit etwa 5.000 Teilnehmern für Reformen und die Zulassung des »Neuen Forums«.

30.09.1989: 5.500 Bürger, die sich in der völlig überfüllten Prager Botschaft befinden, erhalten die Genehmigung zur Ausreise. Offiziell werden sie aus humanitären Gründen »abgeschoben«, da die humanitären und medizinischen Zustände in der Botschaft unhaltbar geworden sind.

01.10.1989: Die ersten Sonderzüge aus Warschau und Prag mit ca. 6.800 DDR-Flüchtlingen durchqueren die DDR. Ausreisewillige DDR-Bürger versuchen, auf die Züge aufzuspringen.

01.–03.10.1989: Vor der Botschaft in Prag versammeln sich erneut 7.600 Menschen, obwohl die Polizei dies zu verhindern sucht. Am 3. Oktober gewährt die DDR-Regierung auch ihnen die Ausreise.

02.10.1989: In Leipzig demonstrieren 20.000 Menschen für Reformen in der DDR. Die bisher größte Demonstration wird von DDR-Sicherheitsorganen gewaltsam aufgelöst. Erstmals wird der Ruf laut: »Wir sind das Volk!«

04.10.1989: Sonderzüge der DDR-Bahn bringen 7.600 Flüchtlinge aus der Prager und Warschauer Botschaft in den Westen. In der DDR werden Bahnhöfe und Gleise gesperrt, um zu verhindern, dass Menschen auf die Züge aufspringen. Am Dresdner Hauptbahnhof kommt es zu den schwersten Auseinandersetzungen seit dem 17. Juni

1953. Mehr als 1.300 Personen werden festgenommen.

07.10.1989: Die DDR feiert ihren 40. Jahrestag mit Militärparaden und Aufmärschen. Michail Gorbatschow betont in Ost-Berlin die Notwendigkeit von Reformen: »Wer zu spät kommt, den bestraft das Leben.« Zeitgleich demonstrieren Zehntausende in mehreren Städten der DDR für Meinungsfreiheit und Reformen. Die Demonstrationen werden brutal aufgelöst, über 1.000 Menschen werden festgenommen.

08.10.1989: In Budapest löst sich als erste regierende kommunistische Partei die ungarische KP auf.

09.10.1989: In Leipzig demonstrieren über 70.000 Menschen. Erstmals greifen keine Sicherheitskräfte ein. Der Ruf »Wir sind das Volk – keine Gewalt!« setzt sich durch.

16.10.1989: Bei der bislang größten Demonstration seit dem Aufstand vom 17. Juni 1953 ziehen mehr als 120.000 Menschen durch Leipzig. Erneut halten sich die Sicherheitskräfte zurück.

18.10.1989: Erich Honecker wird auf der 9. Tagung des Zentralkomitees »auf eigenen Wunsch« von allen Ämtern entbunden. Neuer Generalsekretär der SED wird Egon Krenz.

21.10.1989: Auf zentralen Dienstbesprechungen im MfS und im MdI wird der Sicherheitsapparat auf die »Wende« verpflichtet.

23.10.1989: Am Abend vor der Wahl von Egon Krenz zum Staatsratsvorsitzenden demonstrieren rund 300.000 Menschen gegen eine »neue Machtkonzentration«.

24.10.1989: Die Volkskammer wählt Egon Krenz zum Staatsratsvorsitzenden und zum Vorsitzenden des Nationalen Verteidigungsrates. Damit sind erneut die höchsten Ämter der DDR in einer Person vereinigt.

30.10.1989: Das DDR-Fernsehen nimmt nach fast 30 Jahren die Sendung »Der schwarze Kanal« des SED-Chefkommentators Karl-Eduard von Schnitzler aus dem Programm.

04.11.1989: Mehr als 500.000 Menschen demonstrieren auf dem Alexanderplatz in Ost-Berlin für demokratische Reformen und gegen das Machtmonopol der SED. Das Fernsehen der DDR überträgt live und unangekündigt.

06.11.1989: In Leipzig demonstrieren Hunderttausende DDR-Bürger für Reisefreiheit, freie Wahlen und gegen den Führungsanspruch der SED.

07.11.1989: Ministerpräsident Willi Stoph tritt zusammen mit der gesamten DDR-Regierung zurück.

08.11.1989: Auf der 10. Tagung des ZK der SED tritt das Politbüro zurück. Anschließend wird ein verkleinertes Politbüro gewählt und Egon Krenz als Generalsekretär bestätigt.

09.11.1989: Auf einer live übertragenen internationalen Pressekonferenz verliest das SED-Politbüromitglied Günter Schabowski um 18:57 Uhr auf eine Anfrage zur neuen Ausreiseregelung beiläufig einen Ministerratsbeschluss: »Privatreisen nach dem Ausland können ohne Vorliegen von Voraussetzungen – Reiseanlässe und Verwandtschaftsverhältnisse – beantragt werden. Die Genehmigungen werden kurzfristig erteilt.« Auf Nachfrage erklärt Schabowski, dies trete nach seiner Kenntnis »sofort, unverzüglich« in Kraft. Noch am selben Abend drängen Tausende von Ost-Berlinern nach West-Berlin. Kurz vor Mitternacht öffnen sich die ersten Schlagbäume an der Mauer.

10.11.1989: Millionen von DDR-Bürgern besuchen die grenznahen Städte der Bundesrepublik und West-Berlin. Bundeskanzler Helmut Kohl bricht seinen Polen-Besuch ab, um abends auf einer Kundgebung vor dem Schöneberger Rathaus zu sprechen. Dort prägt der SPD-Ehrenvorsitzende Willy Brandt den Satz: »Jetzt wächst zusammen, was zusammengehört.«

12.11.1989: In mehreren Städten der DDR finden Kundgebungen statt, auf denen die Basis eine »Erneuerung der Partei von unten« fordert.

13.11.1989: Der Präsident der DDR-Volkskammer, Horst Sindermann, tritt zurück. Nachfolger wird, erstmals nach geheimer Abstimmung, Günther Maleuda (Demokratische Bauernpartei Deutschlands). Der amtierende Ministerrat, dessen Mitglieder Willi Stoph und Erich Mielke sich vergeblich zu rechtfertigen suchen, wird abberufen. Die Volkskammer wählt den »Reformkommunisten« Hans Modrow zum neuen Ministerpräsidenten.

13.11.1989: Die DDR hebt die Sperrzonen entlang der Berliner Mauer, der innerdeutschen Grenze und in den Küstengewässern auf.

17.11.1989: Die Volkskammer wählt einen neuen Ministerrat. Das MfS wird umbenannt in Amt für Nationale Sicherheit (AfNS), Leiter wird Generalleutnant Wolfgang Schwanitz. Ministerpräsident Hans Modrow kündigt »einschneidende Reformen« an mit dem Ziel einer »neuen sozialistischen Gesellschaft«. Der Bundesregierung schlägt er einen Ausbau der Beziehungen hin zu einer »Vertragsgemeinschaft« vor. Spekulationen über eine Wiedervereinigung erteilt er eine klare Absage.

18.11.1989: Die Volkskammer setzt einen »Untersuchungsausschuss Amtsmissbrauch« zur Überprüfung der Privilegien der SED-Funktionäre ein.
In Leipzig kommen 50.000 Menschen zur Demonstration des »Neuen Forums«. Es ist die erste von der DDR-Regierung genehmigte Veranstaltung der Opposition.

20.11.1989: Die Montagsdemonstration fordert erstmals die deutsche Wiedervereinigung.

26.11.1989: Zahlreiche namhafte DDR-Intellektuelle und -Reformer treten mit dem Aufruf »Für unser Land« dafür ein, die Eigenständigkeit der DDR zu bewahren und eine »sozialistische Alternative zur Bundesrepublik« zu schaffen.

29.11.1989: Modrow und Krenz schließen sich dem Aufruf an.

01.12.1989: Die Volkskammer streicht den Führungsanspruch der SED aus der Verfassung.

02.12.1989: Ein Bericht des Untersuchungsausschusses der Volkskammer legt Korruption in der SED-Spitze offen. Es kommt zu tumultartigen Szenen in der Volkskammer.

03.12.1989: Auf der 12. Tagung des ZK der SED erfolgt der Rücktritt des Politbüros und des ZK mit Egon Krenz an der Spitze. Aus der SED ausgeschlossen werden Erich Honecker, Willi Stoph, Erich Mielke, Alexander Schalck-Golodkowski und weitere Spitzenfunktionäre. Die ehemaligen Mitglieder des Politbüros Günter Mittag und Harry Tisch werden wegen »schwerer Schädigung des Volkseigentums und der Volkswirtschaft« verhaftet.
Alexander Schalck-Golodkowski und seine Frau Sigrid fliehen nach West-Berlin.

04.12.1989: Erster Sturm auf eine Stasi-Zentrale in Erfurt.

05.12.1989: Weitere Stasi-Kreisdienststellen und -Bezirksverwaltungen werden von aufgebrachten Bürgern besetzt.

06.12.1989: Egon Krenz tritt als Staatsratsvorsitzender zurück. Nachfolger wird Manfred Gerlach (LDPD-Vorsitzender).
In West-Berlin stellt sich Alexander Schalck-Golodkowski der Polizei. In der DDR wird gegen ihn der Vorwurf der »Veruntreuung von Volkseigentum« erhoben.

07.12.1989: Erich Mielke wird verhaftet.

08.12.1989: Gegen Erich Honecker, Erich Mielke, Willi Stoph und weitere SED-Spitzenfunktionäre werden Ermittlungen wegen des Verdachts des Amtsmissbrauchs und der Korruption eingeleitet.

08./09.12.1989: Auf dem außerordentlichen SED-Parteitag wird die Auflösung der Partei abgelehnt. Zum neuen Vorsitzenden

wird Gregor Gysi gewählt, Stellvertreter werden Hans Modrow und der Dresdner OB Wolfgang Berghofer.
Auf dem EG-Gipfel in Straßburg erkennen die Staats- und Regierungschefs prinzipiell das Recht der Deutschen auf Einheit an.

11.12.1989: Bei den traditionellen Montagsdemonstrationen wird erneut der Ruf nach Wiedervereinigung laut.

14.12.1989: Der DDR-Ministerrat beschließt die Auflösung des AfNS und den Aufbau eines Verfassungsschutzes und eines Nachrichtendienstes.

16./17.12.1989: Auf dem Sonderparteitag der SED wird die Umbenennung in SED-PDS beschlossen.

19./20.12.1989: Helmut Kohl trifft zu Gesprächen mit Hans Modrow in Dresden zusammen. Beide vereinbaren Verhandlungen über eine deutsch-deutsche Vertragsgemeinschaft. Bei seiner Ansprache vor der Ruine der Frauenkirche wird Kohl von der Bevölkerung umjubelt.

22.12.1989: In Berlin wird das Brandenburger Tor geöffnet, zunächst nur für Fußgänger.

24.12.1989: Erstmals können Bundesbürger und West-Berliner ohne Visum und Zwangsumtausch in die DDR reisen.

15.01.1990: Demonstranten stürmen die Stasi-Zentrale in der Berliner Normannenstraße.

09.02.1990: Der Bereich »Kommerzielle Koordinierung« (von 1966 bis zu seiner Flucht in den Westen im Dezember 1989 von Alexander Schalck-Golodkowski geführt) im Haus 41 des Stasi-Komplexes Normannenstraße wird geöffnet. Im Dienstgebäude werden u. a. 19,97 Tonnen Gold gefunden, die seit Oktober 1988 gekauft worden waren.

31.03.1990: Entlassung fast aller Stasi-Mitarbeiter. Einige hundert, v. a. aus der Hauptverwaltung Aufklärung, bekommen auf drei Monate befristete Arbeitsverträge, um die Auflösung des MfS fortzusetzen.

31.05.1990: Antrag aller Fraktionen der Volkskammer auf Einsetzung eines Sonderausschusses zur Kontrolle der Stasi-Auflösung.

07.06.1990: Eine »Sonderkommission zur Kontrolle der Auflösung des Ministeriums für Staatssicherheit« wird unter Leitung von Joachim Gauck gebildet.

24.08.1990: Fast einstimmig wird das »Gesetz über die Sicherung und Nutzung der personenbezogenen Daten des ehemaligen MfS« durch die Volkskammer verabschiedet.

30.08.1990: Die Volkskammer protestiert in einer fast einstimmig verabschiedeten Erklärung dagegen, dass auf Druck der Bundesrepublik das Gesetz vom 24. August 1990 nicht in den Einigungsvertrag aufgenommen werden soll.

04.09.1990: Bürgerrechtler besetzen das ehemalige MfS-Archiv. Sie fordern klare Regelungen im Einigungsvertrag über Verbleib und weitere Verwendung der Stasi-Unterlagen sowie die Beachtung des entsprechenden Volkskammergesetzes vom 24. August 1990.

12.09.1990: Die Archivbesetzer treten in einen unbefristeten Hungerstreik.

18.09.1990: Eine Zusatzklausel zum Einigungsvertrag beauftragt den Bundestag, ein Gesetz nach den Grundsätzen des Volkskammergesetzes zu schaffen und nach der Vereinigung einen noch von der Volkskammer nominierten Sonderbeauftragten durch die Bundesregierung zu ernennen.

03.10.1990: TAG DER DEUTSCHEN EINHEIT

Nacht der deutschen Einheit

Rottenbach im Coburger Land
Ein kleines Dorf an der innerdeutschen Grenze

Vollmond.

Nein, nur fast. Leicht angestoßen ist er noch, der Lampion, der plötzlich über den alten Eichen draußen steht.

Sekunden nur starrt er ins Zimmer. Fahlweiß.

Bis ihn die nächsten Wolkenschwaden verdecken, die der Westwind erbarmungslos über den Nachthimmel treibt. Wieder heult eine Windbö ums Haus, lässt schwarze Schieferschindeln klappern, reißt und rüttelt an alten Fensterläden. Erbittert, wild, verzweifelt. Vergebens.

Plopp.

Ein dunkelrotes Loch. Zwischen ihren blondierten Ponyfransen.

Mitten in der Stirn der Frau. Lautlos kippt sie auf der Couch zur Seite.

Der Mann neben ihr keucht vor Angst, als sich der heiße Schalldämpfer gegen seine Schläfe presst.

»Nneeeeiiinnn!«

Plopp.

Seine Augen gefrieren zu glasig kleinen Murmeln. In Zeitlupe sackt er zusammen, rutscht vom Sofa und plumpst schwer auf den Fußboden. Im Schritt seiner grauen Jogginghose breitet sich ein dunkler nasser Fleck aus.

Ein Regenschauer pladdert an die Scheibe.

Plötzlich ein Geräusch aus dem Nebenzimmer.

Ein kleines Kind, eindeutig. Es beginnt zu weinen, immer heftiger.

Er huscht zur Tür, linst vorsichtig durch den schmalen Spalt.

Ein Bübchen.

In einem hellblauen Frottee-Schlafanzug steht es ganz verschwitzt in seinem Gitterbett, heult Rotz und Wasser.

»Scht!«

Sein gebieterisches Zischen erreicht das Gegenteil.

Der Kleine steht am Gitter und presst zwei gelbe Plüsch-Entchen gegen seine Brust. Ein richtiger Weinkrampf schüttelt ihn jetzt, seine Bäckchen glühen. Immer lauter brüllt er, übertönt schon fast die Böllerschüsse, die draußen einsetzen.

Plopp.

Die Wucht des schallgedämpften Schusses reißt das Bübchen einfach um. Seltsam verkrümmt liegt es auf seinem Rücken.

Nur ein Händchen bewegt sich, die Fingerchen zucken schwach.

Als ob sie seine herabgefallenen Entchen suchten.

Plopp!

Vorsichtig öffnet er die Haustür. Hält noch einmal ganz kurz inne: War da eben noch ein schwaches Wimmern?

Nein, unmöglich. Kann nicht sein.

Leise zieht er die Tür ins Schloss und schlüpft hinaus. Über den Dächern des Dorfes zerplatzen Feuerwerksraketen, es riecht nach Rauch und nassem Gras.

Der Fahrer lässt den Motor an. »Sach ma, das hat ja ewig gedauert! Was'n das, 'ne Trophäe?«

Er nickt wortlos. Steckt das Stofftierchen in eine Aldi-Tüte auf dem Rücksitz. Dann greift er nach einer zusammengerollten Fahne und schiebt sie durch sein halb geöffnetes Beifahrerfenster hinaus.

Schwarz-Rot-Gold entfaltet sich im feinen Nieselregen.

Im Schritttempo erreichen sie den Dorfplatz. Johlende, fähnchen- und fahnenschwenkende Menschen in Regenponchos, viele mit Bier- und Sektflaschen.

Der Fahrer blinkt völlig unnötig und fädelt sich mit in den Autokorso auf der Dorfstraße ein. Vergnügt unterstützt er das rhythmische Hupkonzert.

»Was soll das denn jetzt?« Er ist genervt.

Der Fahrer grinst. »Genosse, ein Revolutionär muss sich in den Volksmassen bewegen wie ein Fisch im Wasser! Auch in der Nacht der deutschen Einheit!«

1

Berlin, Hauptstadt der DDR

»Es lebe der 40. Jahrestag der DDR! Die Entwicklung der Deutschen Demokratischen Republik wird auch in Zukunft das Werk des ganzen Volkes sein.«
Neues Deutschland vom 07.10.1989

Tagesbefehl vom 07.10.1989 an alle Diensteinheiten der Staatssicherheit:
»Feindlich-negative Aktivitäten sind mit allen Mitteln zu unterbinden. Es sind weitere Reservekräfte bereitzustellen. Sie sind gründlich einzuweisen und zu instruieren, damit sie kurzfristig zum Einsatz gelangen können. Keine Überraschung zulassen! Dem Gegner keine Möglichkeit geben, dort aktiv zu werden, wo er annimmt, dass wir nicht da sind!«

Aus dem tragbaren kleinen Junost 406W auf der Anrichte dröhnt die »Aktuelle Kamera«. Klaus Feldmann, mit Scheitel, schwarzer Hornbrille und unnachahmlich sonorer Stimme: »Der festlich erleuchtete Palast der Republik. Auf seine Art Symbol für vierzig erfolgreiche Jahre zum Wohl des Volkes. Offizielle ausländische Gäste und verdienstvolle Werktätige folgen der Einladung Erich Honeckers zu diesem Empfang. SED und Volk der DDR sind, wie Erich Honecker feststellte, einmütig in der Unterstützung der Umgestaltung in der UdSSR, die einen überaus schwierigen, aber notwendigen Prozess für die Festigung des Sozialismus und die Sicherung des Friedens in der Welt darstellt …«

Rolf-Peter Borkow schiebt die Wohnzimmergardine zur Seite, öffnet die Balkontür und dreht sich um: »Hol doch ma den Whisky ausm Kühler, Klaus! Gläser und Eis hab ich.«

Klaus lässt die Flaschen im DKK 130 rumpeln. »Whisky? Was denn, was denn … Ach, Kirsch-Whisky vom VEB Bärensiegel? Nicht dein Ernst, Rolf!«

»Natürlich nicht!«, kommt es empört vom Balkon zurück. »Der ist von Moni, lass ihn den Frauen! Schau ma unten, ganz hinten!«

Es klappert, als Klaus eine Flasche herauszieht. Eckig, schräges Etikett. »Oh, Johnnie Walker!« Anerkennend pfeift er durch die Zähne. »Hat dich der dicke Alex auch mal mitbedacht?«

»Schenk dir die Ironie, Genosse! Denkst wohl, nur du als rechte Hand wirst exklusiv bedacht?«

Die Eiswürfel klackern, als Rolf die beiden Gläser auf dem Balkontischchen füllt.

»Genosse …«

»Na dann … Auf vierzig Jahre Sozialismus, Frieden …«

»… und allzeit gute Exportgeschäfte! Zum Wohle, Klaus!«

»Na sdorowje, Rolf!« Wie auf ein geheimes Kommando prosten sie sich erst gegenseitig zu, dann über das Balkongeländer und die Flachdächer der Nachbarblöcke hinweg zum Horizont. Richtung Westen.

Wo der Fernsehturm mit Festbeleuchtung und rot blinkendem Hochleistungsdrehfeuer in den Nachthimmel ragt. Unübersehbar signalisiert er ihnen den Standort eines prominenten Gebäudes, das sie zwar von hier nicht sehen, aber nur allzu gut kennen.

»Warum bist du jetzt nicht beim Staatsakt mit drin«, stichelt Rolf, »im Palast der Republik?«

»Was soll das denn jetzt? Kleine Retourkutsche für den Johnnie?« Umständlich fingert Klaus aus der Innentasche seines Anzugs ein Päckchen Zigaretten und hält sie ihm auffordernd vor die Nase. Camel Filter. »Weißt doch genau, dass heute nur Politbüro und ZK dabei sind.« Er zückt ein schwarzes Mifa-Gasfeuerzeug. »Weißte noch früher, die kleinen Billigfeuerzeuge, mit Kartusche selber befüllt? Und das elende

Gefiesel beim Zündsteinwechseln, Mannmannmann.« Das Feuerzeug springt sofort an.

Zwei Camel-Filter glühen auf.

»Können uns doch echt nicht beklagen, oder?«, fragt Klaus. »Wir machen schon unseren Weg.«

»Meinste uns zwei? Oder die KoKo? Oder unser deutsches demokratisches Geburtstagskind ...?«

Oder willst du mich am Ende nur testen?

Verdrossen saugt Rolf an seiner Camel. Verdrängt das kurze Misstrauen gegen den Freund und Kollegen, ärgerlich bricht es aus ihm heraus: »Klaus, wenn die Schreihälse auf der Straße wüssten, was wirklich bei uns abgeht. Seit Jahren schon! Mensch, denk doch ma zurück, wie sich sogar Mielke schon über unsere Bezirksfürsten aufgeregt hat, über Luxus und Korruption! Zwoundachtzig, vor sieben Jahren schon!« Ein tiefer Schluck Johnnie Walker, wohlig wärmendes Feuer breitet sich in ihm aus. »Was war das für 'ne Wutrede damals! Schiebung hochwertiger Konsumgüter zum eigenen Nutzen, Unterschlagung von Operativgeldern, illegale Geldtauschgeschäfte in allen Bezirken, meine Fresse!«

»Was willste denn jetzt mit den ollen Kamellen?«, zischt Klaus. Seine graublauen Augen verengen sich zu Schlitzen.

»Ach, jetzt hör aber auf! Du warst doch selber oft genug in der ersten Reihe dabei. Hast Alex die Tasche getragen, als er in Bayern mit Strauß verhandelt hat. Hab übrigens gehört, dass nicht mal die Bundis wissen, wer damals die Provision für den Milliardenkredit eingesackt hat. Fast neun Millionen. Westmark!«

Klaus inhaliert tief. Er lässt sich Zeit mit der Antwort. »Na, wer schon? Strauß war genauso gierig wie Alex. Halbe-halbe, schätze ich.«

»Na also, sach ich doch, liegt doch auf der Hand! Und ich sage dir«, Rolf senkt die Stimme, wird ganz leise, »ich habe Alex sicher auch einiges zu verdanken, keine Frage. Meiner Familie geht's immer noch besser als diesen Aktivisten der Straße da draußen. Aber der Johnnie und die Camel Filter, ab und zu der Eduscho, das sind doch Almosen …«

»Jetzt schalt aber ma 'nen Gang zurück, Rolf, krieg dich wieder ein!«

»Almosen, wenn ich's dir sage, nichts anderes! Der Alte wird mit Zulagen wie ein General besoldet, sitzt in einem Westbungalow in der Wandlitzer Heide, und wir hier dürfen die Drecksarbeit machen! Ich hocke mit Frau und kleinen Kindern zu viert in diesem … Arbeiterschließfach!« Er hämmert mit der Faust gegen den Türrahmen. »Da muss sich was ändern, Klaus, das sieht doch ein Blinder! Klassenlose Gesellschaft, dass ich nicht lache …« Er stockt, aus der Wohnung dringt Kinderweinen. »Moni, schau doch mal nach Jana!«

Klaus drückt seine Kippe im »Leipziger Messe«-Aschenbecher aus, mustert vorsichtig den leeren Nachbarbalkon. Dann fasst er Rolf dezent am Arm. »Lass uns wieder reingehen, wird langsam frisch hier!«

»Und ich sage dir, da wird sich gewaltig was ändern, Klaus, mehr, als manchem von uns lieb ist!« Energisch hebelt Rolf die ächzende Balkontür zu.

Aus dem Fernseher lächelt die blonde Turmfrisur von Programmansagerin Petra Kusch-Lück: »Wir beschließen das Programm von DDR 2 am heutigen Jubiläumstag und wünschen viel Vergnügen mit dem Spielfilm aus dem Jahr 1969 ›Es führt kein Weg zurück‹.«

2

New York
Einunddreißig Jahre später

Stürmischer Applaus im Presseraum des Plaza Building der Vereinten Nationen. Die Preisverleihung »Dove of Peace 2020« des International Action Network on Small Arms (IANSA) strebt ihrem Höhepunkt entgegen.

Emma Gonzalez tritt ans Rednerpult, die Überlebende des Parkland-Massakers 2018. Eine der führenden Waffenrechts-Aktivistinnen weltweit.

Und doch wirkt die kleine Amerikanerin auf den ersten Blick so unscheinbar. Als ob sie immer noch zur Highschool geht, denkt Hannah und dreht am Knopf im Ohr mit dem Simultandolmetscher.

Das Parkland-Massaker 2018. Damals war ich gerade zur Stippvisite im NDR-Regionalstudio in Heide.

Dann der March for Our Lives. Emmas legendäres sechsminütiges Schweigen vor Hunderttausend in Washington. Wie gebannt saß ich vor dem Bildschirm, hatte Tränen in den Augen. Nichts hat mich so bewegt in meinem Job. Du warst, ohne es zu wissen, der Trigger. Du hast mich an die Front geführt, in den Kampf gegen diese gottverfluchten Waffen. Du, Emma Gonzalez.

Nur an Nina, unserer Chef-Stylistin beim NDR, wärst du heute definitiv nicht vorbeigekommen: »Kindchen, wie oft denn noch, das sind doch Basics, vor der Kamera immer die ›4K‹, körpernahe Kleidung, klare, kräftige Farben!«

Okay, Emma, du trägst kein schlabbriges Baumwollshirt mehr wie damals. Aber deine Bluse ist dir eindeutig eine Nummer zu groß, dieser schimmernde Seidenstoff glänzt im TV richtig billig. Warum sagt dir das keiner? Unprofessionell.

Punktabzug, Baby. Sind so viele Kamerateams hier, wirklich schade.

Und neben dir sitzt jetzt die schöne Jane Bukoleya, diese hochgewachsene Ivorerin aus der UNODA, dem UN-Büro für Abrüstungsfragen. Die mir vor zwei Stunden, während des Empfangs, einen Job bei den Vereinten Nationen angeboten hat. PR-Arbeit für die UNIDIR, das UN-Büro für Abrüstungsforschung in Genf.

Eine Ehre. Und sicher sehr reizvoll, keine Frage.

Aber auf lange Sicht wohl doch zu trocken. Kein echter Ersatz für den Live-Kick der laufenden TV-Kamera, für die täglich neue Herausforderung in unserem Öffentlich-Rechtlichen in Deutschland. Trotzdem, zumindest offiziell brauche ich erst mal Bedenkzeit. Eine UN-Repräsentantin kann man nicht schnöde abblitzen lassen.

»… und so freue ich mich, dass die ›Dove of Peace‹, der Friedenstaubenring der IANSA, in diesem Jahr an eine Frau aus Europa geht, an eine Frau aus Deutschland. Es zeigt, welch weltumspannende Bewegung wir inzwischen geworden sind. Der Kampf gegen Schusswaffen betrifft nicht nur Schwarze, nicht nur Amerikaner, er betrifft alle Menschen, alle Frauen, Männer und Kinder! Und du, liebe Hannah Steiner, zeigst das berührend und kämpferisch zugleich, in unnachahmlicher Art und Weise in deiner Dokumentation ›Money First – Profiteure und Opfer des weltweiten Waffenhandels‹. Meine Damen und Herren, für herausragende Verdienste im friedlichen Kampf gegen die Verbreitung privater Schusswaffen geht der IANSA-Friedenstaubenring 2020 an die deutsche TV-Journalistin Hannah Steiner …!«

»… danke schön, herzlichen Dank, liebe Emma Gonzalez, der IANSA und allen Mitstreiterinnen und Mitstreitern weltweit! Als deutsche Journalistin bin ich mir der besonderen Verantwortung gerade meines Landes bewusst. Lassen Sie uns in Deutschland, Europa, in den USA, weltweit der Menschheit vor Augen führen, was Kofi Annan, der damalige UN-Generalsekretär, bereits 2000 hier in New York feststellte: ›Kleinwaffen fordern mehr Menschenleben als alle anderen Waffensysteme. Meist übersteigt die Zahl der Opfer, die sie alljährlich fordern, die der Atombomben von Hiroshima und Nagasaki um ein Vielfaches. Gemessen an dem Blutbad, das sie anrichten, sind auch Kleinwaffen nichts anderes als Massenvernichtungswaffen.‹ Lasst uns deshalb gemeinsam unseren friedlichen Kampf weiterkämpfen – für unsere Vision einer friedlichen Welt mit immer weniger Waffen! Herzlichen Dank.«

Ein Wimpernschlag Stille, dann brandet tosender Applaus auf.

Ihr Applaus.

Alles wie erwartet.

Der Rest ist Routine. Dezentes Nicken Richtung Kamera, Anflug eines Lächelns, die Augen lächeln mit.

Vergiss den Ring nicht.

In korrekter Höhe, zwischen Bauchnabel und Brust, präsentiert sie lächelnd das aufgeklappte Etui: ein Ring, darauf eine Taube mit Olivenzweig im Schnabel, gestaltet vom New Yorker Edelschmuckdesigner Eddie Borgo. Vierundzwanzig Karat Gold, Wert dreitausendneunhundert Euro. »Danke …«

»… danke …!« Hannahs Lächeln auf dem Monitor gefriert, abrupt endet die MAZ. Anerkennende Pfiffe, Tischklopfer und Applaus in der NDR-Redaktion. Axel Maaß, der Chef vom Dienst, legt seine behaarte Hand auf Hannahs Unterarm.

Lass das. Und leg dir endlich mal ein anderes Rasierwasser zu.

Als könne er Gedanken lesen, zieht er rasch wieder seine Hand zurück.

»Liebe Hannah, auch wenn du's vielleicht langsam nicht mehr hören kannst, aber das war exzellente Arbeit von dir, Qualitätsjournalismus auf allerhöchstem, internationalem Niveau! Dazu eine souveräne, fast möchte ich sagen, brillante

Performance bei der Preisverleihung gestern im Big Apple! Darauf wollen wir erst mal hier anstoßen, noch nicht im Casino oben, sondern hier in unserem kleinen, fast familiären Kreis, spontan und ungezwungen …«

Hannah zwingt sich zu einem freundlich-routinierten Lächeln. Leise klirrend stößt sie mit allen an und leert ihr Sektglas dann in einem Zug.

Fürstin von Metternich. Die sündhaft teure, streng limitierte Sonderauflage zum Weltfrauentag. Axels Beschaffungskanäle sind immer wieder erstaunlich, der permanenten Einsparungshysterie des altehrwürdigen Rechnungshofs der Freien und Hansestadt zum Trotz.

Ihr Smartphone vibriert, just als er schon wieder auf sie zukommt. Die breiten silbergrauen Augenbrauen, sein Markenzeichen, sind wie immer perfekt getrimmt, gegen die Wuchsrichtung. Ob er dafür immer noch zu Lord und Farmer geht, diesem Szene-Visagistenstudio in der Hafen-City?

Er beugt sich herab aus seinen eins neunzig, wispert ihr ins Ohr: »Anne Will hört auf. Sie hat gestern ihren Vertrag gekündigt.«

Hannah wird heiß. Nur nichts anmerken lassen. Sie spürt seine sensationslüsterne Erwartung. Demonstrativ lässt sie sich Zeit.

»Warum sagst du mir das?«

Süffisant hebt er die linke Braue. »Ah, Madame belieben zu kokettieren? Sonntagabend, einundzwanzig Uhr fünfundvierzig, höher geht's für uns TV-Journalisten nicht im deutschen Fernsehen, wem sage ich das!«

Sie ignoriert seinen typischen Axel-Maaß-Blick, seine testosterongeschwängerte Gönnerhaftigkeit. Ihr Blick geht hinaus aus dem siebten Stock, über Parkplatz, Grünflächen und die Lokstedter Grenzstraße, hinüber zu Hagenbecks Tierpark.

Ausgerechnet das Elefantenbullen-Gehege steht dem NDR-Hochhaus am nächsten.

»Wer ist noch in der Verlosung?«

»Plasberg hat schon abgesagt. Ein Mann wird's also nicht. Und die hier ...«, er greift wieder zur Fernbedienung, »die biedert sich zwar permanent an, ist aber aus meiner Sicht völlig chancenlos.«

»Aus deiner Sicht?«

»Nicht nur, liebe Hannah«, lächelt Axel. Eine Spur zu selbstgefällig. »Du kennst meinen kurzen Draht zum Intendanten. Er denkt genauso. Und die Intendanten sind es, die jetzt über die Anne-Will-Nachfolge entscheiden müssen.« Er hebt seine Stimme. »So, liebe Kollegen, just for fun, wer gestern unseren Bundesaußenminister im Pool verpasst hat, hier noch mal exklusiv für euch«, er hebt die Fernbedienung.

MDR. »Ankis Afternoon Club«.

Die Moderatorin, quirlig, klein, brünett, greift sich ungeniert ins lange Haar, streicht es nach hinten und streift sich ein Zopfgummi über. »Tja, so weit also zur brandaktuellen Entwicklung im Gazastreifen. Ihr Fazit, Sie sehen das als positiven Schritt, hin zu einer Entspannung im Nahen Osten?«, grinst sie dabei den Minister an, der neben ihr am Tisch steht, und legt ihr Mikrofon ab.

Noch bevor er antworten kann, reißt sie mit einer einzigen schnellen Handbewegung ihr – offenbar präpariertes – schwarzes Etuikleid herab, steht da im weißen Swimsuit mit blauer Aufschrift »ANKI«, »... dann hoffen wir mal, dass diese Hoffnung nicht ... baden geht!«, stößt den verblüfften Anzugträger in den großen Pool und hechtet mit elegantem Kopfsprung hinterher.

Gejohle und Applaus am Beckenrand, »Carnaval de Paris« von Dario G fährt hoch, am Bildrand läuft der Abspann.

Prustend taucht Anki auf. »Wir sehen uns wieder nächsten Dienstag in ›Ankis Afternoon‹, bleiben Sie sauber, bis dahin, tschühüss!«

»Ann-Kristin Beerbaum, die Zukunftshoffnung des ostdeutschen TV-Journalismus«, lästert Axel. »Seriöses Interview erst und dann zapp! Der Zuschauer muss gar nicht mehr selbst zappen, zuverlässig bekommt er seinen Break, seinen Cut serviert. Aber absolut professionell, das muss man ihr lassen. Angeblich gibt es schon einen Anki-Algorithmus, der die richtigen Abstände zum nächsten Gag berechnet.«

»Was willst du mir damit sagen?«, fragt Hannah schnippisch. »Muss ich auch auf dieses Kita-Niveau meiner Ost-Kollegin herunter? Damit ich endlich professionell wirke?«

Axel lächelt wieder. Noch selbstgefälliger. »Keine Bange, liebe Hannah. Für Anne Will kommst nur du in Frage, da bin ich mir sicher. Anne Will ist Jauch, ist Christiansen, nicht Stefan Raab.«

»Eben. Und schon gar nicht Wolfgang Lippert.«

3

Berlin

Mays weiße Brüste tanzen im Spiegel. Sie stemmt sich gegen das Villeroy & Boch, versucht krampfhaft, seinen Rhythmus abzufedern, den er ihr, ungestüm und unbeholfen, von hinten diktieren will.

Er kann es wirklich nicht besser.

Der Shootingstar der Berliner Politik, der seit Kurzem alle weiblichen Beliebtheitsumfragen haushoch anführt. Er spürt einfach nicht, dass er einen Moment stillhalten und nur ihren eigenen Rhythmus aufnehmen soll.

Primitiver Rammler. Pubertärer Black-und-Decker-Sex.

Sein Ehering glänzt. Kein Wunder, gerade mal sechs Wochen alt. Gelbgold, vermutlich Achtzehnkaräter von Cartier.

Glatt rasiert schiebt er sein Kinn über ihre Schulter, voll gierig keuchenden Verlangens, seine Augen halb geschlossen.

Na los, komm endlich.

Gib ihn mir, du Schwächling … wenigstens diesen einen kurzen Triumph … wenn du dich vollständig in mir verlierst, wenn du in mir verglühst …!

Sie lauert nur noch, auf den winzig kurzen Flash, jene winzig kurze Illusion wilder Macht, wenn sein animalischer Schrei endlich herausplatzt, wenn er wimmernd in ihr erstirbt.

Jetzt …!

Okay. Get out.

Sie schiebt ihn aus sich hinaus. Kühl, fast angewidert. Leise schmatzend lösen sich ihre Leiber voneinander. Er murmelt etwas Unverständliches, dann dreht er sich um. Tappt auf seinen schwarzen Strümpfen hinaus.

Sie säubert sich, so gut es geht, von der klebrig-warmen Nässe und trocknet sich penibel ab. Schlüpft rasch wieder in ihre nachtblauen Dessous, die auf dem Boden verstreut liegen. Die Strumpfhose ist nicht mehr zu gebrauchen. Sie stopft sie in den Abfalleimer und nimmt aus dem Palisander-Waschtisch eine originalverpackte neue.

Ihr Blick bleibt am Yin-Yang-Tattoo unterhalb ihres Nabels hängen. Schanghai 2010. Ein exotisches Souvenir einer ganz besonderen Geschäftsreise. Ihrer letzten als persönliche Assistentin, bevor sie sich ausklinkte und selbstständig machte.

Perfekt gestylt, im silbergrauen Kostüm, kehrt sie in das luxuriöse Büro zurück. Er lehnt im Slip an ihrem Design-Schreibtisch und knöpft sich die Manschetten seines hellblauen Slim-Fit-Hemds.

Sie runzelt die Stirn. »Vergessen Sie bitte nie«, sagt sie kühl, »Strümpfe und Schuhe zu jeder Talkshow, zu jedem sitzenden TV-Auftritt, neu, neu, neu! Nagelneu!«

Irritiert blickt er hoch. *»Sie?«*

Sie ignoriert ihn und checkt bereits ihren Terminkalender auf dem Smartphone. »Montag, vierzehn Uhr, Videoanalyse?«

»Ja«, sagt er, immer noch verblüfft. »Was machst du … äh, Sie … jetzt?«

»Heimfahren«, sagt sie kühl.

Ich weiß jetzt, wie du tickst. Wie miserabel du fickst. Und wie hoch ich mein Beraterhonorar ansetzen werde.

Hannah schließt die Augen. Bewegt nur noch den Kopf ganz leicht; genießt, wie das heiße Wasser auf ihren Körper prasselt. Sanft breitet sich die Wärme in ihr aus, ganz langsam, bis tief in die verspannten Muskeln von Schulter und Nacken.

Dieser stressige Blitztrip nach New York und zurück, vom Flughafen direkt in die Redaktion, die lästige, den Jetlag ignorierende Stippvisite dort, aus einer geplanten Stunde wurden schließlich drei. Sie senkt den Kopf, massiert ihren Nacken unter dem Duschstrahl.

Fang jetzt bloß nicht an zu jammern, die stählerne Stimme ihrer Mutter klingt ihr heute noch im Ohr.

Bist frischgebackene IANSA-Preisträgerin. Bist Top-Favoritin für die Nachfolge der deutschen TV-Talk-Ikone. Bist kurz vorm absoluten Gipfel, was willst du eigentlich noch?

Schlafen, Mutter, schlafen. Absolute Tiefenentspannung. Mich endlich wieder mal total fallen lassen. Und halten lassen. Warm und zärtlich miteinander einschlafen dürfen ...

Endlich dreht sie die Dusche ab. Draußen hört man das unverkennbare leise Wummern eines Porsche Boxster.

Schnell schlüpft sie in ihren weißen Bademantel, kämmt flüchtig das nasse Haar nach hinten.

Ein Mundvoll Wasser, ein paar kräftige Spritzer Odol, intensives Gurgeln. Als sie ausspuckt, dreht sich schon der Schlüssel in der Wohnungstür.

Lächelnd, mit verschränkten Armen lehnt sie sich in den Türrahmen. »Hi!«

»Hey, Hannah! Schon zurück, Darling? Das is ja toll, hab dich irrsinnig vermisst! Glückwunsch, bin ja so stolz auf dich!«

Sie fallen sich in die Arme. Halten sich fest und innig. Hannah schnuppert. »Neuer Duft, Schatz?«

»Nee, du. Kann nur das Notfall-Deo sein, sorry. Wollte sowieso dringend unter die Dusche, bin völlig erledigt heute. Grad als ob ich deinen Jetlag teile. Darf ich?«

»Klar doch.«

Ein flüchtiger Kuss, dann lösen sich beide voneinander. Hannah bleibt unter der Tür stehen und sieht interessiert zu, wie sich ihr Gegenüber schnell und geschickt entkleidet.

»Weißt du, was mich immer wieder neu fasziniert?«

»Nein, sag mir's, Baby!«

Hannah sinkt vor ihr auf die Knie. »Dein unbeschreiblich süßer Nabel, May«, haucht sie, »mit diesem tollen Yin-Yang-Tattoo!«

4

Wien

»Hava nagila, hava nagila, hava nagila ve nismechah«, dröhnt es durch das Restaurant Bahur-Tov. Die Bar-Mizwa-Feier des dreizehnjährigen Michal strebt ungeahnten Stimmungshöhen entgegen. David Rosinsky bahnt sich grinsend einen Weg nach draußen.

Zweihundert Gäste und E-Gitarren zur Bar-Mizwa, the times they are a-changin ...

Der Regen hat aufgehört. Dampfige Wärme hängt über dem Pflaster der Taborstraße hier in der Leopoldstadt, im zweiten Wiener Gemeindebezirk. Rosinsky zückt ein schwarzes Etui mit dem goldfarbenen Porträt von Che Guevara.

Che Teniente Filtro Cigarillos.

Sein Smartphone vibriert. Erstmals seit Stunden. Neugierig schiebt er seine Streichhölzer wieder zurück und checkt.

Eine Mail. Unbekannter Absender.

Von: isrdr1936@web.de

Sehr geehrter Herr Rosinsky,
seit Jahren verfolge ich mit großem Interesse Ihre journalistische Spurensuche um die verstorbene Rudolfine Steindling und die von ihr verschobenen SED-Millionen.
Ich denke, ich kann Ihnen hierbei ein großes Stück behilflich sein.
Ich bin 82 und fürchte, ich habe nicht mehr lange. Aber es gibt Dinge, die endlich an das Licht der Öffentlichkeit müssen!
Leider sitze ich mittlerweile im Rollstuhl und bin nicht mehr mobil. Wenn Sie den Weg auf sich nehmen wollen,

lade ich Sie gern zu einem vertraulichen Gespräch zu mir nach Berlin ein. Vorher sollten wir aber sicherheitshalber erst einmal telefonieren. Am besten erreichen Sie mich vormittags, nach meinen Anwendungen, zwischen zehn und halb zwölf auf meinem Handy unter 0176-69846758. Über Ihren Anruf und Ihr Interesse würde ich mich sehr freuen.

Hochachtungsvoll
Ihr
Ivo Reizman

Rosinsky lässt das Smartphone sinken. Im Mundwinkel, unter seinem wild wuchernden Henriquatre, hängt immer noch der kalte Zigarillo. Sein Herz beginnt zu hämmern. Ist das ein Fake, ein schlechter Witz?

Rudolfine Steindling, die Rote Fini!

Sein Leib-und-Magen-Thema, dem er als freier Journalist schon in den Neunzigern und Nullern jahrelang hinterherrecherchiert hat. Ebenso aufwendig wie ergebnislos. Abgesehen vom Magendurchbruch, mit dem er 2003 ins Akutspital der Barmherzigen Schwestern in Mariahilf eingeliefert wurde. Nach neun Tagen Pendel-Recherche Wien–Zürich–Wien; nur mit Kaffee, Red Bull und billigem Hennessy-Verschnitt aus dem Flachmann.

Die Rote Fini.

Die legendäre österreichische Unternehmerin, mit jahrzehntelangen Top-Connections ins SED-Politbüro und in allerhöchste österreichische und israelische Politik. Großzügige Mäzenin in Wien und Tel Aviv, wo sie als High-Society-Darling und hochdekorierte Wohltäterin 2012 verstarb.

Jetzt Tor IV, Reihe 7 rechts, Wiener Zentralfriedhof.

Die Frau, der es in den Wendewirren gelang, DDR-Staatsvermögen im Wert von umgerechnet hundertdreißig Millionen Euro auf dubiosen Kanälen einfach verschwinden zu lassen. Ungeklärter Verbleib, bis heute.

Sollte jetzt, nach so vielen Jahren, tatsächlich noch einmal Bewegung in die Sache kommen? Ist es ein Glückstreffer? Ein Lottosechser?

Mechanisch googelt er »Ivo Reizman Berlin«.

Nichts.

Normal, wenn es sich um einen zweiundachtzigjährigen Rentner handelt. Dennoch unbefriedigend.

Er steckt sein Zigarillo an, starrt in das nächstbeste Schaufenster.

Schuhe. Genauso gut könnten es Biowürste sein.

Berlin, denkt er. Berlin ist gut. Dürfte sich problemlos einbinden lassen in das aktuelle Projekt, an dem er zurzeit mitarbeitet. Die große ORF-Doku »Die Deutschen – 30 Jahre danach«. Irgendeinen Vorwand für die Redaktion wird er finden. Und zuallererst diesem Ivo Reizman auf den Zahn fühlen.

Gleich morgen früh.

»David?«

Ein sommersprossiger Lockenkopf mit großen Kulleraugen schiebt sich aus dem Restaurant. Miriam, seine kleine Lieblingsschwester. »Michal möchte zum Schluss noch kurz etwas sagen, kommst du wieder rein …? Was ist denn los?«

»Ach, nichts weiter«, zwei heftige Paffer, »die Rote Fini steht grad wieder von den Toten auf. Muss noch mal nach Berlin.«

Lachend schüttelt sie ihre Locken. »Wie viel kostbare Lebenszeit du in die Alte investierst, Brüderchen. Such dir lieber wieder was Junges, Lebendiges!«

Er seufzt, halb bedauernd, halb genervt. Schnippt die Che in den Gully. »Warum versteht ihr das nicht? Allein schon die Dimension dieser Affäre, hundertdreißig Millionen Euro! Eine von uns zieht den Deutschen diesen Jackpot rotzfrech unterm Arsch weg! Und keiner findet auch nur einen Cent!«

»Der Gaul ist längst totgeritten, David. Du bist ein renommierter freier Journalist für Kunst und Kultur.«

»… und Zeitgeschichte!«

»Der am liebsten in die Gosse möcht, um große Skandale

aufzudecken!« Sie hängt sich bei ihm ein. »Hast du eigentlich gar keine Angst?«

»Nein, Schwesterchen. Wieso?« Unauffällig tastet er nach seiner kleinen 6,35er Steyr Pieper 1909. »Passieren kann immer was. Schlechte Menschen gibt's überall.«

Und wenn ich dir erzählt hätte, dass diese Schickse Belinda mit meinen Ersparnissen durchgebrannt ist, wüsstest du, dass ich auf Schulden hocke, die mir gar keine andere Wahl lassen.

5

Hamburg

Hannah stöhnt auf. Wieder mal Stau auf den letzten Metern. In der Ohlsdorfer, kurz vor der Einmündung Ulmenstraße, haben sich ein Taxi und ein DHL-Sprinter ineinander verkeilt. Erste ungeduldige Hupstakkatos. Sie greift nach dem Hamburger Abendblatt, das seit heute früh ungelesen auf dem Beifahrersitz liegt.

»TV-Lady Hannah Steiner: Auszeichnung in New York!«

Aus dem Autoradio plötzlich »Whenever, Wherever«, der Uralt-Hit von Shakira auf NDR 1, Welle Nord.

Hannah dreht auf.

Es ist gar nicht mal der Song selbst. Der klingt schon lange nur noch seicht und abgenudelt. Richtig langweilig, könnte ebenso gut von Madonna sein.

Und dennoch, das Lied transportiert etwas. Löst Emotionen und Erinnerungen in ihr aus, unvergessliche Erinnerungen, an ihren Sommer 2002.

Du göttliche kleine Kolumbianerin, wie hast du mich angefixt damals! Hab mich zum ersten Mal in meinem Zimmer eingeschlossen, mit dreizehn, gegen Mutters wütenden Protest. Weil ich mit dir allein sein wollte, mich genauso schminken, meine Haare genauso stylen und tragen wollte wie du. Und weil ich vor dem Spiegel, zur Endlosschleife meiner Shakira-CD, stundenlang deine anbetungswürdigen Moves geübt habe; die Moves, die ich mir in jeder ungestörten Fernsehminute auf MTV reingezogen habe. »… there's nothing left to fear, if you really feel the way I feel!«

Endlich löst sich der kurze Stau. Der BMW-Vierzylinder heult auf, als Hannah etwas zu schnell Gas gibt, um in die Ulmenstraße abzubiegen.

Seriöses, bürgerlich unauffälliges Winterhude. Schmale Anwohnerparkstreifen, gepflegtes Grün. Die Fassaden weiß, ab und zu auch etwas Klinker.

Zehn Minuten in den Stadtpark, fünfzehn an die Alster.

Ein Spruch, den die Eltern vermutlich schon vom Makler übernommen haben.

Damals, als Vater an der Uni Hamburg die Professur für Soziologie bekam, Schwerpunkt »Soziale Probleme und soziale Kontrolle«.

Eigentlich hätte er da lieber in einen sozialen Brennpunkt ziehen sollen, denkt Hannah nicht zum ersten Mal. Wilhelmsburg statt Winterhude. Lebensnah und authentisch. Prekär eben.

Aber dann wäre ich nie vor der Kamera oder in New York gelandet.

Höchstens hinterm Tresen. In einem Solarium. Oder in der Tanke. Tätowiert, mit Hair-Extensions und zwei Pfund Acryl auf den Fingernägeln. Oder in Leggings auf einem Sperrmüllsofa, im fünften Stock: übergewichtig, zum dritten Mal schwanger, im Flur knurren zwei Bullterrier.

Das Milieu prägt die Menschen.

Und ihre Vorurteile.

Selbst bei Soziologie-Professoren.

Schwamm drüber, ich bin endlich wieder mal da.

Ein kurzer Make-up-Check, dann steigt sie aus.

Der weiße A6 in der Einfahrt, das messingfarbene Klingelschild mit der verschnörkelten Gravur »Theo und Sabine Steiner«. Alles wie immer, wie bei ihrem letzten Elternbesuch. Vor gut zwei Monaten.

Oder sind es doch schon drei?

Der kleine Vorgarten sieht heute irgendwie anders aus. Ihrem Kennerblick, geschult durch jahrelange Gartenhilfsarbeiten, fällt es sofort auf.

Es ist nicht nur der altbekannte Öko-Touch. Mit Mutters typischer Sommerblumenmischung, aus dem taz-Shop, »ohne Bio- und Gentechnologie, in Demeter-Qualität auf ökologisch bewirtschafteten Flächen vermehrt«. Zehn, fünfzehn Jahre, wie lange ist das her? Nein, hier machen sich Unkraut und Verwilderung breit. Fast schon schleichende Verwahrlosung.

Misstrauisch mustert sie die Hausfassade. Saubere weiße Sprossenfenster, in Küche und Bad gekippt. So kennt sie es seit Kindheitstagen.

»Grüße dich, Hannah.« Vater steht schon in der Tür.

Dunkle Cordhose, kariertes Hemd. Langärmlig, sein alter Spleen. Sie kann sich nicht erinnern, ihn jemals im kurzen Hemd oder Polo gesehen zu haben. Der sorgfältig gestutzte Bart ist grauer geworden, seine Augen hinter der randlosen Brille wirken erschöpft.

»Hallo, Paps, wie geht's euch?«

Er drückt sie an sich. Fester und inniger noch als sonst. Knochig.

Sie löst sich sanft von ihm. »Ist alles okay?«

Er scheint zu überlegen. »Mutter, deiner Mutter«, beginnt er umständlich und bricht wieder ab. »Sabine geht's nicht so gut«, sagt er leise. Bevor Hannah reagieren kann, wendet er sich ab und geht voraus, durch die sprossenverglaste weiße Falttür und das große Wohnzimmer, bis hinaus auf die Terrasse. Wo Mutter auf ihrem Lieblingsstuhl sitzt, dem alten Rattansessel mit dem verblichenen Blümchenpolster.

Hannah erschrickt.

Mutters Gesicht ist grau geworden. Grau wie die Alster an einem Herbstmorgen. Ihre Sommersprossen, Sabine Steiners einstiges Markenzeichen, sind kaum noch zu sehen.

Trotz der Frühlingssonne hat sie eine Decke über den Beinen, darauf ein altes Fotoalbum. Sie bleibt sitzen. Steif und aufrecht lässt sie Hannahs Begrüßung über sich ergehen.

»Was machen deine Rückenschmerzen?«, fragt Hannah besorgt. »Ist es schlimmer geworden?«

Sabine Steiners Blick geht an Hannah vorbei, über den ungemähten Rasen hinaus in die Ferne. Zu den Baumriesen des Stadtparks, der grünen Wand aus Ulmen, Eichen und Linden.

»Helfen deine Globuli nicht mehr? Jetzt sag doch was, Mutter!«

»Rückenschmerzen, Globuli ...« Ein leises spöttisches Lächeln scheint über ihr Gesicht zu fliegen. Endlich sieht sie Hannah an. »Bauchspeicheldrüse«, sagt sie kurz. »Es ist meine Bauchspeicheldrüse.«

Hannahs Knie werden weich. Schnell setzt sie sich. Sieht dabei einen seltsamen Blick ihrer Mutter auf sich ruhen; abwesend-leer und doch so intensiv, fast hilfesuchend.

Vater steht hinter ihr, putzt stumm seine Brille. Immer heftiger, er hört gar nicht mehr auf damit. Als ob er Gläser und Gestell hundert Prozent keimfrei desinfizieren müsste.

»Was, wie?«, fragt Hannah lahm, während ihr das Herz schon bis zum Hals schlägt. Voller Angst vor dem Blitz. Der noch im selben Atemzug einschlägt, der sie bis ins Mark erschüttert.

»Krebs!«

»Krebs ...?«, haucht sie.

»Bauchspeicheldrüsenkrebs. Drei Monate noch.«

Die Terrasse scheint plötzlich zu schwanken. Vor Hannahs Augen beginnt sich alles zu drehen. Mutter, Vater, ihr ganzes Zuhause. *Dort hinter ihr am Rosenbogen hab ich immer mein Dreirad und den Puppenwagen abgestellt, wenn sie zum Essen gerufen hat.*

»Nein«, achtlos stellt sie das Etui mit dem New Yorker Friedenstaubenring auf dem Tisch ab, greift nach der kränklich blassen Hand, beginnt sie verzweifelt zu streicheln, »nein, Mutter, nein!« Sie muss gar nicht überlegen, die Worte sprudeln nur so aus ihr heraus. »... wer sagt das überhaupt, da musst du doch immer eine zweite oder dritte Meinung einholen, ich mach gleich morgen einen Termin aus in Eppendorf, bei Professor Sarawi, den hatte ich neulich erst im Interview, der ist eine internationale Koryphäe!«

»Wir waren bei Sarawi. Wir waren gestern erst bei ihm.«

Knapp und sachlich sagt sie es. Ihre Linke spielt unaufhörlich mit einem Schwarz-Weiß-Foto, das sich aus dem Album gelöst hat.

Hannah schluckt. Streichelt und plappert weiter, versucht hilflos, abzulenken. »Warte mal, das Foto kenn ich doch, das hast du mir früher oft gezeigt. Das ist das Haus von Oma, stimmt's?«

»Das ist nicht das Haus deiner Oma«, sagt Sabine Steiner.

Verwirrt schaut Hannah auf das Foto. »Natürlich, ich kenn doch das Foto, Mutter.«

»Das ist nicht das Haus deiner Oma!« Ihre Stimme wird schärfer.

Irritiert sieht Hannah hoch. »Von wem denn sonst?«

»Sabine!« Vater legt die Brille weg, fasst Mutter an ihrer knochigen Schulter.

Sabine Steiner schüttelt ihn unwirsch ab. »Worauf willst du noch warten, Theo?« Die Augen in ihrem eingefallenen Gesicht wirken jetzt noch größer, als sie Hannah ins Visier nimmt. Ihre Stimme klingt metallisch und fremd.

»Das ist nicht das Haus deiner Oma. Das ist das Haus deiner richtigen Mutter. Wir haben dich nämlich adoptiert. Als du zwei warst. Wir wohnten noch in Coburg. Und du warst die einzige Überlebende einer Familientragödie in Rottenbach. Dein Erzeuger hat am 3. Oktober 1990 deine Mutter, deinen Bruder und sich selbst erschossen. Borkow war damals dein Name. Jana Borkow.«

Das Autoradio plärrt Nachrichten; schamlos laut. Hannah registriert es kaum. »… nur noch vier Monate sind es bis zum Tag der Deutschen Einheit am 3. Oktober, doch die Vorbereitungen für den dreißigsten Jahrestag der deutschen Wiedervereinigung sind in schweres Fahrwasser geraten. Nach dem skandalumwitterten Verzicht der brandenburgischen Landeshauptstadt Potsdam Anfang des Jahres war Berlin eingesprungen. Dort informierte heute auf einer Pressekonferenz der Regie…«

Zündung aus.

Hannah nimmt den alten Leitz-Ordner vom Beifahrersitz und steigt aus. Die Zentralverriegelung jault durch die totenstille Tiefgarage.

Langsam und kraftlos, wie durch Wolken weißer Watte, bewegt sie sich in Richtung Aufzug. Mit dem Knöchel ihres Zeigefingers drückt sie auf den Knopf.

Holprig ruckelnd öffnet sich die weiße Stahltür. Stickiger Mief gähnt ihr entgegen. Wie paralysiert starrt Hannah in die Leere. Bis sie sich mit einem Ruck abwendet, an der grauen Betonwand entlanghastet und die Tür zum Treppenhaus aufreißt.

Raus, nur raus aus dieser Lähmung, raus aus dieser Betäubung und Benommenheit; jeder Schmerz ist besser, Schmerz ist Leben, ich will endlich wieder etwas spüren!

Sie hetzt die Treppe hinauf, nimmt immer zwei Stufen auf einmal; weiß, dass sie es nicht durchhalten kann, aber: *Mut-ter-ist-nicht-Mut-ter, Va-ter-ist-nicht-Va-ter, ich-bin-nicht-Han-nah-Stei-ner …!*

Sie schafft es nicht mal bis zum ersten Stock.

Keuchend muss sie innehalten, völlig außer Atem. Der Puls rast, scheint sich gar nicht mehr zu beruhigen.

Als ob auch er nicht zur Normalität zurückkehren kann, denkt sie noch flüchtig.

Und dann rollt sie auch schon heran, wie aus dem Nichts, die Riesenwoge abgrundtiefer Verzweiflung. Brandet auf, bricht wie eine Sturzflut über ihr zusammen.

Sie sinkt auf die Treppenstufen, spürt nicht die Kälte des Steins. Vergräbt nur noch ihr Gesicht in den Händen, schluchzt und weint hemmungslos.

Weint wie seit vielen Jahren nicht mehr.

Seit Lilli, das Kätzchen, überfahren wurde … Lilli ist so lang schon tot … und Mutter ist es auch bald … nein, Mutter ist nicht Mutter, Vater ist nicht Vater, ich bin nicht Hannah Steiner …!

Ihre Schultern zucken und beben, das kalte Eisen des Treppengeländers presst sich gegen ihr tränennasses Gesicht. Nur ihre langen Beine wirken, selbst auf den schmutzigen Stufen einer Parkhaustreppe, immer noch so anmutig wie auf einem Talk-Sofa.

»Du musst etwas trinken«, sagt May. »Egal, was.«

Sie gießt zwei Fingerbreit Klaren in ein Glas und schiebt es quer über den Couchtisch.

Hannah kauert in ihrem saharafarbenen Relaxsessel. Sie trägt einen grauen Jogginganzug mit Gucci-Streifen, ihre Hand knetet unablässig ein Küchentuch voller Wimperntusche und Make-up. Angewidert mustert sie das Glas. »Was ist das?«, fragt sie mit belegter Stimme.

»Gin, was sonst?«, sagt May.

Hannah rührt das Glas nicht an. Sie schließt die Augen. Hört, wie May seufzt, den alten Leitz-Ordner aufschlägt und zu blättern beginnt. »Unglaublich. Das haben sie dir jetzt einfach so in die Hand gedrückt.«

Hannah schweigt.

»›Stellungnahme des Kreisjugendamts Coburg zum Kindeswohl. Adoptionsbeschluss des Familiengerichts Coburg. Zugestellt Herrn/Frau Theo und Sabine Steiner, rechtskräftig 31. Juli 1991‹, oh Gott, neunundzwanzig Jahre, ›… das Kind Jana Borkow, geboren 27. Dezember 1988, Vollwaise, die Eltern Rolf-Peter und Monika Borkow, beide tot aufgefunden am 4. Oktober 1990 …‹«

May ist fassungslos, wird immer leiser, nur undeutliches Murmeln dringt noch an Hannahs Ohr.

»Zeitungsausschnitte«, sagt Hannah, scheinbar zusammenhanglos, »ganz hinten. Nach dem letzten Trennblatt.«

May verstummt. Nur das Papier im Ordner raschelt noch.

»Oh nein«, haucht sie. »›Familientragödie in der Nacht der Wiedervereinigung. Mann erschießt Frau und dreijährigen Sohn und richtet sich anschließend selbst. Nur …‹« May bricht ab.

»›… nur die knapp zweijährige Tochter im Nebenzimmer überlebt das tödliche Drama‹«, leiert Hannah monoton, als hätte sie den Artikel jahrelang auswendig gelernt.

Plötzlich schluchzt sie auf. Sie kuschelt sich zusammen wie ein Embryo, vergräbt sich förmlich in den großen Sessel und weint in das Make-up-verschmierte Zewa. »Warum … Warum …?«

May bleibt reglos auf der Couch sitzen. »Hey«, sagt sie nur, »hey, Kleine.« Sie überlegt kurz. Dann schiebt sie den Ordner entschlossen zur Seite und nimmt Hannah ins Visier. »Schau doch mal nach vorn, wie klingt das: Hannah Steiner, facettenreichste Persönlichkeit des deutschen TV-Journalismus …«

Mein Bruder, mein kleiner großer Bruder. Weiß nicht mal, wie du heißt. Und wo dein Grab ist. Mit deinem kleinen weißen Kindersarg.

»… wie keine Zweite verkörpert sie die Brüche, steht exemplarisch und vorbildhaft für das neue, wiedervereinigte Deutschland. Internationale Anerkennung genießt sie auch in den USA mit ihrem Engagement gegen privaten Schusswaffenbesitz …«

Ich und Schusswaffen. Ausgerechnet ich. Hab ich die tödlichen Schüsse damals gehört, auf meine Mutter, auf meinen kleinen Bruder, hat mich das damals traumatisiert, war es das, was mich geprägt hat, für den Rest meines Lebens?

»… die Buchbranche wird heiß auf deine Story sein, gerade jetzt, dreißig Jahre Deutschland, das schreit nach Verfilmung! Du brauchst eine Agentin, die den US-Markt sondiert. Wir fahren eine Imagekampagne, seriös und sorgsam dosiert …«

»Nein! Hör auf!« Hannah fährt hoch, mit rot verweinten Augen, schleudert wutentbrannt einen Klumpen tränennasses Zewa auf May. »Das geht niemanden was an, nur mich! Verstehst du das nicht? Hast du nur noch gottverdammte Dollarzeichen in den Augen?«

6

Berlin

»Tach, Herr Rosinsky«, sagt der kleine Mann im Rollstuhl mit krächzender Stimme. »Ivo Reizman. Schön, dass Sie gekommen sind. Hoffe, Ihnen gefällt der Dachgarten unserer Residenz Tertianum.«

David Rosinsky versucht sich nichts anmerken zu lassen. Eisern Blickkontakt halten jetzt. »Guten Tag«, murmelt er und konzentriert sich auf Reizmans leicht gelbliche Augäpfel. Bloß nicht tiefer schauen. Nicht hinsehen auf dieses aggressive Feuermal, das aus seinem Nasenloch scheinbar herausfließt und, über den Mundwinkel hinweg, handtellergroß auf Kinn und Wange ausgreift. Bläulich rotes Gewebe, durchzogen von feinsten Knötchen und Wülsten.

Ivo Reizman scheint Gedanken zu lesen. Sein gesunder Mundwinkel verzieht sich. Was als Lächeln gedacht ist, gerät zur Grimasse. Er richtet seinen Rollstuhl aus, dreht sich von dem kleinen Schachtisch weg in Richtung Rosinsky.

»Es ist nicht ansteckend, Herr Rosinsky. Wenn Sie gestatten, beschreibe ich es Ihnen zunächst ganz kurz. Meiner Erfahrung nach hilft das den Leuten, sich anschließend besser auf das Gespräch mit mir zu konzentrieren.«

»Leuchtet ein.« Rosinsky lässt sich in einem zierlich anmutenden schmiedeeisernen Stuhl am Schachtisch nieder. Am Rand des Schachfelds, neben den geschlagenen Figuren, steht eine silberfarbene Thermoskanne mit zwei Bechern.

»Das Feuermal habe ich seit Geburt. Es war ursprünglich nur eine flache, blaurote Hautverfärbung.«

»Wie bei Gorbatschow?«

»Genau.« Wieder zuckt die kleine Grimasse über den gesunden Teil von Reizmans Gesicht. Die für einen Zweiundachtzigjährigen auffallend glatte, sorgfältige Rasur und sein penibel gescheiteltes, dünnes silbergraues Haar stehen in lächerlichem Kontrast zu seiner furchtbaren Entstellung. »Leider kam es vor etwa zehn, fünfzehn Jahren zu einer Entartung. Ein Weichteiltumor, das war schnell klar. Gutartig, hieß die Prognose. Ein rein ästhetisches Problem nur.« Er öffnet ein Päckchen Tempo und tupft sich behutsam Speicheltropfen aus dem Mundwinkel.

»Vor gut sechs Wochen dann die neue Diagnose. Quasi ein Update. Bösartig. Inoperabel. Hat bereits ins Lymphsystem gestreut.« Er greift nach der Thermoskanne und schraubt sie auf. »Trinken Sie einen Earl Grey mit?« Fragend deutet er auf die beiden leeren Becher.

Leichter Ekel steigt in Rosinsky auf. Er kämpft gegen seine alte Journalistenerfahrung. Schlage nie ein angebotenes Getränk aus, wenn du etwas erfahren willst.

»Gern.« Lieber stehen lassen als ausschlagen. »Darf ich rauchen?«

Ivo Reizman macht eine zustimmende Geste. Seine faltige kleine Hand ist altersfleckig, aber frisch manikürt.

Langsam schenkt er den schwarzen Tee ein, während Rosinsky seinen Zigarillo entzündet.

»Lassen Sie mich ohne Umschweife auf den Punkt kommen«, beginnt Reizman. »Ich verfolge die Affäre um die Rote Fini, Rudolfine Steindling, und die verschwundenen SED-Millionen von Anfang an. Hundertdreißig Millionen, unglaublich. Es muss doch herauszufinden sein, wer sich hier illegal bereichert hat. Mein privates Archiv ist vermutlich das größte seiner Art. Und gerade Ihre Recherchen, Herr Rosinsky, haben mich beeindruckt.«

Rosinsky sieht seinem Rauchwölkchen nach, wie es aufsteigt, nur um sich vor dem blauen Himmel über Berlin langsam wieder aufzulösen. »Tatsächlich? Wieso das?«

»Sie gehen nicht nur hochgradig professionell an die Sache heran«, Reizman hebt den Finger und legt eine Kunstpause ein, »im Gegensatz zu vielen Ihrer Kollegen ist Ihnen auch immer noch ein gewisses journalistisches Ethos abzuspüren. Hart in der Sache, aber fair gegenüber Ihren Gesprächspartnern. Wahrheit ist Ihnen offensichtlich wichtiger als die akute reißerische Schlagzeile.«

»Sollte selbstverständlich sein. Für jeden guten Journalisten.«

Reizman nippt an seinem heißen Tee. Bedächtig platziert er seinen Becher dann zwischen die geschlagenen weißen und schwarzen Randfiguren, die Bauern, Türme und Springer.

»Die Diagnose ist nicht der Grund, weshalb ich Sie kontaktiert habe«, sagt er. »Ich habe keinen Sinn für Melodram. Macht sich auch im Alter nicht gut.«

Rosinsky fingert seine schwarze Ray-Ban aus der Brusttasche. Hinter den dunklen Gläsern mustert er endlich ungeniert Reizmans Feuermal. Ein kleines Knötchen auf der Wange scheint regelrecht zu pulsieren.

»Aber lassen Sie mich erst ein Stück weit ausholen. Zum besseren Verständnis.«

Rosinsky klappt seinen Schreibblock auf.

»Ich bin Jude. Genau wie Sie, David Rosinsky. Seit Mitte der Achtziger habe ich mich im damaligen Westberlin im Hilfswerk Osteuropa engagiert. Das war ein Ableger der HIAS.«

»Kenne ich. HIAS unterstützte die Ausreise jüdischer Emigranten aus der Sowjetunion.«

»Richtig«, nickt Reizman. »Wir haben geholfen. Beim Kampf mit der offiziellen Bürokratie. Und ab ’89 dann auch inoffiziell. Mit Schmiergeldern unter der Hand. Erst an korrupte Beamte in den russischen Teilrepubliken. Dann, als die deutschen Auslandsvertretungen über die Ausreise entscheiden durften, an die Mafia, die vor den Botschaftstüren Wartenummern auf Jahre im Voraus verkaufte. Hunderttausende sind da geflossen!«

»Die vermutlich nur die Spitze des Eisbergs waren.« Rosinskys Bleistift fliegt über das Papier. »Was hatten Sie konkret damit zu tun?«

Reizman räuspert sich, bevor er mit heiserem Krächzen antwortet. »Ich war seit 1988 für die Abrechnungen zuständig. Prokurist, wenn Sie so wollen.«

Rosinsky lehnt sich zurück. »Woher kam dieses Geld?«, fragt er knapp. »Woher kam das Betriebskapital Ihres Hilfswerks Osteuropa?«

»Mitgliedsbeiträge, das waren aber Peanuts. Ansonsten ausschließlich Spenden.«

»Welche Rolle spielte die Rote Fini?«

»Frau Steindling und ihr 1983 verstorbener Mann Dolly, der ja selbst Jude war, tauchen schon Anfang der Achtziger als gelegentliche Einzelspender in den Büchern auf. Als dann Anfang 1990 die vierte Ausreisewelle aus der Sowjetunion einsetzte, hat sie ihr Engagement massiv gesteigert. Spätestens 1992 war sie de facto der heimliche Hauptfinanzier des Hilfswerks.«

Nachdenklich greift Rosinsky zum Teebecher. Er täuscht einen Schluck vor, der Earl Grey benetzt nur seine Lippen. »Von welcher Größenordnung reden wir jetzt?«

»Zwischen sieben und acht Millionen. D-Mark. Gut die Hälfte davon in den Jahren '92/'93.« Reizmans Augen glänzen. »War ein irrsinniger Verwaltungsaufwand damals. Diese ganzen Buchungen und Transferzahlungen. Ich saß da jede Woche stundenlang mit einem ihrer engsten Mitarbeiter zusammen.« Schlagartig erlischt der Glanz wieder, seine Augen werden schmal. »Die alte Drecksau«, zischt er, mehr zu sich selbst.

Rosinsky spitzt die Ohren. »Wen meinen Sie?«

»Klaus Schefczik. Von der Novum.«

»Die Novum? Diese Ostberliner Außenhandelsgesellschaft …«

Ivo Reizman fällt ihm eifrig ins Wort. »Genau! Eine GmbH, gegründet 1951, um westliche Wirtschaftsembargos zu unterlaufen. Jahrelang nur Billigwarenimport. Bis Alexander Schalck-Golodkowski ins Spiel kommt.«

»Der Chef der KoKo, der Stasi-Abteilung Kommerzielle Koordinierung?«

»Richtig. Devisenbeschaffung um jeden Preis, heißt jetzt das Ziel. Im ganz großen Stil. Die Novum sichert sich die DDR-Vertretung prominenter Westfirmen ...«

»... wie Voest, Ciba-Geigy, BBC und viele andere ...«

»... und kassiert dafür von diesen Firmen Millionen an Zwangsprovisionen. Geld, das in die Staatskasse der DDR fließt. Oder verdeckte Stasi-Operationen finanziert. Obwohl die Novum GmbH offiziell gar nicht der KoKo unterstand.« Reizman hebt seinen dürren Zeigefinger.

»Alles bekannt«, sagt Rosinsky trocken. »Und Rudolfine Steindling übernimmt 1978 die Hälfte der Geschäftsanteile der Novum, fünf Jahre später wird sie sogar Alleingesellschafterin.«

»Eine österreichische Unternehmerin, Mitglied der KPÖ und gleichzeitig bestens vernetzt in Wirtschaft und Politik.« Reizman kichert. »Ein Glücksgriff. Für Schalck und für die DDR-Finanzen.«

»Und last, not least für ihr eigenes Sackerl.« Rosinsky nimmt die Brille ab, sucht Augenkontakt. »Aber zurück zur alten Drecksau. Wer war jetzt dieser Klaus Schefczik?«

»Ein ehemaliger Stasi-Mann natürlich. Aus dem engsten Umfeld von Schalck-Golodkowski.«

»Interessant«, sagt Rosinsky. »Erzählen Sie mir über diesen Schefczik. Was wissen Sie über ihn?«

Reizmans gelbliche Augen wandern unstet umher, bis sie sich plötzlich wieder auf ihn richten. »Ich war an seinem Kofferraum damals. An seinem Mercedes-Kombi. Hab mit eigenen Augen die Reisetaschen voller Geld gesehen. Dicke Geldbündel der Bank Austria Zürich. Am 28. Januar 1992, das Datum werde ich nie vergessen.«

»Genau die Zeit, als die SED-Millionen zwischen der Länderbank Wien und der Austria Zürich hin- und hergeschoben wurden ...«

»Bis sie schlussendlich weg waren!« Ivo Reizman nickt befriedigt.

Rosinsky löscht die Kippe seines Zigarillos auf der schmiedeeisernen Armlehne. Er denkt kurz nach. »Warum haben Sie mich kommen lassen, Ivo Reizman?«

Reizman öffnet stumm den Klettverschluss der Seitentasche seines Rollstuhls und nimmt etwas heraus.

Einen Computerausdruck eines Presseartikels.

Tiroler Tageszeitung, Montag vor einer Woche.

Weiß gekleidete Tennisspieler gruppieren sich lachend am Netz, posieren mit einem XXL-Scheck. Im Hintergrund schneebedeckte Alpengipfel.

»Austria-Charity-Turnier der FPÖ Kitzbühel.«

Reizmans gekrümmter Zeigefinger deutet auf einen sonnengebräunten, leicht übergewichtigen Mittsechziger mit falschen weißen Zähnen. »Hier, das ist er! Klaus Schefczik!« Er verfällt in atemloses Flüstern. »Dass er sich damals immer über mein Feuermal lustig gemacht hat, geschenkt! Aber nicht, dass dieses Schwein jetzt Antisemiten sponsert und dieses Nazipack unterstützt! Die mit dem geklauten Geld gegen unsere Brüder und Schwestern hetzen!«

Rosinsky betrachtet das Bild, prägt sich Schefcziks Gesicht mit der markanten Nase und dem schütteren, blond gefärbten Haar ein. »Hatten Sie eigentlich selbst Kontakt zu Rudolfine Steindling?«

»Ich habe sie sogar persönlich angesprochen, am Tag nach der Kofferraum-Szene!«

»Und?«

»Sie lachte nur. Meinte: ›Ich weiß so viel über den Schefczik, der kann sich nichts erlauben, glauben Sie mir!‹« Er wird wieder leise. »Und genau da müssen Sie ansetzen bei dem Typen, da muss was sein, finden Sie seinen schwarzen Fleck! Bringen-Sie-das-Dreckschwein-zur-Strecke, Rosinsky!« Speichel rinnt ihm aus dem Mundwinkel, er atmet heftig.

Sein Blick wird starr, die Hände verkrampfen sich plötzlich

um die Greifreifen, bis die weißen Knöchel aus der papierenen Haut herauszuplatzen drohen.

»Herr Reizman?« David Rosinsky fährt hoch, schaut sich suchend um. Kein Pflegepersonal, keine anderen Gäste in Sicht.

Die Dachterrasse der Residenz Tertianum liegt grün und still über den Dächern von Berlin.

Wie ein Friedhof.

Nur im Hintergrund dreht sich der Mercedes-Stern des Europa-Centers. Langsam und unermüdlich.

Immer wieder um sich selbst.

7

Hamburg

»Waterloo«, ihr fiebrig drängender Klingelton. Sofort schreckt Hannah hoch.

Anruf Karen Bergholt. Die stellvertretende Chefin vom Dienst, Freundin und enge Vertraute seit gemeinsamen Volontärszeiten im NDR-Regionalstudio Heide.

»Karen, was ist, ich hab Spätschicht heute!«

Kurze Stille, dann das typisch rauchige Lachen. Die etwas zu tiefe, männlich anmutende Stimme, die Karens Karriere vor der Kamera letztlich verhindert hat. »Weiß ich, Baby, Moin, Moin! Sorry, aber diese Nachricht gleich entschuldigt doch alles. Streng vertraulich vorab, nur für dich.«

Hannahs Neugier flammt auf, ganz kurz nur. Bricht sofort wieder zusammen, als sich die Erinnerung an gestern ins Bewusstsein drängt.

»Hey, bist du noch da?«

»Ja«, sagt Hannah mit belegter Stimme.

»Okay, let's go! Geht ausnahmsweise nicht um Anne Will. Aber ein einmaliges Programm-Highlight: Am 3. Oktober zur Primetime bringen ARD und ZDF gemeinsam eine große Show: ›Deutschland wird 30!‹. Sichere Rekordquote. Und du sollst sie moderieren, die Intendanten wollen dich! ›Deutschland wird 30!‹ mit Hannah Steiner!«

Hannah sieht sich im großen Spiegel ihres Schwebetürenschranks. Kleine, leicht verschwollene Augen in einem blassen Gesicht mit traurigen Mundwinkeln. Die blonden Haare stehen kreuz und quer vom Kopf ab.

»Ich bin nicht Hannah Steiner.«

»Wie, was … Mit wem spreche ich denn jetzt?«

»Ich bin nicht Hannah Steiner. Ich wurde adoptiert. Hab ich

gestern erfahren.« Sie unterdrückt ein aufsteigendes Schluchzen.

»Oh …«

Stille.

»Das ist natürlich ein Schlag, das versteh ich. Du Ärmste.« Auch Karen spricht jetzt ungewohnt leise. Aber nur kurz. »Da müssen wir uns unbedingt mal in Ruhe drüber unterhalten. Vielleicht nächsten Freitag?« Hannah hört Papier rascheln. »Nein, da bin ich mit John auf Sylt. Dann hast du wieder Frühschicht. Aber Donnerstag, der 23., da ginge eventuell noch was, zwischen dreizehn und vierzehn Uhr, im AlsterCliff? Was meinst du?«

»Wir werden schon was finden.«

Dann eben nicht.

»Schau jetzt erst mal nach vorn, 3. Oktober, Deutschland wird 30, Deutschland schaut dir zu! Ich freu mich so für dich! Wollte ich unbedingt loswerden, bevor Axel dann in der Konferenz wieder seine eigene Show draus macht, der Intendant und ich, du weißt schon. Also, wir sehen uns dann wieder hier um zwei?«

Sie hat nichts verstanden. Gar nichts.

Hannahs Blick wandert über ihre zerwühlte Doppelbetthälfte hinüber zur anderen, die May wieder akkurat gelegt und glatt gestrichen hat. Als sie um sechs Uhr dreißig wieder pünktlich aus dem Bett gesprungen ist.

Ich bin allein. Ich bin nicht Hannah Steiner.

Wer zum Teufel bin ich?

»Nein«, hört sie sich plötzlich sagen. »Beim besten Willen nicht. Meld mich krank, Karen. Bis übermorgen bin ich wieder auf dem Damm. Danke, ciao!«

8

Coburg

EKHK Herrmann ist ein untersetzter Mittfünfziger mit Dreitagebart und kurz geschorenem grauen Haar.

Der typische Polizei-Macho, denkt Hannah.

Nur seine Augen sind anders. Faszinierend anders.

Nicht dieses abfällige Misstrauen, wie es andere Cops so unverhohlen zur Schau tragen. Eher eine Art freundlich-distanzierte Wachsamkeit. Mit einem kleinen Rest Neugier …

Reiß dich zusammen. Bist auch keine Kundin hier, du bist die erste TV-Frau, die dieser Provinzbulle leibhaftig vor sich hat.

»Zunächst mal danke schön, dass Sie so kurzfristig für mich Zeit haben, Herr Herrmann. Vor wenigen Stunden erst habe ich mit Ihrem Pressesprecher telefoniert …«

»… und schon sitzen Sie persönlich hier in meinem Büro. Da soll noch mal einer über den Coburger ICE-Anschluss schimpfen!« Charly Herrmann, er hat sich tatsächlich so vorgestellt, lacht. Sonnenlicht fällt auf seine silbergrauen Bartstoppeln.

»Wie gesagt, es geht um eine TV-Doku über die Wendezeit im innerdeutschen Grenzland. Wir wollen Skurriles, Tragisches, große und kleine Schicksale zeigen. Ein pointierter Streifzug durch den Alltag vor dreißig Jahren. Bei meinen Recherchen bin ich auf diesen tragischen Vorfall hier in Rottenbach gestoßen, die Familientragödie in der Nacht des 3. Oktober 1990.« Sie nimmt einen Schluck Mineralwasser. Hirschquelle aus der grünen Glasflasche, kein billiges Plastikwasser. Hoher Lithium-Gehalt. Beugt angeblich Depressionen vor.

»Genau! Deshalb hat mich Ihre Anfrage regelrecht elektrisiert, Frau Steiner. Diese Familientragödie war mein allererster Fall als junger Kommissar. Unvergesslich, in mehrfacher Hinsicht.«

Diese Augen.

Können sie lesen in meinen? Merkt er, dass ich lüge?

Ihr wird warm. Nicht schon wieder trinken. Wirkt unsicher.

Sie setzt sich aufrecht und schlägt ihr Notizbuch auf. Dann erst erwidert sie seinen Blick. Betont kühl.

»Ich habe mir vorgestellt, dass Sie mir die Akten von damals zeigen und, wenn Ihre Zeit es erlaubt, vielleicht auch den Tatort von damals? Lässt sich das einrichten?« Sie knipst ihr Hannah-Steiner-Lächeln an. Merkt, dass es ihr ungewohnt schwerfällt heute.

Hat dieser Mann mich vor dreißig Jahren gefunden?

Zwischen den Leichen meiner Familie?

Sie schluckt. Charly Herrmann scheint es nicht zu bemerken.

»Gar kein Problem, Frau Steiner. Die Akte lasse ich aus dem Archiv kommen, die ist in fünf Minuten da.«

Er blickt auf seine Armbanduhr. Erstaunlich flach und schlicht, kein klobiges Piloten-Design. »Und in einer Stunde könnten wir mal die vierzehn Kilometer nach Rottenbach rausfahren.«

Charly Herrmann fährt einen schwarzen 78er Alfa Spider, »ein Relikt aus einer frühen Midlife-Crisis«, wie er beim Einsteigen schmunzelnd erklärt.

Wie ein Brett liegt der offene Zweisitzer auf der Landstraße. Zwischen Wiesen und Wäldern geht es durch das Coburger Land. Vorbei an der Tierklinik Lautertal, einem modernen runden Flachbau, auf dessen weißer Wand sich schwarze Hundesilhouetten jagen.

Im Kreis, immer wieder im Kreis, völlig sinnlos, denkt Hannah.

Ein Straßendörfchen folgt dem anderen.

Unterlauter. Oberlauter. Tiefenlauter.

Neukirchen. Erstaunt liest Hannah einen Wegweiser.

»Zum Skilift? Ist das eine Kneipe?«

»Also bitte«, lacht er, »wir haben hier Bügellift und Schlepplift, dreihundertachtzig Meter lang, tausend Mann pro Stunde!«

»Wow.«

Sie schließt kurz die Augen. Ist dankbar für den Fahrtwind, der ihr nach einstündiger Aktenlektüre um den Kopf bläst.

Im Cabrio nach Rottenbach … Sie muss an die heisere Wehmut von Marianne Faithful denken: »At the age of thirty-seven, she realised she'd never ride through Paris in a sports car with the warm wind in her hair …«

Charly Herrmann bremst ab.

»Rottenbach, Gemeinde Lautertal.« Halblaut liest sie das Ortsschild.

»War hier das letzte Dörfchen vor der Grenze«, sagt Herrmann. »Kleiner Grenzverkehr ab 1973.«

Frisch renovierte Wohnhäuser neben heruntergekommenen alten Gebäuden. Ein Güllewagen vor einem Stall, ein altes Trafohäuschen, zu dem tatsächlich noch Kabel führen.

Hinter einer Mauer ein weißes Kirchlein mit Schieferturm. Irgendwo bellt ein Hund.

Langsam rollen sie an einem schiefergedeckten großen Fachwerkhaus vorbei. »Zum Auerhahn«, offenbar der einzige Gasthof hier, denkt Hannah. Weit kann es jetzt nicht mehr sein, das Ende des Dörfchens ist schon in Sicht.

Wie zugeschnürt ist ihre Kehle plötzlich, als Herrmann abbiegt.

Ein schmales Seitensträßchen. Verblichene Spielhallenwerbung hängt an einem Gartenzaun. Ganz am Ende schließlich ein etwas abseitsstehendes Gehöft, ein ehemaliger landwirtschaftlicher Betrieb, der offenbar schon seit Jahren leer steht.

»Zu verkaufen. Immobilien Lange Coburg.«

Verwitterte Fensterläden. Schieferverkleidete schwarze Fassade. Über Anbau und Garage wuchert der Schlingknöterich.

»Das. Ist. Es.«

Drei Worte wie Messerstiche.

Das Haus, das sie von dem alten Schwarz-Weiß-Foto kennt.

Mit puddingweichen Knien steigt sie aus.

Der ungeteerte staubige Hof döst in der Mittagshitze. Langsam folgt sie Charly Herrmann, der einen Schlüssel aus der Hosentasche zieht. »Ich kenne den Makler sehr gut«, grinst er, »er wäre am liebsten mitgekommen. Ich konnte es gerade noch verhindern.«

Die Scharniere der massiven alten Haustür quietschen erbärmlich. Abgestandene Luft empfängt sie. Niedrige Raumdecken. Im kahlen Flur liegt abgewetztes, bräunlich gemustertes Linoleum. An der Wand vergilben Reste einer Raufasertapete.

»Vorsicht, Spinnweben!«

Sie zieht den Kopf ein und steigt eine knarrende Holztreppe hinter dem Kommissar hoch.

»War es … war das Haus seit damals gar nicht mehr bewohnt?«

»Nur noch sporadisch. Zuletzt vor etwa acht, neun Jahren.« Er stößt eine Zimmertür auf. »Hier. Das war das Kinderzimmer.« Die alte Jalousie ächzt widerwillig, als er sie hochzieht. »Genau hier, unter dem Fenster, stand das Kinderbettchen.«

Hannah wird leicht schwindlig. Verstohlen lehnt sie sich gegen den Türrahmen.

`Auszug Kriminalakte KPI Coburg IV-858/1990: Auffindesituation: Im Gitterbett unter dem Fenster liegt ein etwa dreijähriger Junge tot auf dem Rücken. An seinem Kopf imponieren zwei sternförmige Einschussplatzwunden. Eine befindet sich am rechten Jochbein, unterhalb der Augenhöhle, die andere zwei Fingerbreit dahinter, im hinteren rechten Schläfenbein … Anhand eines vorgefundenen Kinderausweises (DDR) KA Nr. 013788 wurde das Kind vorläufig identifiziert als Stefan B o r k o w, *13.02.1987 in Berlin …`

»Ist alles okay, Frau Steiner? Geht's Ihnen gut?«

»Alles gut. Kein Problem.« Sie hebt ihr Smartphone, feuert blindlings ein paar Schnappschüsse in alle Zimmerecken.

Er beobachtet sie. Scheint etwas sagen zu wollen. Geht dann doch kommentarlos weiter.

Seine Stimme hallt im leeren Nachbarzimmer. »Hier war das Wohnzimmer der Borkows. Unter der Dachschräge, etwa hier, stand die Couch.«

Auf dem Sofa liegt eine tote Frau rücklings mit gefalteten Händen. Ihr Kopf zeigt zur Tür. Die Stirn weist mittig, direkt oberhalb der Nasenwurzel, eine Einschussplatzwunde auf.
Auf dem Fußboden vor dem Sofa liegt ein toter Mann auf der rechten Körperseite. Sein Kopf zeigt ebenfalls zur Tür. In seiner linken Schläfe findet sich eine Einschussplatzwunde mit Stanzmarke. Seine linke Hand umklammert eine Pistole Walther PPK Kal. 7,65 mm.

Hannah bricht schon nach ihrem ersten Fotoversuch ab. »Weiter«, sagt sie heiser.

Herrmann zeigt auf einen schmalen offenen Durchgang in ein angrenzendes Abteil. »Hier war eine Zimmerjalousie angebracht, die bis zum Boden reichte.« Er kratzt mit einem Kugelschreiber am Mauerwerk. »Moltofill. Da waren die Dübel drin.«

»Für die Zimmerjalousie«, sagt Hannah schwach. Ihr wird heiß. »Und dahinter …«

»Ein winziges zweites Kinderzimmerchen. Hier hatten sie die ganz Kleine vermutlich besser im Blick, wenn sie im Wohnzimmer waren.«

»Die ganz Kleine …«

… in einem Stubenwagen, äußerlich unversehrt, ein wimmerndes, vermutlich dehydriertes knapp zweijähriges Mädchen. Anhand eines weiteren vorgefundenen Kinderausweises (DDR) KA Nr. 021469 wurde das Mädchen vorläufig identifiziert als Jana B o r k o w, *27.12.1988 in Berlin. Das Kind wurde von einer unverzüglich hinzugerufenen Mitarbeiterin des Kreisjugendamts Coburg, Fr. Dipl.-Soz.-Päd. Helene Wagner, in Obhut genommen …

»Was ist aus ihr geworden?«, flüstert Hannah. Das Zimmer beginnt sich zu drehen, Mauerwerk zieht vorbei, sie sucht nach Löchern, nach Einschusslöchern.

Dann wird alles schwarz.

»Frau Steiner!«

Hannah reißt die Augen auf. »Wo … wo bin ich?«

Die Augen des Kommissars. Dicht vor ihren.

»Wir sind in Rottenbach, Frau Steiner. Sie sind gerade umgekippt. Am Tatort im ersten Stock.« Er zeigt mit dem Kinn nach oben.

Erst jetzt merkt sie, dass sie auf einem alten Holzstuhl sitzt. Im Schatten des Schlingknöterichs, in einer Ecke des Hofes, der immer noch in der prallen Mittagssonne liegt. Hinter ihr, in einer verwilderten Hecke, zirpen Grillen.

Herrmann geht vor ihr in die Hocke. Bleibt auf Augenhöhe mit ihr.

»Ich fahre Sie zur Sicherheit mal in die Ambulanz unseres Klinikums, okay?«

»Sind Sie verrückt?«, entfährt es ihr. Negativschlagzeilen jedweder Art wären jetzt ein Sargnagel. »War nur eine kurze Kreislaufschwäche. Dieser Mief da drin, kein Sauerstoff, zu wenig getrunken heute!«

»Mhm.« Herrmann kratzt sich am Kinn. »Überzeugt mich offen gestanden gar nicht.« Sein Blick lässt sie nicht mehr los. »Sie sind persönlich betroffen, Frau Steiner.«

Ein siedend heißer Stich im Bauch.

Das ist kein TV-Talk. Hier geht's einzig und allein um mich. Um Hannah.

Nein – um *Jana*!

»Wieso, was reden Sie da?«

Sie steht auf, versucht, sich zu strecken. Sofort wird ihr schwindlig. Schnell setzt sie sich wieder.

Meidet den Augenkontakt, hört nur zu.

»Sie sind eine der besten deutschen TV-Journalistinnen. Warum reisen Sie persönlich, allein, unter größtem Termindruck, zu einer solchen Nullachtfuffzehn-Recherche hier an den Arsch der Welt?«

»Sie kennen die redaktionellen Abläufe beim NDR nicht.« Herrmann klopft sich eine Lucky Strike aus der Schachtel. »Ich habe Sie vorhin beim Aktenstudium beobachtet. Sie haben sich die längste Zeit bei der Stubenwagen-Szene aufgehalten. Den Fotos der kleinen Jana Borkow. Und genau in Janas Zimmerchen werden Sie plötzlich ohnmächtig. Erzählen Sie mir nichts, Frau Steiner.« Mit dem Finger tippt er sanft auf ihren Handrücken. Lässt ihn dort liegen. »Kennen Sie Jana Borkow? Sind Sie es am Ende selbst?«

Still rührt Hannah in ihrem Kaffee. Sie sind die beiden einzigen Gäste auf der kleinen Terrasse des verschlafenen Landgasthofs. Waschbetonplatten, Langnese-Schirme, ein weiter Blick auf die einsamen grünen Höhenzüge des Thüringer Walds. Herrmann hat seine Cola noch nicht angerührt, doch er steckt sich schon die zweite Lucky an. »Quid pro quo?«

»Quid pro quo.«

»Es war mein erster Fall damals, vor dreißig Jahren. Ich war Feuer und Flamme, hab rund um die Uhr an nichts anderes mehr gedacht, in alle denkbaren Richtungen ermittelt.«

»Obwohl es nur eine Familientragödie war?«

»Eben deshalb. Permanentes Misstrauen gegen alles und jeden. Typische Berufskrankheit.« Sein stoppelbärtiges Grinsen erstirbt sofort wieder. »Ihre Eltern, Frau Steiner, waren erst im April 1990 aus Ostberlin zugezogen. Haben Haus und Grundstück geerbt von einer Großtante Ihres Vaters Rolf-Peter Borkow.«

Schlagartig taucht sein Bild vor ihr auf, aus dem DDR-Personalausweis in der Kriminalakte. Der dunkle Schnauzer, der ernste Blick.

`B o r k o w, Rolf-Peter, *25.08.1954 Pasewalk, Berlin-Hellersdorf, Ludwigsluster Str. 47.`

Papa?

Schwachsinn! Reiß dich zusammen ... Hamburg, New York, IANSA, Anne Will, das ist mein Leben ... Dieser Mann ist mir genauso fern und fremd wie diese gottverlassene Gegend hier.

»Haben Sie irgendwas herausgefunden über ihn?«

Herrmann nippt an seiner Cola. »Mehr als erwartet. Viel mehr.« Sein Blick wird düster. »Wir sind in dieser Umbruchszeit damals über unsere ganz normalen Polizeikanäle unglaublich leicht an Daten und Informationen aus dem Osten gekommen. Ich wusste schon nach wenigen Tagen, dass Borkow vor seiner Übersiedlung im Ministerium für Staatssicherheit arbeitete. Hatte sogar kurz seine Akte auf meinem Tisch. Er war einer aus dem engsten Umfeld von Alexander Schalck-Golodkowski.«

Hannah hört endlich auf, in ihrer Tasse zu rühren. »Schalck? Dieser Strippenzieher? Der schon 1983 mit Strauß den Milliardenkredit einfädelte?«

»Genau der. Flüchtet im Dezember '89 nach Westberlin und macht sofort einen Deal mit dem BND. Straffreiheit sowieso, dazu falsche Papiere für seine geheimen Westkonten. Lebt dann wie die Made im Speck, in einer Villa am Tegernsee.«

»Was hatte mein ...«, sie bricht ab und verbessert sich schnell, »was hatte Rolf Borkow mit Schalck-Golodkowski zu tun?«

»Er arbeitete ihm zu. Schalck leitete im Ministerium für Staatssicherheit die Kommerzielle Koordinierung, kurz KoKo. Rolf-Peter Borkow war dort als Offizier im besonderen Einsatz im Rang eines Majors tätig. Hauptabteilung I, Waffenexporte, Häftlingsfreikäufe und die Sonderversorgung für Wandlitz, wo die SED-Bonzen residierten.«

Ein alter Kater mit langen, traurig herabhängenden Schnurrhaaren streift über die Terrasse. Umrundet vorsichtig Hannahs Füße. Instinktiv streckt Hannah ihre Hand aus, lässt sich beschnuppern und krault sein Köpfchen.

Ihre Gedanken rasen, immer schneller, überschlagen sich förmlich.

Kind eines Stasi-Majors ... Nein, nein, nein, lass das nicht wahr sein ... Ich muss doch moderieren, die große Wiedervereinigungs-Show, »Deutschland wird 30!« ... Wie soll ich das schaffen ...?

»Warum diese grausame Bluttat?«, bricht es aus ihr heraus. Der Kater erschrickt, macht einen Satz und verschwindet. »Warum hat er Frau und Kind erschossen und sich selbst gerichtet? Warum habe ich überlebt?«

»Genau das habe ich mich damals auch gefragt.« Herrmann nickt. »Warum lässt er ein Kind am Leben? Bekommt er in allerletzter Sekunde noch Mitleid mit seinem Töchterchen? Da stimmt doch etwas nicht.« Er saugt an seiner Lucky. »Aber da war noch etwas anderes sehr seltsam. Nachbarn sagten aus, dass ein paar Tage vorher ein großer schwarzer Volvo vor dem Haus stand. Mit einer DDR-Nummer. Gut, das Grenzland war damals regelrecht überschwemmt von Ossi-Autos. Zwar meistens Trabbis, aber ein DDR-Kennzeichen fiel in diesen Tagen weniger auf als eine fremde West-Nummer aus Hamburg oder München beispielsweise.«

»Wem gehörte diese Nummer?«

»Genau das wollte ich auch wissen.« Herrmann drückt seine Kippe übertrieben sorgfältig in einen verwittert orangefarbenen Jägermeister-Aschenbecher. »Ostberlin. Und, Zufall oder nicht, plötzlich waren meine Ermittlungen an ihrem Ende angekommen.«

»Wieso?«, fragt Hannah verständnislos.

»Der BND und das Bayerische Landesamt für Verfassungsschutz haben sich höheren Orts, ich will's mal wertfrei formulieren, über den Ermittlungsstand erkundigt. Sanfter politischer Druck, wenn Sie so wollen.«

»Um die Sache einzustellen?«

Er zuckt die Schultern. »Die Beweislage am Tatort war eindeutig. Keine Fremdspuren, Borkow hatte die Tatwaffe in der Hand, klarer Fall also. Erweiterter Suizid, Einstellung. Aus die Maus.«

»Die offizielle Version interessiert mich nicht! Quid pro quo. Was glauben Sie selbst?«

Seine Augen verengen sich zu schmalen Schlitzen. »Ich kann nichts anderes beweisen. Es wurden auch keine Beweismittel zurückgehalten oder unterschlagen. Sparen Sie sich da jede Verschwörungstheorie.«

»Aber was sagt Ihnen Ihr Instinkt? Sie spüren doch etwas! Zweifel, Misstrauen, irgendein diffuses Unbehagen …?«

Er nimmt einen Schluck Cola. »Klar, das kam mir schon seltsam vor. Dass sich BND und bayerischer Verfassungsschutz plötzlich für eine dörfliche Familientragödie interessieren. Keine vierundzwanzig Stunden nachdem ich das seltsame DDR-Kennzeichen angefragt hatte. Damals hätte ich schon gern noch ein bisschen tiefer gegraben, in diesem ganzen Stasi-Dreck.«

Hannah ist irritiert und ärgert sich im nächsten Moment über sich selbst. Warum stört mich seine Ausdrucksweise, was habe ich gegen seinen »Stasi-Dreck«? »Dann hätten Sie es doch gemacht!«

Herrmann hebt die Augenbrauen und grinst.

Etwas zu spöttisch für Hannah. »Offensichtlich können Sie das gar nicht nachvollziehen, was mir gerade passiert. Was das heißt, wenn das eigene Leben über Nacht plötzlich kopfsteht! Für Sie ist das eben auch nur ein Fall unter Hunderten. Bloße Kripo-Routine.«

»Stopp, Frau Steiner!« Er hebt warnend die Hand. »Sie dürfen mir vieles vorwerfen, aber ganz sicher nicht mangelndes Einfühlungsvermögen. Ich muss mich seit dreißig Jahren in extreme, oft kranke Gefühlswelten hineinversetzen. Bis auf den Grund. Mit Small Talk und lässigen Routinefragen machen Sie da keinen Stich.«

Schlagartig ist die Stimmung abgekühlt.

Hannah verbeißt sich eine gereizte Antwort, schließlich könnte der Kommissar vielleicht irgendwann noch einmal nützlich werden. »Glaube ich Ihnen«, ringt sie sich schließlich ab. Sie schaut auf die Uhr ihres Smartphones. »Was meinen Sie, erreichen wir noch den ICE um fünfzehn Uhr fünfunddreißig?«

»Locker. Aber eins möchte ich Ihnen vorher gern noch geben.« Er zieht etwas aus dem kleinen Alfa-Romeo-Rucksack, der über der Stuhllehne hängt. »Hier. Mein etwas illegales, nun ja, Erinnerungsstück an meinen ersten Fall. Lag damals vor dem Kinderbettchen. Keine Fremdspuren laut Spusi. Ich glaube, bei Ihnen ist es besser aufgehoben.«

Irritiert betrachtet sie die durchsichtige Plastiktüte.

Etwas Gelbes steckt darin.

Ein kleines Plüschtier, ein gelbes Plüsch-Entchen.

Ein Schnatterinchen.

9

Berlin

Bowies »Sound and Vision« wabert durch die Hotelbar. Hypnotisch und unwiderstehlich. Wie 1978.

»Ihr Rémy Ginger.«

Der Barkeeper. Sehr blond, sehr schmächtig.

Könnte glatt als Enkel von David Bowie durchgehen, denkt Rosinsky. Genüsslich nimmt er den ersten Schluck.

Auf einem Bildschirm in der Ecke laufen stumm die Champions-League-Tore des Abends. Zeitlupe, Superzeitlupe, alle denkbaren Perspektiven. Talking heads am Mikro, verschwitzte Spielerköpfe vor kumpelhaft-anbiedernden Stichwortlieferanten. Bierwerbung, Autowerbung, Programmhinweis. Nächstes Spiel.

Sport im Fernsehen ist Kaugummi fürs Hirn, Woody Allen wusste es schon in den Siebzigern.

Rosinsky reißt den Blick vom TV los. Die Bar füllt sich jetzt zusehends. Gelangweilt mustert er die Gesichter. Glatt, gefällig, selbstgefällig. Ganz gleich, ob Männlein oder Weiblein. Gesichter, die du sofort wieder vergisst.

Ganz anders als das von Ivo Reizman.

Reizman, der Mann mit dem bösartigen Feuermal. Zum Glück hatte er am Morgen nur einen Schwächeanfall; ihre Unterhaltung war damit trotzdem beendet. Schwester Nadja hatte sich rigoros über Reizmans schwächlichen Protest hinweggesetzt und ihn zurück in sein Zimmer geschoben. »Kommen Sie wieder!«, konnte er gerade noch ausrufen.

Rosinsky greift in das Erdnussschälchen auf dem Tresen.

Er hasst es, blind im Nebel zu stochern. Wer sind Reizmans Hintermänner? Hat er überhaupt welche? Wer könnte ein Interesse daran haben, ihn zu instrumentalisieren?

Die Stoßrichtung ist klar: Klaus Schefczik, der ehemalige Schalck-Vertraute. Der jetzt in Kitzbühel das Leben genießt. Von Reizman der Unterschlagung und Verschiebung von Millionenbeträgen bezichtigt.

Ohne jeden Beweis.

Und doch, Schefczik könnte genau die Stecknadel im Heuhaufen sein, nach der er schon seit Jahren sucht.

Nachdenklich nippt er an seinem Rémy. Lässt den Nachmittag noch einmal Revue passieren.

Zwei Stunden im Stasi-Unterlagen-Archiv in der Karl-Liebknecht-Straße, als Türöffner natürlich die geplante ORF-Doku »Die Deutschen – 30 Jahre danach«. Die offizielle Projektbeschreibung im Antrag auf Akteneinsicht, von ihm kurzerhand eigenmächtig ergänzt um einen Unterpunkt: »Typische Repräsentanten des MfS in der Wendezeit: Klaus S c h e f c z i k, Berlin«.

Klaus Schefczik, *1952, Hauptamtlicher Mitarbeiter des MfS seit 1976, Offizier im besonderen Einsatz (OiBE) seit 1980, eingesetzt in der Hauptabteilung I des Bereichs KoKo. Im Mai 1983 Mitglied der dreiköpfigen Delegation, die Schalck-Golodkowski nach Bayern begleitet und mit Franz Josef Strauß den Milliardenkredit für die DDR aushandelt.
Engster KoKo-Mitarbeiter von Klaus Schefczik ist Rolf-Peter Borkow. Borkow wird im Dezember 1989 auf Betreiben Schefcziks wegen politischer Unzuverlässigkeit aus der HA I versetzt in die Regiebrigade der Investbauleitung Hönow.

Ein Volltreffer. Dann könnte genau dieser Borkow der nächste Dominostein sein. Gut möglich, dass er mit Schefczik noch eine Rechnung offen hat. Wär das ein Hammer, wenn ich den SED-Millionen der Roten Fini doch noch auf die Spur komme.

Im Alleingang, ohne Recherchekollektive.

Vergiss Wikileaks, vergiss die Panama Papers.

The Cure hämmern aus den Boxen. »Friday I'm in Love!« Die Blondine gegenüber schenkt ihm einen auffallend langen Blick. Ohne dabei eine Miene zu verziehen. Nur ihre vollen Lippen widmen sich hingebungsvoll dem Strohhalm ihres Longdrinks.

Nein. Zu blond, um wahr zu sein. Und deine Augen sind mir viel zu blau, Baby.

Kein Nazi-Model mehr.

Belinda war die Letzte.

Definitiv.

Hat mir vier Wochen lang den Verstand aus dem Hirn geblasen, konnte diskutieren wie eine Achtundsechzigerin.

Um sich dann quasi über Nacht mit meinen kompletten Ersparnissen abzusetzen. Was war ich doch für ein schwanzgesteuerter Trottel.

Game over, baby.

Er leert sein Glas bis auf den letzten Tropfen. Knirschend zerbeißt er die Eiswürfelreste.

10

Hamburg

Die Jalousie verformt sich, immer seltsamer, direkt vor ihrem Gesicht, beginnt jetzt unheimlich zu tanzen; hinter den Lamellen taucht plötzlich eine schemenhafte dunkle Gestalt auf, furchteinflößend groß, irgendetwas Entsetzliches in der Hand, völlige Vernichtung droht, jetzt gleich, im nächsten Augenblick, sie weiß es genau, sie will schreien, sie will raus, nur raus, doch sie ist völlig wehrlos, wie gelähmt …

Hannah fährt hoch, keuchend vor Angst. Weiß überhaupt nicht, wo sie ist.

Eine Hand tastet nach ihr, warm und beruhigend. »Bist ganz nass geschwitzt«, sagt May leise. »Hast du schlecht geträumt?«

»Entsetzlich!« Hannah starrt vor sich hin, sucht sich zu sammeln. Drei Uhr fünfundzwanzig, zeigt der Wecker an. Unbeholfen zieht sie ihr klammes Shirt über den Kopf, wirft es quer durch das dunkle Schlafzimmer. »Das war kein Traum, kein Alptraum. Das war tausendmal schlimmer. Das war … Er-in-ne-rung!« Sie presst ihr Gesicht ins Kopfkissen, so heftig, als könne sie damit alles wegdrücken und für immer vergessen.

May streicht sanft über ihren Rücken, küsst ihre Schultern. »Alles ist gut. Schau nach vorn, ich bin bei dir …«

Hannah spürt, wie Mays Finger jetzt ihren Po kraulen, ganz zärtlich, wohltuend entspannend.

Minutenlang.

Doch dann, kaum merklich, langsam immer fester.

Immer gieriger. Immer härter. Bis sie schließlich rücksichtslos in ihren Slip fahren.

Schlagartig verspannt sich Hannah. »Nein, bitte, jetzt wirklich nicht!«

Mays Finger wollen es nicht wahrhaben, ungeduldig pressen, reiben, drängeln sie weiter, in Hannahs Schritt.

»Au, hör auf!« May denkt gar nicht daran, mit dem Knie versucht sie, Hannahs Beine zu fixieren, sie auf dem Bauch zu halten und sich über sie zu wälzen. »Nein, hör sofort auf!« Hannah strampelt und keilt aus, trifft May schließlich voll im Unterleib.

»Oh fuck, bist du verrückt?« May krümmt sich mit schmerzverzerrtem Gesicht.

»Ich hab keine Lust! Akzeptier das doch einfach mal!«

May schneidet eine verächtliche Grimasse. »Genau das fehlt dir, genau das würde dir jetzt sehr, sehr guttun, Honey. Glaub mir.«

»Nein, nein, nein, ganz bestimmt nicht! Gerade war ich noch im allerschlimmsten Alptraum!«

May schnaubt verächtlich. »Ach, komm! Die große Power-Lady Hannah Steiner!« Sie setzt sich auf. »Ich kann auch gleich ins Bad. Dann nehme ich eben den ersten ICE und frühstücke in Ruhe. Im Bordbistro oder in Berlin.«

11

Berlin

Rosinsky ist plötzlich hellwach. Neben ihm röchelt jemand, leise und regelmäßig. Schlechter Morgenatem dringt durch die langen Haare, die das Gesicht der Frau neben ihm bedecken.

Nico. Die Blondine aus der Bar.

Muss tatsächlich noch hier eingeschlafen sein. Eigentlich wollte sie doch gehen.

Unmutig wälzt er sich hoch und tappt durch das dämmrige Zimmer Richtung Bad. Im Vorbeigehen schnappt er sich seine Jeans vom Stuhl, befingert routinemäßig die Gesäßtasche.

Entwarnung, das Portemonnaie sitzt am gewohnten Platz. Der Hunderter, der letzte, ist auch noch drin.

Die Armbanduhr neben seiner Zahnbürste zeigt sieben Uhr zehn. Die Nacht ist gelaufen. Auch wenn sein dröhnender Kopf noch anderer Meinung ist.

Missmutig setzt er sich auf die Toilette und versucht, einen klaren Gedanken zu fassen. Geld. Die Spesen sind das drängendste Problem. Eine zusätzliche Woche muss ich dem Burgstaller in der ORF-Redaktion noch rausleiern. Für die Suche nach Rolf-Peter Borkow.

Und mit Ivo Reizman noch mal sprechen.

Eine verschlafene Stimme vor der Tür: »Du? Kann ich auch mal rein?«

»Ja, ja. Gleich.« Er drückt die Spülung und steht auf.

12

Stuttgart

»So, liebe Frau Dr. Henckel-Zier«, der Vorsitzende wendet sich händereibend an die Generalsekretärin, »wenn ich die Tagesordnung unserer ARD-Hauptversammlung hier im SWR-Funkhaus noch richtig im Kopf habe, steht last, but not least noch die W-Frage an. Wer beerbt Will?«

»Richtig«, lächelt Frau Dr. Henckel-Zier, »Stimmungsbild und Vorauswahl.«

»Na, dann wollen wir mal.« Ein kurzer Blick auf die Uhr, dann in die große Runde. »Nur zur Erinnerung, in dreißig Minuten kommt unser Shuttleservice. Kollege Reimers, der NDR ist bekanntlich federführend für den Sendeplatz am Sonntagabend. Bitte kurz die aktuellen Fakten.«

Der NDR-Intendant räuspert sich. »Ja, liebe Kolleginnen und Kollegen, ohne jetzt groß ins Detail zu gehen, diese spektakuläre Kündigung hat auch bei uns alle überrascht. Frau Will wird jetzt definitiv letztmals auf Sendung gehen am 27. September. Wir streben einen nahtlosen Übergang an, sodass die Nachfolgerin respektive der Nachfolger am 4. Oktober Premiere hätte.«

»Wobei wir aber schon den 3. Oktober im Blick behalten müssen«, wirft der ARD-Vorsitzende ein. »›Deutschland wird 30!‹, unsere Zwanzig-Uhr-fünfzehn-Koproduktion mit dem ZDF. Moderation stellen wir, beste Gelegenheit also, um hier schon die Nachfolgerin ins Schaufenster zu stellen. Gesucht wird ein frisches, unverbrauchtes Gesicht; gleichzeitig natürlich souverän und hochprofessionell, bla, bla, bla. Also lassen Sie uns die potenziellen Kandidaten mal durchgehen!«

»Tja, nachdem Frank Plasberg von sich aus abgesagt hat und Günther Jauch kein ernsthaftes Thema sein dürfte, zunächst mal die üblichen Verdächtigen, von A bis Z, von Atalay bis Zamperoni …«

Unwilliges Gemurmel wird laut. »Abhaken!«, fordert der kleine Dicke vom MDR. »Konzentrieren wir uns doch gleich auf die großen Fische!«

»Wäre sinnvoll«, unterstützt ihn die hessische Fernsehdirektorin, »bei allem Respekt, aber Pinar Atalay wäre doch wirklich nur gut gemeinte Symbolpolitik.«

»Und Zamperoni lassen wir schön in den Tagesthemen. Ein guter Anchorman, aber doch kein Talkshow-Moderator!«

»Caren Miosga …«

»… ist über fünfzig!«

»Maischberger?«

»… dreiundfünfzig!«

Empörte weibliche Proteste, die Diskussion droht zu eskalieren.

Der ARD-Chef ergreift schnell wieder das Wort. »Liebe Kolleginnen, liebe Kollegen, ich bitte Sie! Bleiben wir alle bei den Fakten, keine missverständlichen Andeutungen, keine bewussten Fehlinterpretationen. Ja, bitte, Kollege Günther!«

Der kleine Dicke vom MDR verschränkt die Arme und beugt sich näher ans Tischmikrofon. »Um es gleich auf den Punkt zu bringen: Ann-Kristin Beerbaum! Anki ist nicht nur quotenmäßig die Aufsteigerin des Jahres. Sie kann uns auf diesem Sendeplatz ganz neue Zielgruppen erschließen. Eine, wenn auch behutsame, Modernisierung des Formats inklusive. Vielleicht könnten wir den ›Tatort‹-Teletwitter gleich weiterlaufen lassen, Stichwort Interaktion und Zuschauerbeteiligung forcieren. Kurz, es gäbe viele Gründe, alle sprechen für einen frischen, beherzten Neuanfang. Keine verkörpert ihn besser als Anki Beerbaum.«

Der NDR-Intendant grätscht rustikal dazwischen. »Nonsens, Herr Kollege, mit Verlaub! Wir wären doch mit dem Klammerbeutel gepudert, würden wir dieses renommierte, quotenstarke Format jetzt ohne Not verändern! Sonntag, einundzwanzig fünfundvierzig, das ist ein Aushängeschild gerade für uns Öffentlich-Rechtliche …«

»Ach, nicht schon wieder! Dieses Totschlagargument!«

»… eine Premium-Marke! Kein Halligalli-TV, die Leute wollen zwischen Krimi und Einschlafen seriös und kompetent aufgeklärt werden …«

Der ARD-Chef rutscht ungeduldig auf seinem Sitz hin und her. »Das heißt, der NDR schlägt wen vor?« Sein ironischer Unterton ist unüberhörbar.

»Aus unserer Sicht kann es nur eine würdige Nachfolgerin geben. Natürlich Hannah Steiner. Jahrelange Erfahrung in der NDR-Talkshow, sozial engagiert, internationales Renommee. Ist schnell und gut im Thema drin, hakt nach, betreibt weder plumpe Konfrontation noch servile Einschmeichlung. Seriös und sehr, sehr gut, sie ist einfach die Beste!«

Beifälliges Klopfen, nur ein, zwei unwirsche Zwischenrufe.

»Stimmungsbild, konkrete Abfrage«, versucht der Vorsitzende die aufkommende Unruhe gleich im Keim zu ersticken. »Hannah Steiner oder Anki Beerbaum: Wer präferiert aktuell Hannah Steiner? Bitte Handzeichen … Ah ja, danke! Wer bevorzugt Anki Beerbaum? Deutlich weniger. Weitere Vorschläge? Keine? Danke. Ich stelle folgenden Grundkonsens fest: Frau Steiner und Frau Beerbaum sind die einzig verbliebenen Kandidatinnen, Vorteil momentan Frau Steiner. Weiteres Procedere bitte wie üblich durch den federführenden NDR, offizielle Voranfrage, grundsätzliche Bereitschaft, individuelle Details abklären.«

»Axel Maaß wird mit beiden Kontakt aufnehmen. Rückmeldung in vierzehn Tagen?«

»Sehr gut, danke sehr! Damit schließe ich den offiziellen Teil der Frühjahrshauptversammlung der ARD-Intendanten. Die Shuttles zum Hotel stehen jetzt bereit, wir sehen uns dann alle wieder um neunzehn Uhr im Neuen Schloss zum Dinner bei Herrn Ministerpräsidenten Winfried Kretschmann. Bis gleich!«

13

Hamburg

Hannah kniet vor dem Bücherregal in ihrem alten Kinderzimmer. Schüchtern, fast ehrfürchtig streicht sie über ihre Schätze von damals, die hier die Zeit überdauern.

»Drachenreiter« von Cornelia Funke, vierhundertfünfzig Seiten. In der dritten Klasse muss das gewesen sein, an einem völlig verregneten Wochenende. Sie hat es von der ersten bis zur letzten Seite verschlungen und keine einzige Hausaufgabe gemacht. Zum ersten und auch zum letzten Mal.

Dann ein ganzes Fach in Blau: »Lauras Stern«, vierzehn Bücher und ihre ersten CDs. Nur der gelbe Kuschelstern fehlt.

Ganz unten schließlich ihre allerersten Büchlein, die heiß geliebte Conni-Serie. Dutzende von Pixis und Bilderbüchern: »Conni beim Frisör«. »Conni bekommt eine Katze«. »Conni geht zum Arzt«. »Conni geht zum Zahnarzt«. »Conni hilft Mama«.

Conni geht verloren.

Hannah presst ihren Kopf gegen das Regalbrett. Die Kante schneidet schmerzhaft in die Stirn.

Verloren.

Hannah geht verloren.

Hannah bleibt verloren.

Für immer.

Es gibt keine Hannah mehr. Hannah war eine Erfindung, eine Kunstfigur.

Wie Conni.

Sie steht auf, spürt leichtes Schwindelgefühl. Vor ihren Augen, mit goldfarbenen Reißnägeln direkt in die Wand gepinnt, die Ehrenurkunde der Bundesjugendspiele.

Ihre einzige.

Mit der Unterschrift des Bundespräsidenten. Johannes Rau, Berlin, den 26. April 2002.

Der Tag des Schulmassakers in Erfurt.

Der Amokläufer Robert Steinhäuser erschießt elf Lehrer, eine Referendarin, eine Sekretärin, zwei Schüler und einen Polizeibeamten.

Und sich selbst.

Ihr fassungsloses Entsetzen damals. Mit fünfzehn.

Ihr unablässiges permanentes Nachspüren, wie es sich anfühlen muss, konfrontiert zu werden mit der tiefsten Urangst überhaupt. In der furchtbaren Erkenntnis, urplötzlich dem Bösen ausgeliefert zu sein, machtlos, hilflos, wehrlos.

Zu hundert Prozent fremdbestimmt.

Urplötzlich Opfer zu sein.

Nur weil der andere eine Waffe hat.

Eine Waffe, wie sie auch meine Familie ausgelöscht hat. Eine Schusswaffe.

Theo und Sabine hatten eine andere Waffe.

Die Waffe Wahrheit.

Eine Waffe, die dreißig Jahre lang geladen war. Die aber nie abgeschossen wurde.

Die Waffe, die mich unwissend und in Schach hielt. Die mich in einer riesengroßen Lebenslüge aufwachsen ließ.

Nur weil es für die zwei Waffenhalter dadurch leichter und bequemer war.

Und jetzt, am Ende ihres eigenen Weges: Feuer frei!

Nur um das eigene Gewissen zu beruhigen, nur um sich den eigenen Abgang zu erleichtern.

Bumm! Hier hast du die Wahrheit!

Eine Wahrheit, die dich jetzt zum Opfer macht.

Schau selbst, wie du damit klarkommst.

Hannah reißt die Tür des Kinderzimmers wieder auf. »Ihr Lügner«, schreit sie nach unten, »warum habt ihr mich nur bis jetzt angelogen, warum seid ihr nicht bis in alle Ewigkeit bei eurer verfluchten Lüge geblieben? Ihr Lüg-ner!«

Theo Steiner eilt an die Treppe. Blass und vorwurfsvoll blickt er zu ihr hinauf. »Hannah! Was fällt dir ein, hier so kindisch herumzuschreien? Mutter war gerade eingedöst. Überhaupt, was heißt hier Lüge? Es war das einzig Richtige für dich und deine Entwicklung. Merk dir das! Wir würden es jederzeit wieder so machen!«

14

Kitzbühel

»Herr Schefczik?« Lara schiebt ihre schwarze Dauerwelle durch die angelehnte Terrassentür.

Ihr Chef Klaus Schefczik, seines Zeichens Immobilienmakler und Vermögensberater, starrt durch sein olivgrünes Fernglas und winkt sie stumm heran. »Kommen Sie raus, Lara! Das müssen Sie sich anschauen, gleich dort drüben überm Bergwald. Zwei Steinadler mit ihrem Jungen!«

Lara schaut kurz und desinteressiert zum Wilden Kaiser hinüber, dann legt sie eine Telefonnotiz mit einer Handynummer auf den massiven Ahorntisch.

»ORF, David Rosinsky, bis 20 Uhr«.

»Der ORF möcht ein Interview mit Ihnen.«

Schefczik lässt das Fernglas sinken. »Der ORF? Mit mir? Wieso das?«

Lara zuckt mit den Schultern. »Geht um eine TV-Doku über Rudolfine Steindling, mehr wollte der Herr mir nicht verraten.«

Rudolfine Steindling. Die Rote Fini.

Sein Magen fühlt sich plötzlich an wie mit Beton ausgegossen. »Ich kümmere mich darum«, sagt er. »Danke, Lara.«

Sein Blick folgt der einstigen Miss Curvy Tirol 2009. Bleibt hängen an ihrem füllig gewordenen, in viel zu enge Designerjeans gepressten Po. Dem Po, in den sich die Hände ihres Herrn Gemahls, seines Tenniskameraden Harry, schon lange nicht mehr krallen wollen. Weil sie sich viel lieber mit Yulia, der grazilen kleinen Ukrainerin aus der Tennisboutique, befassen …

Cut.

Rote Fini.

Seit sieben Jahren tot. Alle Prozesse rechtskräftig abgeschlossen. Längst ist Gras über alles gewachsen. Was wollen diese öffentlich-rechtlichen Idioten jetzt wieder aufrühren?

David Rosinsky? Nie gehört. Sicher ein Jude. Wie dieser Prokurist damals, im Hilfswerk Osteuropa. Reizman, dieses lächerliche Männchen, mit seinem dreifachen Minderwertigkeitskomplex. Klein, jüdisch, Feuermal.

Aber der Einzige, der seinerzeit Verdacht schöpfte. Zumindest kurz. Als sie zusammen in Charlottenburg klatschnass durch den Wolkenbruch zum Auto sprinten mussten. Als er gönnerhaft auch Reizman ein Handtuch geben wollte und dabei hastig die falsche Reisetasche öffnete. Vollgepfropft mit Geldscheinbündeln. Er sieht die blassroten Banderolen noch vor sich. »Bank Austria Zürich«.

Er schüttelt den Kopf.

Unvorstellbar, welche Summen Fini als Geschäftsführerin der Novum damals tagelang zwischen Zürich, Wien und Berlin verschieben ließ. Händisch, um alle Spuren zu verwischen. Von Bankschließfach zu Bankschließfach. Mit seiner tatkräftigen Hilfe. Einundfünfzig Tranchen, jede einzelne zwischen zwanzig und sechzig Millionen Schilling. Ihr morgendlicher Anruf war legendär. Kurz und knapp: »Wir ham heut wieder was abzuholen, Herr Schefczik. Kommen S' bitt schön in aaner Stund.« Gewaschen und vollgetankt musste er den dunkelblauen Turbodiesel-Benz an der Villa in Döbling vorfahren.

Eine absolute Vertrauensstellung, historisch einmalig. Zur rechten Zeit am rechten Platz, dank weiser Voraussicht seines Ex-Chefs Alexander Schalck-Golodkowski. »Bleiben Sie dran an der Novum, Schefczik! Der Treuhand darf so wenig wie möglich in die Hände fallen. Sie bleiben unser wichtigster Helfer für Frau Steindling!«

Künstlerpech, dass Ivo Reizman damals im Kofferraum einen Blick ins Allerheiligste erhaschen konnte. Noch mehr Pech aber für den kleinen Wichtigtuer selbst, der ihn ausgerechnet bei der Frau Kommerzialrätin anschwärzen wollte. Hinter deren charmantem Wiener Schmäh sich eiserne Härte verbarg.

Schefczik bricht ein Stück ab von der halben Tafel Cointreau-Schokolade, die noch vor ihm liegt, und schiebt es langsam in den Mund. Lässt es auf der Zunge liegen, presst es genießerisch gegen den Gaumen.

Nein, Reizman kann gar nichts gegen ihn in der Hand haben. Er war nie dabei, weder bei den gelegentlichen kleinen Privatentnahmen noch bei seiner kreativen Buchhaltung, den sorgfältig frisierten internen Belegen der illegalen Novum-Transaktionen.

Nullsechser, Nullneuner, Dreiachter, ganz simple Zahlenfälschungen nur zu Beginn. Immer im Alleingang, topsecret. Niemals Zeugen.

Auch später nicht, als er immer häufiger Empfänger fingierte. Und am Ende schließlich eine aufwendige Treuhänderkonstruktion errichtete. Die Rote Fini mit ihren eigenen Waffen schlug. Die bestohlene Diebin, grinst er in sich hinein.

Obwohl, was sind schon die vier Millionen, die ich mir klammheimlich abgezweigt habe? Geradezu lächerlich als Provision, angesichts der tatkräftig gemeinschaftlich verschobenen hundertdreißig Mille.

Einfach lachhaft, wie risikoscheu ich war. Vier Millionen nur.

Mach ich binnen zwei, drei Jahren hier. Wenn es gute Geschäftsjahre sind. Und die letzten waren gut, sogar sehr gut.

Wenn die Rosinskys dieser Welt wüssten, wie viel russisches Kapital hier tagtäglich klammheimlich gewaschen wird.

Dank meiner Kontakte.

Wertvolle Investitionen in Ausbau und Erhalt touristischer Infrastrukturen. Hier, in den schönsten Wintersportgebieten der Welt. Win-win für alle Beteiligten. War schon immer meine Spezialität.

Er grinst erneut, dann verfinstert sich seine Miene.

Das lasse ich mir auch diesmal nicht kaputtmachen. Darf nur nicht überreagieren, das weckt Verdacht.

Erst mal Erkundigungen über Rosinsky einholen, mehr nicht.

Arschlecken.

Er hebt das Fernglas wieder an die Augen.

Beckenbauers Gärtner schneidet gerade die Rosenhecke. Und bei den Hinterseers toben offenbar die Enkel vor dem Landhaus.

Alles wie immer.

Nur die Adler sind verschwunden.

15

Hamburg

»Schlecht geschlafen, Hannah?« Karen Bergholt steht mit dampfender Kaffeetasse vor der Autogrammwand der Redaktion, ihr besorgter Blick irritiert Hannah.

»Nein, wieso? Alles gut, Karen. Ich spring doch gern mal in unserer kleinen Vorabendsendung ein, ich kenn doch meine Wurzeln!« Das Hannah-Steiner-Lächeln funktioniert perfekt.

Karen scheint beruhigt und setzt sich. »Soll dich übrigens ganz lieb aus dem Rathaus grüßen, von Simone!«

»Simone …?«

»Bargfeld, Senatspressestelle. Freut sich sehr über deine Auszeichnung in New York, da ist wohl auch im Senat jetzt noch was im Busch für dich. Sie drückt dir jetzt schon ganz fest die Daumen für Anne Will!«

Hannah verzieht das Gesicht. »Ungelegte Eier. Gib mir lieber dein Last-Minute-Briefing über den Typen, der heute aufs Rote Sofa kommt.« Obwohl ich die halbe Stunde »DAS!« eigentlich im Schlaf moderiere, fügt sie im Stillen hinzu.

Karen blättert in ihrer Kladde. »Konzept hab ich dir ja gemailt. Volkan Çavuşoğlu, zweiunddreißig, geboren und aufgewachsen in Eimsbüttel. Paradiesvogel. Musiker, Kleinkünstler, scharfer Erdoğan-Kritiker, aktiv für die Linken. Schlagfertig, ätzend, für 'ne Pointe verkauft der dich und seine Oma gleich dazu …«

»Waterloo«. Anruf Axel Maaß.

»Axel, unsere Konferenz geht gleich los.«

»Sonnenklar, liebe Hannah! Aber wie du weißt, vor dem Wichtigen kommt das Allerwichtigste!«

Sie streicht sich durchs Haar. Morgen ist Friseurtermin, denkt sie zerstreut. »Bitte, ich höre.«

»Ja, da ich übermorgen erst wieder im Dienst bin, hier schon mal auf diesem Weg: Intendant Reimers wird in den nächsten Tagen sicher auch noch auf dich zukommen. Die ARD-Hauptversammlung hat dich und Anki Beerbaum in die Endauswahl genommen. Offizielle Voranfrage also, ob du grundsätzlich interessiert und bereit bist ...«

Sein sarkastischer, leicht lauernder Unterton nervt Hannah.

»Bin ich«, sagt sie knapp.

»Sehr gut, liebe Hannah, nichts anderes habe ich erwartet. Dann bitte ein Drei-Seiten-Exposé bis nächsten Freitag. Das aktuelle Sendeformat aus deiner ganz persönlichen Sicht, welche Stellschrauben würdest du gern drehen, welche Sollbruchstellen siehst du? Stichwort Produktion, seit Sabine Christiansen und Günther Jauch sind eigene Gesellschaften üblich, wie stellst du dir das künftig vor? Drei Seiten. Höchstens.«

»Bis nächsten Freitag?«

»Deadline. Denk dran, du und Anki, ihr steht ab sofort unter verschärfter Beobachtung.« Er kiekst vergnügt, als ob er gerade gekitzelt wird. »Ich drück dir natürlich alle Daumen. So, bei mir ist jetzt erst noch ein Tag Ausspannen angesagt. Wir sehen uns übermorgen. Toi, toi, toi, liebe Hannah, zeig dem vorlauten Türken, wo der Hammer hängt!«

Volkan quasselt; witzig, ohne Punkt und Komma. Hannah muss sich wahnsinnig konzentrieren, ihn immer im richtigen Moment auszubremsen und die Spur zu wechseln. Ungewohnt häufig sucht ihr Blick den Timer. Noch eine Minute zehn.

Volkan kann die Uhr nicht sehen, doch er scheint es zu spüren, versteigt sich plötzlich, aus Eimsbütteler Jugendschwänken heraus, zu einem flammenden politischen Appell: »Und Erdoğan muss weg, da müssen sich alle darüber klar sein, auch in der Türkei drüben, in Stadt und Land, dieser Mentalitätsunterschied, schlimm, wie hier vor zwanzig, dreißig Jahren Ossis und Wessis, und sagen Sie selbst, wen interessiert denn heute noch dieser Schwachsinn, von wegen Wessi oder Ossi?«

Hannah starrt ihn an.
Sein unrasiertes Grinsen. Amüsiert. Herausfordernd. Frech.
Die Uhr rast, immer weiter herunter.
Warum sagt der Typ nichts mehr?
Was soll denn ausgerechnet ich jetzt dazu sagen?
Die Regie gestikuliert.
Stumme Zeichen: Sprechen!
Sprechen!
Sprechen!
»Schwachsinn?«, wiederholt sie hilflos. »Das ist doch kein Schwachsinn … Wessi oder Ossi … oder Wessi … das ist doch sehr wichtig …«
Zwei Sekunden noch. Die Regie fährt vorzeitig die Musik hoch. Der akustische Trigger hilft ihr zurück in die altgewohnte Abspann-Routine: »Herzlichen Dank, Volkan Çavuşoğlu! Liebe Zuschauer, wir sehen uns morgen um achtzehn Uhr fünfundvierzig wieder, es geht weiter mit Ihrem Landesprogramm.«

»Was war das denn bitte«, stöhnt Axel, »was macht die denn, ein Zehn-Sekunden-Blackout, in diesem lächerlichen Regionalmagazin? Oh Mann!«
Er drückt »Aus« und lässt die Fernbedienung neben das Bett fallen. Erwartungsvoll schließt er die Augen.
Sie schnurrt wie eine Katze, als sie ihre warmen nackten Brüste über seinen Oberschenkel tanzen lässt. »Ossi-Wessi, Ossi-Wessi«, äfft sie Hannah Steiner nach, »das ist doch kein Schwachsinn, das ist doch wich-tig!« Sie muss lachen, bricht ihre Liebkosungen ab und kann von einem Moment auf den anderen kaum noch an sich halten. »Ossi-Wessi, das ist wich-t-tig! Ja, das find ich auch!« Sie strampelt vor Vergnügen.
Er starrt auf ihren perfekt rasierten Landestreifen.
»Du, da wartet jemand auf dich«, sagt er heiser. »Der schreit vor Lust. Nach dir.«
»Das weiß ich doch«, kichert sie, »das weiß ich sogar sehr genau.« Ihre Fingernägel kitzeln sanft über seinen Bauch. Kraulen

in seinem Schamhaar. Er verschränkt die Arme hinter seinem Kopf und stöhnt leise, windet sich in lustvoller Erwartung.

Ihre feuchte Zunge erkundet seinen Nabel, fährt dann unendlich langsam weiter, tief in den Süden. »Wo isser denn, mein großer kleiner Axel«, wispert sie, »wo isser denn …? Komm zu mir … mmhmm … komm … zu deiner … Aannnkki …!«

16

Berlin

Zum dritten Mal weiterverbunden, nur noch Hosenscheißer im ORF. Genervt presst er sein Handy ans Ohr.

Kein guter Tag heute.

Erst die aufdringliche Nico, die am liebsten den ganzen Tag mit ihm verbracht hätte. Dann die Hiobsbotschaft in der Residenz Tertianum: Ivo Reizman im Wachkoma auf Intensiv, Ursache vermutlich ein Schlaganfall.

»Hallo? Ja, David Rosinsky hier, habe d' Ehre, Felix.«

ORF-Chefredakteur Felix Burgstaller lacht. »Servus, David! Wann du mi anrufst, göits immer ums Diridari! Enttäusch mi heit bitte amoi!«

Rosinsky stöhnt. »Du weißt, dass ich nur in absoluten Ausnahmefällen auf dich zukomme. Und dann immer Top-Ergebnisse liefere. Rosinsky rocks!«

»Schrieb die New Yorker Daily News schon 1986, ich weiß!« Burgstaller fällt ins Hochdeutsche zurück. »Wahrscheinlich waren nur die Kolleginnen dort so begeistert vom Charme ihres austro-amerikanischen Jungkorrespondenten«, ätzt er.

Rosinsky malträtiert seinen unschuldigen Kugelschreiber, ein wütendes Rein-raus-Stakkato. »Du, ich muss hier einfach noch ein paar Tage anhängen. Bin einem Ex-Stasi-Mann auf der Spur, aus dem unmittelbaren Umfeld von Schalck-Golodkowski. Ein gewisser Borkow. Wurde kurz vor der Wende strafversetzt. Passt in unsere Doku wie Arsch auf Eimer. Vielleicht redet er sogar. Könnte nämlich sein, dass er noch eine Rechnung offen hat. Im Idealfall ein Mister Domino, der uns in den Dunstkreis der Roten Fini führt.«

»Mhmm.« Burgstaller überlegt. Oder tut zumindest so.

»Wie weit wirft uns das zeitlich zurück, David? Am production schedule kann ich eh nichts mehr ändern. Wo siehst du da noch Spielraum?«

Rosinsky ballt triumphierend die Faust. Das finanzielle Budget ist offenbar noch nicht ausgereizt. »Zeitlich krieg ich das alles auf die Reihe«, beeilt er sich zu versichern, »die Deadline bleibt, wie sie ist, Felix.«

Burgstaller bleibt skeptisch. »Und du glaubst, du findest diesen Borkow so schnell?«

»Vernetzung ist alles. Internationales Netzwerk Personenrecherche, dazu dreißig Jahre Berufserfahrung in Wien, Berlin, New Yo...«

»Okay, okay«, unterbricht ihn Burgstaller, »ist ja schon gut! Also, an der einen Woche Standardspesen soll's nicht scheitern. Aber schau zu, dass d' einen knallharten Bezug zu Österreich findest. Fini wär natürlich der Knaller, aber verrenn di ned, i kenn di doch!«

»Kannsd di auf mi verlassn, Felix.« Grinsend legt er auf.

Fünfzehn Uhr dreißig zeigt sein Display. Noch dreißig Minuten bis zum nächsten Termin im Stasi-Unterlagen-Archiv Karl-Liebknecht-Straße.

`Akte B o r k o w, Rolf-Peter, *25.08.1954 Pasewalk, wh. Berlin-Hellersdorf, Ludwigsluster Str. 47.`

Rosinsky streicht nachdenklich über seinen Schnauzer. Die Akteneinträge nach dem Mauerfall sind äußerst dürftig: Im Dezember 1989 Versetzung aus dem Bereich KoKo in die Regiebrigade der Investbauleitung Hönow, »an Häufigkeit und Schärfe zunehmende zersetzende Äußerungen des Genossen Borkow lassen an der für hauptamtliche Mitarbeiter im Bereich Kommerzielle Koordination unabdingbar hohen politischen Zuverlässigkeit zweifeln«. Unterschrieben ist die Versetzungsverfügung von Schalck-Golodkowski persönlich am 30. November 1989. Nur drei Tage also vor dessen eigener Flucht. Das Verfahren eingeleitet hat Borkows direkter Vorgesetzter Klaus Schefczik. Der aber seltsamerweise »keine über eine Versetzung hinausgehenden disziplinarischen Maßnahmen für erforderlich« hält.

Rosinsky runzelt die Stirn.

Klar, Borkow ist kein Einzelfall. Er fällt mit in die große Versetzungswelle der Umbruchszeit. Fünfundneunzig von hunderteinundsiebzig KoKo-Mitarbeitern wurden zwischen Dezember 1989 und Februar 1990 in andere volkswirtschaftliche Bereiche umgesetzt, so viel ist bekannt. Doch bei Borkow handelt es sich eindeutig um eine Strafversetzung. Explizit werden ihm zersetzende Äußerungen zur Last gelegt. Ein Fehlverhalten, das der Arbeiter- und Bauernstaat normalerweise als staatsfeindliche Hetze mit ein bis acht Jahren Gefängnis bestraft.

Bei Rolf-Peter Borkow jedoch belässt es die Stasi, belassen es Alexander Schalck-Golodkowski und Klaus Schefczik bei einer bloßen Versetzung, ohne Gehaltseinbußen.

Warum eigentlich?, grübelt Rosinsky.

Investbauleitung, nur noch Fliesen und Wasserhähne beschaffen für die SED-Bonzen in Wandlitz – ging es Schalck und Schefczik nur darum, Borkow persönlich zu demütigen? Passt alles nicht zusammen.

Wusste Borkow zu viel? Scheute die Stasi im Dezember 1989 bereits das mögliche Aufsehen eines Strafprozesses gegen einen der engsten Mitarbeiter?

Gedankenversunken steckt er sich einen Zigarillo in den Mund. Sofort ertönt ein vorwurfsvolles Räuspern. Verblüfft blickt er hoch.

»Petra N. Weibelzehl, Wissenschaftliche Mitarbeiterin BStU«, steht auf dem Namensschild der kleinen Rothaarigen. An ihrem Schneidezahn schimmert ein kleiner Brilli. »Rauchverbot in allen Räumen!«

»Natürlich«, murmelt er, »sorry.« Ein kurzer Blick noch auf die etwas zu flache Brust von Petra N. Weibelzehl, dann steckt er den Che Teniente in die Packung zurück und konzentriert sich wieder auf die Borkow-Akte.

Die letzten vier Seiten.

Nur noch Krankschreibungen. Diagnoseschlüssel 465, Infektion der oberen Atemwege. Durchgehend seit 1. Dezember 1989. Borkow hat den Dienst in der Regiebrigade der Investbauleitung Hönow nie angetreten.

Februar 1990, ein Schreiben des Nachlassgerichts am Amtsgericht Coburg: Rolf-Peter Borkow erbt völlig überraschend das Anwesen einer verstorbenen Großtante Annemarie Elfriede Sieglinde Petzold in der Gemarkung Rottenbach, Gemeinde Lautertal, Landkreis Coburg, BRD.

Das letzte Blatt schließlich.

Bürokratisch korrekt bis zum Schluss. Eine Abmeldebescheinigung »von Amts wegen«, verfügt durch das Bezirksamt Hellersdorf am 14. April 1990: Auszug von Rolf-Peter und Monika Borkow mit den Kindern Stefan und Jana aus der Ludwigsluster Straße am 1. April 1990 ohne Abmeldung, neuer Wohnort unbekannt, »mutmaßlich BRD (Rottenbach, Lkr. Coburg?)«.

Rosinsky schreibt »Rottenbach« in seinen Block. Unterstreicht es zweimal dick.

Steckt sich dann wieder den kalten Che Teniente in den Mund, steht auf und gibt die Akte zurück. »Schönen Dank«, nuschelt er. »Wiederschaun, Frau Weibelzehl.«

17

Kitzbühel

Die Eiswürfel purzeln in das leere Whiskyglas, einer nach dem anderen. Andächtig lauscht Schefczik dem leisen Klackern. Welch Wohlklang, welch akustische Vorfreude auf das goldbraun glänzende Götterelixier, das sich gleich über die Eiswürfel ergießen, sie sanft umspülen und umhüllen wird … Johnnie Walker Black Label, zwölfjähriger Schotte; du Meister aller Klassen!

Langsam hebt er das Glas, grüßt durch sein Panoramafenster die gegenüberliegenden Gipfel im mild orangeroten Sonnenuntergang.

Nur das Allerwelts-Gedudel von Radio Tirol stört den erhabenen Moment. Er setzt das Glas wieder ab.

Jetzt braucht es eine Hymne, eine musikalische Kostbarkeit, eine Preziose, wie sein Vater zu sagen pflegte.

Viele solcher Preziosen spürte Siegfried Schefczik, seines Zeichens Zollhauptkommissar am Grenzübergang Bornholmer Straße, im Lauf seiner siebenundzwanzig Dienstjahre in Koffern, Taschen und Autos auf. Und fast alle fanden auf dunklen Pfaden ihren Weg in die heimische Musiktruhe der Schefcziks.

So auch diese hier. Vorsichtig zieht er eine vergilbte, zerfledderte Hülle aus dem Plattenregal. Eine 45er-Single aus dem Jahr 1968.

Ausgerechnet am fünfzehnten Hochzeitstag spürte der Vater das kostbare Stück auf; eine Rentnerin hatte es nur oberflächlich in ihrer Tasche versteckt, in einer aktuellen »Für Dich – Die Illustrierte Wochenzeitung für die Frau«.

Auf Anhieb wurde es zum Lieblingslied seiner Mutter. Zu einer unvergesslichen Kindheits- und Jugenderinnerung für ihn selbst.

Behutsam setzt er den Saphir auf die Rille.

Mit dem Johnnie Walker in der Hand lässt er sich in seinen Ledersessel fallen. Schließt die Augen und lauscht gebannt dem wohlvertrauten Knacken und Knistern, bevor der samtweiche Bariton von Al Martino beschwört:

»Blue Spa-nish eyes, tear-drops are fal-ling from your Spanish eyes …«

Blue Spanish eyes.

Was für eine berauschend exotische Kombination, ganz besonders in einem grauen Ostberliner Plattenbau Ende der Sechziger.

Blue Spanish eyes – war das nicht in sich schon dialektischer Materialismus, in seiner poetischen, in seiner allerschönsten Form …?

Der Summton seines Smartphones reißt ihn aus allen Träumen.

Clavius. Sein BND-Kontaktmann aus Wendezeiten. Der längst überfällige Rückruf.

Ärgerlich lupft er den Tonarm. Al Martino muss stumm weiterrotieren auf dem Plattenteller.

»Ja?«

Kurzes Schweigen am anderen Ende. »Ist Frau Winkelmann gerade zu sprechen?«, fragt eine Männerstimme.

»Mein Friseur heißt Dobler. Oh Mann, Krypto-Handys sind abhörsicher, können wir diese Spielchen nicht langsam lassen, Clavius?«

Ein leises Lachen. »Keine Chance. Wir sind und bleiben Profis.«

Schefczik grunzt verächtlich.

»Na, dann schieß los. Was weißt du über diesen Schnüffler, diesen jüdischen?«

»Schon mal richtig. David Rosinsky ist tatsächlich Jude. Er kommt aus Wien, hat zwei Pässe, Österreich und USA, sein Vater war Ami. Rosinsky ist als Freelancer für den ORF tätig. Auslandserfahrung beim Berliner Tagesspiegel und in den Staaten bei den New Yorker Daily News. Politisch ein klassischer Ostküsten-Liberaler.«

»Du meinst, ein klassisches Gutmenschen-Arschloch«, ätzt Schefczik. »Ich lasse mir von niemandem ans Bein pinkeln, von solchen schon dreimal nicht. Elende Dissidenten-Brut. Was will der kleine Wichser von uns?«

»Die Rote Fini ist seine Obsession. Rosinskys großer Lebenstraum ist es, die verschwundenen Millionen doch noch irgendwie aufzuspüren.«

Schefczik lässt nachdenklich die Eiswürfel in seinem Glas kreiseln. »Das haben schon viele versucht. Persönliche Schwächen?«

»Eine gewisse Geldnot. Scheint permanent vorhanden zu sein. Typische Berufskrankheit bei diesen Schreiberlingen, es reicht eben vorn und hinten nicht. Alkohol hat er offensichtlich im Griff. Keine Drogen. Aber Frauen, da isser in seinem Element. Hat in seiner Branche den Spitznamen ›der schöne David‹.«

»Hehehe«, meckert Schefczik, »doch nur ein kleiner Schürzenjäger!« Mein Viagra geht zu Ende, fällt ihm ein. Muss dringend Nachschub ordern. Bald geht es, auf Einladung der russischen Freunde, nach St. Petersburg. Endlich wieder mal eine anständige Geschäftsreise.

»Hallo? Frau Winkelmann?«

Schefczik schnaubt ärgerlich. »Was ist jetzt mit Rosinsky? Was hat er in der Hand, kann er gefährlich werden?«

»Wüsste nicht, wie. Es gibt keine neuen Quellen, die alten sind längst versiegt.«

»Reizman?«

Wieder ein leises Lachen. »Hat in Berlin das Zeitliche gesegnet. Plötzlich und unerwartet, am Tag nach deinem Anruf.«

Schefczik grinst. »Zufälle gibt's.«

»Korrigiere, Zufall ist nur der eine Pol eines Zusammenhangs ...«

»… dessen anderer Pol Notwendigkeit heißt! Jaja, der gute alte Friedrich Engels. 1884, ›Der Ursprung der Familie, des Privateigentums und des Staats‹. Lang lebe der Marxismus-Leninismus! Prosit!«

»Natürlich fest auf dem Boden unserer freiheitlich-demokratischen Grundordnung, zum Wohle! Apropos freiheitlich, vor Ort alles im Griff?«

»Eh klar«, versucht Schefczik sich im lokalen Idiom. »Den Kitzbüheler Tennisclub hab ich damals ganz allein vor dem Bankrott gerettet. Seitdem darf ich Präsident sein. Und die FPÖ-Leute hängen doch finanziell auch alle an der Nadel. Die Blauen hängen an der roten Nadel, haha! An der Nadel der russischen Millionen. Die ich damals rübergeschafft und getarnt habe, hörst du? Ich! Ein fiktives Hilfswerk für russische Juden, ein potemkinsches Dorf für Fini hab ich damals gebaut. Millionenkapital, das sich natürlich längst die Putin-Partei unter den Nagel gerissen hat. ›Einiges Russland‹.«

»Deshalb der Fünfjahresvertrag, den Strache und Co. 2016 in Moskau unterschrieben haben?«

»Das hast du gesagt, Kollege«, lacht Schefczik. »Ich verweise auch hier auf Friedrich Engels, Zufall und Notwendigkeit! So viel zu den Roten. Hier in meiner Wahlheimat fördere ich selbstverständlich die Blauen, die ruhmreiche Freiheitliche Partei Österreichs, wo es nur geht. Und wenn es nur ein Charity-Tennisturnier hier in Kitzbühel ist.«

Sein Blick schweift durchs Fenster hinaus in die Dämmerung, hinüber zum dunklen Bergwald; über den Gipfeln ist der erste Stern zu sehen. Wandert wieder zurück ins Wohnzimmer, zu seinen Trophäen über dem Kamin. Dem Zwölfender, den er in den Wendewirren aus der Jagdhütte eines SED-Bonzen in der Schorfheide mitgehen ließ. Daneben die Gamsstangen, die zum Großteil noch vom Vorbesitzer hier stammen.

Gibt es zu viele Mitwisser von früher?

Die anstehenden Jubiläen, die Reihe der dreißigsten Jahrestage, von Mauerfall bis Wiedervereinigung, bringt unschöne

Aufmerksamkeit der Medien mit sich. Weckt vielleicht weit über Rosinsky hinaus unschöne Erinnerungen bei manchen.

Ist wirklich noch alles sicher?

»Lass uns doch wieder mal auf die Jagd gehen«, sagt er langsam. »Bisschen über die alten Zeiten sprechen. Lust auf ein kleines Gamsjagd-Wochenende in Osttirol …?«

»Warum nicht? Zur Gamsjagd könnten wir aber genauso gut auch in den Bayerischen Staatsforst, Schliersee oder Kreuth?«

»Saludos, Amigos«, lacht Schefczik. Er hebt den Johnnie Walker. »Auf die internationale Solidarität, auf den Frieden und das Glück aller Völker!«

18

Plauen

Verfluchte Haustür, schließt immer noch nicht richtig. Dabei hatte doch die Hausverwaltung die Reparatur für heute fest versprochen. Zum dritten Mal in vierzehn Tagen.

Er verkneift sich gerade noch einen wütenden Fußtritt gegen die Tür und stapft mit seiner Fahne die graue Steintreppe hoch, bis in den dritten Stock.

»Stellmacher«, das letzte Klingelschild im Haus, das noch mit Schreibmaschine geschrieben ist. Er sperrt auf.

Der Fernseher läuft, viel zu laut wieder, irgendein Werbescheiß. »Hallo?« Keine Antwort.

»Haallooo?« Er wirft die Wohnungstür hinter sich ins Schloss.

»Mach doch keen solchen Krach!« Dagmar kommt aus dem Wohnzimmer, in ihrem verwaschenen Hausmantel und den fusseligen alten Wollsocken. »Stellst du deine nassen Schuhe bitte in die Plastikschale? Ach, bevor ich's vergesse, das Tierheim hat angerufen, ob du morgen einspringen kannst, Heike ist krank, sie hat ...«

»Morgen ist Boxtraining«, unterbricht er sie, »da geht gar nichts. Tierheim ist am Mittwoch wieder dran.«

»Hab ich ihr auch gesagt, außerdem schläfst du Dienstag sowieso länger. Dass ihr aber auch immer erst so spät aus Dresden heimkommen müsst!«

»Sind nun mal hundertfünfzig Kilometer«, sagt er mürrisch. »Weißte doch.«

»Wie war's denn?«

Er seufzt und rollt die nasse schwarz-rot-goldene Fahne auf. Sorgfältig drapiert er sie zum Trocknen an die Flurgarderobe. »Frag nicht immer nur, geh endlich mal mit. Das geht richtig familiär zu, wir begrüßen uns schon mit Spitznamen. Ich bin wieder der ›Belmondo aus Plauen‹. Es is einfach ein klasse Gemeinschaftsgefühl bei Pegida, das kriegste in unserem Land sonst nirgends mehr.«

Unser Land, denkt er. Ist es das wirklich noch?

Nie gewesen, das trifft's wohl besser. Er starrt auf das Stück schwarz-rot-goldenen Stoff.

Das war meine erste und einzige ohne Hammer und Zirkel.

Dreißig Jahre alt.

Diente damals der Tarnung meines letzten Spezialeinsatzes. In der Nacht zum 3. Oktober 1990.

In diesem Westkaff.

Rottenbach. Oder so ähnlich.

19

Hamburg

Hannah drückt drei Buscopan aus dem Blister und spült sie mit einer Handvoll warmem Leitungswasser hinunter. Es krampft und zieht in ihrem Unterleib, so schlimm wie noch nie. Bisher reichte immer eine einzige Buscopan. Die hat sie schon heute früh verschossen, gleich nach dem Aufstehen, völlig wirkungslos.

Entspann dich, Baby … Ich will locker sein, ich werde locker sein!

Die NDR-Talkshow ist gut gelaufen gestern, auch die Quote passt. Der Blackout vom Vorabend ist Geschichte.

Sie frischt ihren Lipgloss auf.

Alles wird gut. Weil es gut werden muss. Es gibt auch keine Kamera mehr heute, nur noch dieses Vier-Augen-Gespräch.

Ein PR-Termin, kurzfristig eingefädelt und per Sprachnachricht mitgeteilt von May: »Gruner + Jahr launchen ein neues Hochglanz-Magazin, Storys über starke Frauen. Perfekt für dich. Shania Mertens, die Chefin, hat angebissen, kann heute um neunzehn Uhr fünfzehn ein Speed-Date einschieben. Beschnuppert euch mal. Im Clouds. See you, darling!«

Das Clouds, die höchste Rooftop-Bar der Stadt.

Hannah liebt den einmaligen Panoramablick von der verglasten Dachterrasse im vierundzwanzigsten Stock. Wenn sanft die Dämmerung heranbricht, wenn sich tief unten ein immer größer werdendes Lichtermeer ausbreitet.

»Hallo, Frau Steiner, Shania Mertens …« Schwarzer Hosenanzug, Perlenkette, Brille. Afroamerikanischer Migrationshintergrund, verteilt auf eins achtzig Modelfigur. Sie bestellt einen Tanqueray. Hannah bleibt konsequent alkoholfrei mit einem Schweppes Ginger Ale. Sie lauscht dem selbstbewussten Pitch

Shanias, die ein ambitioniertes Hochglanz-Magazin vorstellt, »für Business- und Powerfrauen mit internationalem Format«.

»Gerade Sie, als renommierte TV-Moderatorin und meinungsstarke Journalistin, sind dafür wie geschaffen, Hannah! Vier bis sechs Seiten, eine tolle Fotostrecke dazu, die IANSA-Preisträgerin ganz privat, ›So haben Sie Hannah Steiner noch nie gesehen‹ …«

»Stopp!«, unterbricht Hannah. »Wieso privat? Soll das am Ende eine Homestory werden?«

Dieses verdammte Ziehen im Bauch.

»Nicht nur«, lächelt Shania breit und strahlend weiß, »aber ein Stück private Hannah gehört doch dazu. Sie bestimmen natürlich, wo's langgeht, welche Einblicke Sie erlauben.«

»Gar keine.« Wie aus der Pistole geschossen. »Privates bleibt privat. No way.«

Shania lächelt wieder. Etwas angestrengter, nicht mehr ganz so breit. »Wir können natürlich auch den Fokus auf die Karriere verstärken. Hinter den Kulissen des NDR. Ihr Redaktionsalltag, Ihr Ring aus New York. Dann genügen ein paar Originalfotos aus Kindheit und Jugend. Alte Frisuren, Sie wissen schon. Einschulung, unbeschwerte Kindheit, Geschwister. Haben Sie Geschwister, Hannah?«

Hannah ist speiübel. Sie schüttelt kurz den Kopf. »Nichts Privates«, sagt sie leise. »Absolutes Tabu. Da geht wirklich nichts.«

Shania zieht eine Schnute. Sie lehnt sich zurück, streicht mit ihren dunkelroten Fingernägeln nachdenklich an ihrem Longdrink entlang. »Dann haben wir ein echtes Problem«, sagt sie. »Kein Human Touch, gar nichts Persönliches, nichts, was die Leser noch nicht wissen? Dann seh ich die Story nicht, Hannah. May sprach ganz begeistert von einer potenziellen Titelstory. Hätte ich mir auch sofort vorstellen können. Aber dazu brauche ich«, sie schnippt einmal kurz mit den Fingern, zitiert leise singend Springsteen, »›just a little of that human touch‹.«

»Wir müssen nichts erzwingen«, sagt Hannah spröde.

Und ich werde mich garantiert nicht verbiegen. Oder mein Innerstes offenlegen.

»Nein, natürlich nicht.« Shania blickt auf ihr iPhone. »Schade, wie die Zeit hier oben vergeht. Ich muss mich leider schon wieder verabschieden.«

Sie stehen auf, kurzes förmliches Shakehands. »Kein Problem, danke für Ihre Zeit, Shania.«

»Melden Sie sich gern noch mal, Hannah. Wenigstens für unser Pilotmagazin, das muss heute in vier Wochen stehen. Ich gebe die Hoffnung nicht auf. Bis bald, liebe Grüße an May!«

»Mach ich gern. Alles Gute.«

Shanias Tanqueray-Glas bleibt unberührt zurück.

Hannah setzt sich wieder.

Hinter der riesigen Glasscheibe ist es Nacht geworden. Hannah sucht die Lichter der Reeperbahn, erkennt den Hafen, folgt der Elbe. Irgendwo dort drüben muss die Ohlsdorfer Straße sein. Der Stadtpark. Die Alster.

Dort, wo als Kind ihr Lieblingsplatz war. Weil »Papa« Theo für sie mit Engelsgeduld immer wieder flache Steine über das Wasser tanzen ließ.

Bis die »Mama« mit sanftem Nachdruck zum Weitergehen aufforderte. »Mama« Sabine. Die jetzt noch drei Monate hat.

Immer zielstrebig und fokussiert, immer das letzte Wort. Sicher auch bei der Adoption damals.

Bei der großen Lüge danach.

Und bei der plötzlichen Enttarnung der Lüge nach dreißig Jahren.

Genauso lange verrottet irgendwo ein kleiner weißer Kindersarg. Mit meinem Brüderchen drin.

Das ich gerade selbst verleugnet habe.

Und ein großer Sarg mit meiner Mutter.

Und einer mit meinem Erzeuger.

Diesem Dreckschwein, das so eiskalt und feige alles ausgelöscht hat. Was hat ihn nur dazu gebracht? Er muss krank gewesen sein.

Schrilles, eskalierendes Gelächter.

Zwei junge Frauen am Tresen. Halten sich an bunt schillernden Cocktails fest und schütten sich schier aus vor Lachen.

Extreme High Heels mit roter Sohle. Christian Louboutin.

Neunhundert Euro das Paar, mindestens.

Was suche ich hier eigentlich?

»Entschuldigung, sind Sie nicht Frau Steiner?« Zwei Mädchen stehen vor ihr, die Wangen glühen vor Aufregung. »Können Sie uns bitte ein Autogramm geben?«

»Hier drauf?«

»Ja, wir sind nämlich auf Klassenfahrt hier!«

»So, bitte sehr. Viel Spaß noch in Hamburg. Grüßt eure Eltern und Geschwister schön von mir. Ganz, ganz wichtig!«

Lautlos gleitet der Lift nach unten. Hannah wischt gelangweilt über ihr Smartphone.

Anki Beerbaum hat etwas in Facebook gestellt und kommentiert: »30 Jahre danach!!!« Drei Smileys lachen Tränen. Über einen YouTube-Clip, nur zwanzig Sekunden kurz. Hannah klickt – und sieht sich selbst: auf dem roten »DAS!«-Sofa, zwanzig Sekunden lang mit fassungslosem Gesicht, hilflos stotternd.

»Schwachsinn? … Das ist doch kein Schwachsinn … Wessi oder Ossi … oder Wessi … das ist doch sehr wichtig …«

»1.142 Usern gefällt das«.

20

ICE 1511 Berlin–München
Bordbistro

David Rosinsky starrt auf den alten Zeitungsausschnitt von Ivo Reizman. »Austria-Charity-Turnier der FPÖ Kitzbühel«.

Vielleicht sollte man, auf dem Weg nach Rottenbach, doch noch schnell einen Versuch in Kitzbühel starten. Er schiebt das Zeitungsfoto unter seine Espresso-Untertasse und drückt Wahlwiederholung.

»Verflucht noch mal, Lara, wo sind Sie denn? Das Scheißtelefon hier klingelt sich den Arsch ab!« Unbekannte Nummer. Er hebt selbst ab. »Klaus Schefczik.«

»Ja, guten Tag, Herr Schefczik, ich grüße Sie. David Rosinsky hier, vom ORF …«

Schefczik schreckt hoch.

»… denn wir arbeiten gerade an einer TV-Doku zum Thema ›Die Deutschen, dreißig Jahre danach‹.«

»Aha. Und was führt Sie da ausgerechnet zu mir, Herr Rosinsky? Wüsste beim besten Willen nicht, was ich zu diesem Thema Erhellendes beitragen könnte.«

»Nun, da hat sich unsere Redaktion im Vorfeld natürlich schon ihre Gedanken gemacht, damit kein Leerlauf entsteht, damit wirklich echte Zeitzeugen zu Wort kommen. Bezieht sich bei Ihnen jetzt ganz konkret auf Ihre jahrelange Tätigkeit an der Seite von der Frau Rudolfine Steindling in der Novum. Unser Thema wär also die Pflege der Wirtschaftsbeziehungen zwischen der DDR und Österreich. Speziell unter den erschwerten Rahmenbedingungen des politischen Umbruchs ’89/’90.«

»Ist seit Jahrzehnten alles bestens dokumentiert und bis ins

Kleinste nachzulesen, Herr Rosinsky. Gedruckt oder online barrierefrei. Googeln Sie einfach mal.«

»Oh, danke für den Tipp, werde ich gleich im Anschluss mal ausprobieren. Aber leider stoße ich da immer wieder auf große Lücken. Stichwort ungeklärter Verbleib von hundertdreißig Millionen. Wilde Spekulationen wuchern da, bis heute. Nebenbei übrigens auch ganz brandaktuelle, was Ihre Rolle angeht. Da wäre doch die große ORF-Doku die beste Gelegenheit, mit all diesen Gerüchten gründlich aufzuräumen.«

Kurze Stille. Dann dreht Schefczik auf.

»Also, das ist ja fast schon dreist! Da muss ich Ihnen wirklich sagen, es gab und gibt wesentlich intelligentere Versuche, jemandem auf Umwegen etwas anzuhängen oder ihn in etwas hineinzuziehen. Diskutieren Sie Ihre albernen Verschwörungstheorien mit wem Sie wollen, aber nicht mit mir. Ich habe nichts zu kommentieren und nichts zu dementieren, ich habe mir nie etwas zuschulden kommen lassen. Richten Sie das bitte Ihrer Redaktion aus. Meine Empfehlungen, Herr Rosinsky!«

21

Berlin

Hannahs Knie fühlen sich seltsam weich an. Langsam geht sie über die grauen Betonplatten auf den siebenstöckigen Bürokomplex zu.

Karl-Liebknecht-Straße 31/33. Das Tor in eine andere Welt.

»Der Bundesbeauftragte für die Unterlagen des Staatssicherheitsdienstes der ehemaligen Deutschen Demokratischen Republik«.

Zwölf Wörter, sechsunddreißig Silben, hundertacht Buchstaben.

X-mal durchdekliniert und durchbuchstabiert. Zerfetzt und auseinandergenommen. In schlaflosen Nächten, während spontaner Arbeitspausen und beim abendlichen Jogging.

Einmal hat sie den Termin zur Akteneinsicht bereits verschoben. Bestärkt durch May, durch ihr ständiges »Das wird dir nicht guttun, du wirst hinterher noch mehr Fragen haben, die dir keiner beantwortet ... Du wirst in ein schwarzes Loch fallen. Schau nach vorn und nicht zurück. Lass die Toten ihre Toten begraben!«.

Ausgerechnet die Atheistin May.

Verwendet schamlos auch biblische Zitate, wenn sie dem eigenen Ziel nützen. Der stabilen Partnerschaft mit einer souverän-erfolgreichen Hannah Steiner. Win-win! Bloß keine Selbstzweifel, nur nichts hinterfragen.

Pure PR.

Das genaue Gegenteil von Journalismus.

Hinter ihr blökt aus einem Autoradio gerade Jon Bon Jovi, »It's My Life«. Sie konnte den Typ und seine Musik noch nie so richtig leiden, doch diesmal hat er recht.

»... it's my life, it's now or never ...«

Sie wird den Termin nicht länger verschieben.

Entschlossen drückt sie die Tür auf.

`Akte B o r k o w, Rolf-Peter, *25.08.1954 Pasewalk, wh. Berlin-Hellersdorf, Ludwigsluster Str. 47.`

Mechanisch notiert sie die Adresse. Bemerkt dann, dass sie diese schon ganz zu Beginn aufgeschrieben hat. Streicht sie wieder durch, blickt wieder in die vergilbten Aktenseiten. Vor ihren Augen verschwimmen die Schreibmaschinentypen. Alt und hässlich, völlig aus der Zeit gefallen. Passen wie die Faust aufs Auge zu jenem bürokratisch dürren, mitleidlosen Aktenjargon, den sie jetzt hundert Seiten durchforstet hat. Ein Datenfriedhof für Insider, gespickt mit internen Abkürzungen, Querverweisen und Aktenzeichen. Über weite Strecken gähnend langweilig.

Doch ihre Mutter war Sekretärin, zumindest so viel hat sie herausgefunden.

In der KoKo-Zentrale in der Wallstraße, im selben Haus, in dem auch Rolf-Peter Borkow sein Büro hatte.

> Ehefrau: Monika Borkow, geb. Lützke, *11.02.1960 Eberswalde. Dienstbeginn im Ministerium für Staatssicherheit 02.08.1982 (MfS-KoKo, Hauptabteilung I, Abt. Handelspolitik, Sekretariat 2, Zi. 216).
> Eheschließung: 06.09.1986 Wernigerode, Standesamt Wernigerode Nr. 213/1986.
> Kinder: Stefan Borkow, *13.02.1987 Berlin, und Jana Borkow, *27.12.1988 Berlin.

Geboren in Berlin.

Laut »Mama« Sabine vier Wochen zu früh. Und nur, weil sie ihren Theo als Hochschwangere partout nach Berlin begleiten musste, zu einem Ehemaligen-Treffen der FU Berlin. So die offizielle Version, der Beginn der großen Steiner'schen Familienlüge.

Der Lebens- und Familienlüge.

Dreißig Jahre beschissen worden.

Offenbar ein typisches Ost-Symptom.

Sie überfliegt die letzten Seiten. Versetzung in eine »Regiebrigade der Investbauleitung Hönow«, wegen offensichtlicher politischer Unzuverlässigkeit.

Klingt gut. Pluspunkt.

Dann die Mitteilung des Nachlassgerichts Coburg, ein geerbtes Haus, Baujahr 1921, in Rottenbach. Sofort sieht sie es wieder vor sich, steht selbst mittendrin in der abgestandenen Luft. Kleine Zimmer, niedrige Decken, das schäbig-abgewetzte Linoleum. Die alte Jalousie.

Hannah fröstelt.

Krankschreibungen Rolf-Peter Borkow. Feige Drückebergerei. Oder, ganz am Ende, erwachende Charakterstärke, ein kleines Stück persönlicher Widerstand?

Das letzte Blatt, die Abmeldung.

Nachdenklich steht sie auf und gibt die Akte wieder zurück an eine wissenschaftliche Mitarbeiterin.

Frau Petra N. Weibelzehl blickt skeptisch. »Borkow, Rolf-Peter. Schon wieder«, sagt sie halblaut. »Lohnt sich das überhaupt, die wieder einzusortieren?«

»Wieso?«

»Na, zwei Einsichtnahmen in zwei Tagen! Ham wir hier noch nie gehabt.«

Hannah starrt sie mit weit aufgerissenen Augen an.

»Bei Strausberger Platz im Kreisverkehr die zweite Ausfahrt Karl-Marx-Allee, B 1, B 5, nehmen«, leiert das Navi. Strausberger Platz. Am 17. Juni 1953 ein Sammelpunkt für Tausende von Demonstranten, voller Hoffnung, voll wilder Entschlossenheit …

Auf welcher Seite wohl meine Großväter damals standen?

Hannah bleibt rechts. Biegt dann mit ihrem angemieteten Fiat 500 ab.

Und ich lasse diesen Platz links liegen, brause achtlos an ihm vorbei. Nur ein weiteres Straßenschild, eins von so vielen auf dem Weg nach Marzahn-Hellersdorf.

In die Ludwigsluster Straße.

Back to the roots.

»Oh no!« May schüttelt entnervt den Kopf. Sie stoppt die TV-Aufzeichnung und spult noch einmal kurz zurück. Slow Motion, in Großaufnahme ihr gestenreicher Klient in der Talkshow bei Anne Will. Leise spricht sie auf Band.

»Ambivalenzen reduzieren. Zu oft rein soziales Lächeln, ohne Beteiligung der Augen. Embleme reduzieren, nicht zu jedem Satz nicken. Zeigefinger unter Kontrolle bringen, kein belehrendes Fuchteln, lieber ruhig ans Kinn legen. Pacing forcieren. Intensiver spiegeln. Körperhaltung und Sprechtempo bei sympathischem Gegenüber ganz bewusst imitieren …«

On the stage. Ihr Alarmton erinnert sie an einen Anruf.

Seufzend greift sie zum Smartphone und wählt Hannahs Nummer. Schon wieder nur der AB.

»Hi, Süße, dreizehn Uhr, schade, dass ich dich nicht persönlich erreiche, dreizehn fünfzehn bin ich schon wieder unterwegs. Deine Message hab ich gelesen, du tust es dir also tatsächlich an mit dieser Stasiakte, na ja, meine Meinung dazu kennst du ja. So etwas schwächt dich nur, glaub mir. Da passt leider voll ins Bild, was Shania Mertens mir vorhin erzählt hat. Hey, Sweetheart, warum lässt du diese einmalige Chance aus? Homestory hin oder her, human touch, das sind doch Basics, wem erzähl ich das. Für dein Exposé hab ich mir übrigens ein paar interessante Zahlen geben lassen. Du solltest deine eigene Show unbedingt selbst produzieren, wie Anne Will, Günther Jauch, Sabine Christiansen, oder denk an Stefan Raab und Harald Schmidt, die haben sich alle mit diesem Modell goldene Nasen verdient …!«

Still sitzt Hannah auf der Kinderschaukel. Der kleine Spielplatz wird von Hecken und wuchernden Sträuchern fast erdrückt.

Hundekot, Tempotaschentücher, McDonald's-Tüten. Aus dem einstigen Sandkasten sprießt Unkraut.

Vor ihr ein grauer Wohnblock. Sechs Stockwerke, kleine Balkone mit hoher Brüstung.

Ludwigsluster Straße 47.

Bis April 1990 die Wohnung von Rolf-Peter, Monika, Stefan und Jana Borkow.

Mit der Fußspitze malt sie im Sand. Presst dabei ihr Handy ans Ohr und lauscht Mays ferner Stimme.

»... goldene Nasen verdient! Also aus meiner Sicht führt an einer Hannah Steiner Media Productions kein Weg vorbei, da solltest du, nein, da musst du unbedingt drauf bestehen ...«

Eine Frau schlurft aus der Haustür. Schwerfällig, verwaschene Jogginghose, ungepflegte graue Haare. An ihrer Leine kläfft ganz aufgeregt ein struppiger kleiner Straßenköter und zieht energisch Richtung Spielplatz.

»... sechs- bis siebenstellig sicher. Wenn du möchtest, könnte ich dir bis Freitag noch einen Mustervertrag besorgen und darin auch notfalls erst mal einspringen, Stichwort geschäftsführender Gesellschafter oder so ...«

Den Sandkasten scheint der Köter schon in- und auswendig zu kennen, kein großes Beschnuppern mehr. Er geht sofort in Position und beginnt sich zu lösen. Die Frau starrt währenddessen mit unverhohlener Neugier Hannah an.

»... ach ja, und deine zwei Tage Resturlaub wollten wir noch besprechen. Unser lange geplanter Liverpool-Trip, also da scheint wirklich ein Fluch drauf zu liegen, so wie's aussieht, müssen wir den noch mal verschieben, Darling, so leid es mir wirklich tut. Lass uns doch bitte gleich morgen Abend unsere Termine noch mal gemeinsam updaten, okay? Ciao-ciao. Und lass dich bloß nicht verunsichern heute. Bleib authentisch, stay on top!«

Der Hund hat jetzt endlich sein großes Geschäft verrichtet. Die Frau spricht leise auf ihn ein. Nicht ohne dabei immer wieder zu Hannah auf der Kinderschaukel herüberzuschielen.

Bleib bitte drüben. Geh bitte weiter.

Hannahs Stoßgebet wird nicht erhört.

Die Alte schlurft entschlossen heran. »Jetz muss ich Se doch ma frajen, Sie sin doch die Frau aus dem Fernsehen, wa? Aus die eine Talkshow am Freitachabend immer?«

Hannahs Blick wird wie magisch angezogen von der großen schwarzen Zahnlücke. Sie schüttelt den Kopf, fährt sich verlegen durch ihr Haar.

Völlig overstyled.

»Nein. Sie verwechseln mich. Passiert öfter. Ich sehe nur so aus.«

22

Coburg

»Fürchte, da kann ich Ihnen auch nicht groß helfen, Herr Rosinsky«, sagt EKHK Charly Herrmann, der heute als etatmäßiger Vertreter des Polizeipressesprechers fungiert. Er setzt ein routiniertes Pokerface auf.

David Rosinsky streicht sich über den frisch gestutzten Henriquatre-Bart und lächelt freundlich. »Es geht mir doch nicht um irgendwelche schutzwürdigen Daten, Herr Hauptkommissar. Einiges habe ich ja schon eruieren können, in Rottenbach bei Gesprächen im Dorf und sogar im Rathaus in Lautertal.« Er beugt sich über seinen Schreibblock. »Dass diese Borkows zugezogene Ossis waren und einer Familientragödie zum Opfer fielen, ausgerechnet in der Nacht der Wiedervereinigung, ist allgemein bekannt. Was mich interessiert, sind eigentlich nur zwei ergänzende kleine Fragen.«

Auf Charlys Bildschirm ploppt eine Nachricht auf. »IDF ROSINSKY David, 21.08.1967 Wien, ok«. Er klickt sie weg. »Welche kleinen Fragen wären das, Herr Rosinsky?«

»In den Tagen vor der Tat soll damals ein Auto mit DDR-Kennzeichen vor dem Haus gestanden haben, ein schwarzer Volvo. Ein Nachbar, der inzwischen leider verstorben ist, soll sich damals sogar die Nummer aufgeschrieben haben.«

Charly nickt gleichmütig. »Stimmt. Dabei muss ihm aber, glaube ich, ein Schreibfehler unterlaufen sein. Wir konnten jedenfalls definitiv keinen Halter damals zu dieser Berliner Nummer ermitteln.«

»Schade.« Rosinsky malt nachdenklich einen Kringel auf seinen Schreibblock. »Eine Berliner Nummer, sagen Sie? Das ist ja interessant. Könnte ich diese Nummer vielleicht bekommen?«

»Nach dreißig Jahren, fürs österreichische Fernsehen, warum nicht? Ich lass sie Ihnen heraussuchen. Nächste Frage?«

»Bei dieser Familientragödie in Rottenbach soll damals ein kleines Mädchen überlebt haben. Was ist eigentlich aus ihr geworden?«

23

Hamburg

Italienische Barockmusik. Theo Steiners alte Klassik-CD läuft, Hannah erkennt sie sofort wieder. Jahrelang war kein Sonntagsbraten denkbar ohne die immer gleiche, festliche Tafelmusik. Auch linke Soziologieprofessoren schätzen konservative Rituale.

Vivaldi, Albinoni, Corelli und Scarlatti.

Bei den Borkows undenkbar. Mein Brüderchen hätte die vielleicht als Panini-Bildchen gesucht.

Spielen die bei Inter Mailand?

Sabine Steiner liegt in ihrem alten Hausanzug auf der Couch. Das kurz geschnittene graue Haar, aus dem die letzten Blondtöne herauswachsen, ist gekämmt, aber schon länger nicht mehr gewaschen. Darunter ein eingefallenes Gesicht, die Ohren wirken viel größer jetzt. Doch am schlimmsten sind ihre gelben Augen.

Ist es die Chemo? Oder sind es schon Lebermetastasen?

Hannah zwingt sich, den Blick zu erwidern. Will wenigstens »Sabine« sagen. Sie bringt es nicht über die Lippen. Nicht das fremde »Sabine«, aber auch kein unbefangenes »Mutter« mehr.

Aus der Küche hört sie Theo Steiner, wie er seine Teetasse ausspült und dabei voll gekünstelter Zuversicht irgendetwas brabbelt über einen Arzttermin nächste Woche.

Unbändige Wut steigt in ihr auf.

Sie möchte schreien, toben, rasen, den alten Tennisschläger von der Wand reißen, auf Regale und Vitrine eindreschen, den ganzen Nippes in Schutt und Asche legen.

Diese ganze kitschige Verlogenheit.

Und mit ihr zusammen, im selben Aufwasch, gleich all jene Wahrheiten, jene ganz speziellen Familienwahrheiten. Die in ihrer aufgeblasenen, rücksichtslosen Selbstgerechtigkeit den inneren Frieden anderer so grausam verletzen und zerstören …

»Hörst du mir überhaupt zu?«

Sabines Blick ist unverwandt auf sie gerichtet. »Ich muss meinen Frieden finden. So wie du irgendwann mal deinen. Belehre mich nicht. Dazu hast auch du kein Recht.«

Theo Steiner kommt zurück. »Reg dich nicht auf, Liebling, alles ist gut!« Er drückt ihr sanft die papierenen Hände. Wendet sich dann wütend wieder an Hannah. »Belaste deine Mutter nicht noch mehr«, zischt er, »du wühlst sie immer so auf. Wir haben immer alles zu deinem Besten getan, Hannah. Und ich sag dir noch mal, wir würden es jederzeit wieder so machen. Alles!«

Hannah schluckt.

Zwei alte Menschen, die sich starrsinnig und uneinsichtig aneinanderklammern, die sich nicht mehr erreichen lassen.

Kein Papa, keine Mama mehr.

Zwei Fremde.

Urplötzlich und endgültig.

Ungläubig spürt sie, wie sich ein seltsam distanziertes Staunen in ihr breitmacht. Ein Staunen, das sich wie ein Teppich über jeden Anflug von Trauer oder Schmerz ausbreitet.

Langsam erhebt sie sich, geht still in Richtung Tür.

Hofft plötzlich, dass sie ihr im allerletzten Moment doch noch etwas hinterherrufen. Etwas halbwegs Versöhnliches.

Oder überhaupt irgendetwas.

Irgendeine Gefühlsäußerung, irgendeine Reaktion.

Nichts.

Nur noch lähmendes, lastendes Schweigen.

Die Tür fällt ins Schloss.

»Du denkst an dein Exposé, Hannah?« Axels grau melierter Kopf streckt sich durch die Tür, die Augenbrauen süffisant hochgezogen. Ich könnte ihm die Augen auskratzen, denkt sie und ärgert sich im selben Moment über ihre ungewohnte Aufwallung.

»An nichts anderes, Axel. Termin steht.«

»Das ist gut, wenn er steht, das ist sehr gut!«

»Rocky Balboa«, sein Klingelton. Wischt ihm wie eine rechte Gerade das schlüpfrige Grinsen aus dem Gesicht.

»Jetzt nicht!« Er steckt das Handy wieder zurück. Bläst kurz die Backen auf. »Gibt übrigens eine Terminverschiebung, die dich interessieren dürfte. Anne Will.« Sein Blick hat plötzlich etwas Lauerndes.

Nur keine Schwäche zeigen jetzt. Cool bleiben.

»Anne Will?«, fragt sie gedehnt. »Hat sie wohl doch nur gepokert? Wird ihr Vertrag verlängert?«

»Nein, also wirklich ...« Axel gluckst vor Vergnügen. »Deine Phantasie, deine Kreativität, einmalig! Nein, es geht um deinen Gastauftritt bei ihr, wir wollten dich zum Thema ›Braucht Deutschland ein schärferes Waffenrecht?‹ in die Sendung setzen. Die frischgebackene IANSA-Preisträgerin als kompetente, meinungsstarke Expertin. War die Idee des Chefs, wäre ja auch die beste Gelegenheit, dein Gesicht bundesweit noch bekannter zu machen.«

»Und?«, fragt sie feindselig. »Wer hat etwas dagegen?«

»Niemand, Hannah, niemand, ich bitte dich. Die ARD möchte sich nur nicht dem Verdacht aussetzen, während eines laufenden internen Auswahlverfahrens Partei zu ergreifen.«

»So ein Unsinn, Axel! Du meinst, der Herr Intendant scheut eventuelle Eifersüchteleien des MDR. Lieber das aktuelle TV-Format schwächen, nur um intern allen Schwierigkeiten aus dem Weg zu gehen!«

Axel verzieht gequält das Gesicht. »Bitte keine persönlichen Betroffenheiten, liebe Hannah! Bis die Nachfolgerin von Anne feststeht, sollten weder Anki noch du außerhalb eurer gewohnten Formate auftreten. Mehr nicht.«

»Danke, Axel!« Wütend kehrt sie ihm den Rücken zu und tigert in den Redaktionsraum.

Karen Bergholt steht vor dem Jahresplaner, in der Hand ein Glas mit gelblichem Saft.

»Was trinkst du denn da?«

»Ananas. Gut gegen Übersäuerung.«

»Dann trink doch einfach weniger Kaffee!«

Karen schaut sie erstaunt an. »Was ist denn mit dir los? Du siehst müde aus. Richtig gestresst.«

Hannah lässt sich auf einen Bürostuhl fallen. Gegenüber hängt die Weltkarte, auf der viele Kollegen ihre Urlaubsziele mit bunten kleinen Steckfähnchen markieren. Fähnchenwälder in Europa, Nordamerika, Südostasien. Weite, unberührte Welten in Afrika, Sibirien, Afghanistan.

Was für spießige Kinderspielchen.

Wo stehe ich selbst? Wo möchte ich meine Flagge hissen?

»Gottchen, Hannah, da fällt mir gerade was ein …« Karen beißt sich auf die Unterlippe. »Wollten wir nicht ins AlsterCliff, uns in Ruhe unterhalten, über diese entsetzliche Geschichte?«

»Muss nicht sein, Karen. Mach dir keinen Stress. Wird sich schon ergeben.«

Ihr Handy blinkt. Anrufer mit unbekannter Nummer. Dankbar nimmt sie an. »Ja?«

»Hallo, Frau Steiner, hier ist Charly Herrmann, Kripo Coburg, ich grüße Sie.«

Sofort sieht sie diese grüngrauen Augen vor sich. Interessiert, wachsam, unergründlich.

»Hallo, ja, einen ganz kleinen Moment bitte.« Sie spürt Karens neugierige Blicke, steht auf und zieht sich in ihr Büro zurück. »So, 'tschuldigung, jetzt bin ich ungestört, Herr Herrmann.«

»Kein Problem.« Sie meint, ein leises Lächeln zu hören. »Frau Steiner, es gibt Neues.«

»Interessant. Haben Sie herausgefunden, warum BND und Verfassungsschutz damals Druck auf Ihre Ermittlungen ausübten?«

»Nein. Viel aktueller. Ich hatte gestern jemand hier, der sich nach Ihnen erkundigt hat. Genauer gesagt, nach dem kleinen Mädchen, das 1990 die Familientragödie in Rottenbach überlebt hat.«

»Wer?« Hannahs Stimme kratzt. »Wer war das?«

»Ein österreichischer Journalist. Vom ORF in Wien. Nach meinem Eindruck hat er irgendein persönliches Interesse an der Sache. Er hat natürlich nichts von mir bekommen. Nicht mal andeutungsweise. Aber ich hab seine Kontaktdaten. Falls Sie also selbst die Initiative ergreifen wollen …«

Ihr wird heiß. Sie steht wieder auf, tritt mit dem Handy am Ohr ans Fenster. In Hagenbecks Tierpark drüben ist eine Kindergartengruppe unterwegs, mit quietschbunten Rucksäcken. Immer zwei und zwei, brav halten sie sich an den Händchen. Noch.

»Klar will ich.«

Sie geht an ihren Urlaubsplaner.

Zwei Tage Resturlaub, fest eingeplant nächste Woche. Sie leckt an ihrem Zeigefinger, wischt »Liverpool« aus. Schreibt »Vienna«.

»War schon lang nicht mehr in Wien. Kann ich gleich mit einem Zwischenstopp in Rottenbach verbinden. Ganz privat. Am besten gleich nächsten Mittwoch.«

24

Rottenbach

Hannah schaltet zurück. Langsam, im zweiten Gang, rollt der weiße BMW in das Dorf. Eine alte Frau, die den Gehsteig kehrt, hebt den Kopf. Ihr misstrauischer Blick folgt ihr im Rückspiegel.

Hamburger Nummer, das siehst du hier zum ersten Mal. Wird gleich das ganze Dorf wissen. Meine eigene Schuld, hätte ich doch lieber einen Mietwagen oder ein Coburger Taxi genommen. Wer weiß, wann in diesem Kaff mal ein Fremder durchkommt. Vielleicht bin ich die erste exotische Autonummer hier seit dreißig Jahren.

Saubere Häuser und gepflegte Gärten wechseln sich ab mit alten Bauernhäusern und ungeteerten Vorplätzen. Der Güllewagen vor dem Stall steht noch am selben Fleck wie neulich. Über einem Hausdach spitzt die schiefergedeckte Kirchturmhaube hervor.

Hier muss der Friedhof sein.

Hannah biegt ab und versucht, möglichst unauffällig am Rand der kleinen Seitenstraße zu parken. Erst beim Aussteigen bemerkt sie, dass sie bereits aufmerksam beobachtet wird. Auf der Terrasse des gegenüberliegenden Hauses sitzt ein alter Mann im Rollstuhl. Stocksteif, mit offenem Mund, starrt er zu ihr herüber. Sie nickt ihm kurz zu und huscht schnell weiter. Eine moosbewachsene alte Wehrmauer umgibt das Kirchlein und seinen Friedhof.

Welchen Friedhof?

Kein Kreuz, kein Grabstein. Nur grüner nackter Rasen. Mittendrin ein kalter, weißer Fremdkörper, die kleine Kirche.

Flachbogige Kirchenfenster. Seltsam nüchtern und sachlich, könnte ebenso gut bei uns in Hamburg stehen, denkt Hannah. Sie fühlt sich unwohl und kann es sich nicht erklären.

Ganz langsam geht sie über den Rasen, hinüber zum einzigen Grabmal, das dort am Rand steht.

Ein Kriegerehrenmal, gekrönt von einem Eisernen Kreuz.

»Musketier«, »Kanonier«, »Gefreiter«, »Uffz.«, dahinter Namen und Sterbetage. Die Ehrentafel der Gefallenen und Vermissten.

Aus Rottenbach, Tremersdorf, Herbartswind, Görsdorf, Heid. Selbst aus den allerkleinsten Dörfchen mussten Söhne, junge Männer, junge Väter aufbrechen. Um kurz darauf in irgendeiner anderen Ecke ihres Erdteils jämmerlich verbluten zu müssen. Nicht ohne vorher ihre genauso unschuldigen Altersgenossen auf der anderen Seite mit in den Tod zu reißen, sie ebenso jämmerlich verrecken zu lassen.

Sie spürt, wie ihr der Ingrimm, die Wut die Kehle zuschnüren.

Diese verfluchten Kriege.

Diese gottverdammten Waffen.

Die sich den Teufel scheren um Krieg oder Frieden.

Und selbst in einer historischen Nacht des Friedens und der Freiheit so grausam unschuldiges Leben auslöschen.

»Grüß Gott!«

Erschrocken fährt sie herum. Eine grauhaarige Frau lächelt halb schüchtern, halb freundlich.

»Guten Tag … äh, grüß Gott«, stottert Hannah.

»Sie ham bestimmt Verwandtschaft hier? Weil, ich hab nämlich Ihr Auto draußen gsehn. Wenn Sie fei amoll in unser Kirchla neiwolln, ich sperr sie jetzt grad auf.«

»Ach, Sie arbeiten da wohl …«, Hannah sucht nach dem richtigen Wort, »… als Mesnerin?«

»Naaa, richtig arbeiten tu ich da ned«, lacht die Frau. »Des is bloß ehrenamtlich, weil, wir wohna halt scho immer gleich danebn.«

Scho immer.

Hannahs Hand krampft sich um den kleinen Gegenstand in der Plastiktüte, die sie mit sich trägt. Schnatterinchen, frisch eingebettet in Plastikharz. Wetterfest, bereit zur Rückgabe an das Brüderchen.

»Sagen Sie, wie war das hier eigentlich damals, vor dreißig Jahren?«, beginnt sie umständlich. Die Frau schaut sie verständnislos an.

»Die Grenzöffnung, die Wiedervereinigung. Erinnern Sie sich da noch?«

Und bloß keine langatmigen Geschichten jetzt, komm auf den Punkt. Verflucht, wie stelle ich mich hier eigentlich an! »Wissen Sie, ich bin Journalistin. Ich spüre alten Geschichten aus dieser Zeit nach. Gab es in Rottenbach nicht eine Familientragödie damals, am 3. Oktober?«

Die Frau nickt langsam. »Freilich, des war die Ossifamilie damals. Die ham der Petzolds Anna ihr Haus geerbt, dort hinten.« Sie zeigt vage am Kriegerdenkmal vorbei. »Ham erst kurz drin gewohnt ghabt. Ganz in der Nachberschaft hod später der Schauspieler gewohnt, der Franz Schildknecht aus der Lindenstraße, den kenna Sie bestimmt aa noch.«

»Ja, natürlich.« Ist mir aber so was von egal jetzt. »An was können Sie sich da noch erinnern?«

»Eigentlich ned vill. Die Leut waren nur im Haus beschäftigt, mit Renovieren und Herrichten. Der hat so an Trabbikombi ghabt, so an grauen, mit dem isser immer bis nach Coburg zum OBI gfahrn. Und zwaa klaane Kinner halt, ach Gott, des hod mer ganz vergessn, des war fei schlimm.«

Hannah schluckt. »Was ... was meinen Sie, was war schlimm?«

»Also, der Büttners Karl, der hod damals immer die Zeitung ausgetroung, die Neue Presse und des Tageblatt. Der war um halb viera dort am Briefkasten, da hod des Baby scho gschriia. Und um halb neuna sochd na sei Fraa, die ham fei immer noch die Jalousien unten, und die Nachbera sochd, des Baby hört gar nimmer zu greina auf!«

»Und dann?«, fragt Hannah heiser. Immer fester krallen sich ihre Finger um das verborgene Schnatterinchen.

»No, der Karl is noch amoll nüberganga und hod ümmer widder geklingelt, aber es hod halt kaner aufgemacht. Dann hod er die Polizei oogerufn.«

»Haben Sie zugeschaut?«, fragt Hannah. Möchte am liebsten Augen und Ohren fest verschließen.

»Ich? Ganz Rottenbach war vor dem Haus gstandn! Warn doch drei oder vier Polizeiautos dou. Und zwaa Leichenwoung. Und dann ham die an Sarg nachm annern rausgetragen, fürchterlich!« Ihre Augen werden wässrig. »Am schlimmsten war der klaane weiße Kinnersarg.«

Hannah beißt sich auf die Zunge. *Selbst zugefügter Schmerz, wild und heftig, tut gut, nur keinen fremden Schmerz zulassen, bloß das nicht, Kontrolle bewahren … Haltung zeigen … Schnell wieder fokussieren …*

»Sagen Sie, wo ist hier eigentlich der Friedhof?«

»Der Friedhof? Der is ned an der Kirch. Da müssen Sie da oben nauf.«

»Da oben«, sagt Hannah lahm, »ach so. Ich will mir nämlich mal das Grab der Borkows anschauen.«

Die Frau runzelt ihre ohnehin schon faltige Stirn. »Dou wern Sie aber nix finden.«

»Wieso?«

»No, die ham doch ka Verwandtschaft ghabt. Dou gibt's überhaupt ka Grab. Die sind doch anonym verbrannt worn. Alle drei.«

Nichts. Spurlos ausgelöscht. Nichts mehr von euch übrig. Nicht das kleinste Staubkorn.

Halt, natürlich! Eine vergilbte Akte im Archiv, mit schlechten Passfoto-Kopien. Der Stasi sei Dank! Nur die Stasi lässt euch weiterleben.

Was für ein Hohn!

Mit Tränen in den Augen stolpert Hannah um das alte Bauernhaus ihrer Eltern. Schlägt mit der Faust gegen einen verwitterten Fensterladen.

Wie konntet ihr aus Berlin so schnell in dieses Scheißkaff ziehen, warum nur, warum?

Hattet ihr Angst, die Mauer geht wieder zu?

Hättet ihr doch bloß diese Bruchbude verkauft. Der Westen hat euch kein Glück gebracht, der Westen war euer Untergang.

Und hier ist kein Platz für dein Schnatterinchen, nein! Du warst kein Wessi! Du warst nicht glücklich hier! Und deshalb gehört auch dein Plüschtierchen nicht hierher, ganz bestimmt nicht …!

Sie bleibt stehen. Tupft ihre Augen trocken und putzt sich die Nase. Ihr Atem wird endlich wieder ruhiger.

Take back control.

Ihr Handy piepst.

Nachricht von May. »Erinnerung: Mustervertrag Hannah Steiner Media Productions. Soll ich mich um Entwurf kümmern?«

Widerwillig drückt Hannah auf »Daumen hoch« und steckt das Smartphone rasch wieder zurück. Nichts wie weg hier. Erst mal einen Kaffee, einen großen Kaffee. Ungläubig spürt sie, wie sich plötzlich noch ein ganz anderes, jahrelang vergessenes Verlangen in ihr ausbreitet.

Eine Zigarette, endlich wieder mal eine Zigarette.

25

Wien/Coburg

David Rosinsky presst den Hörer ans Ohr. »Frau Steiner vom NDR-Fernsehen? Der NDR ist auch an dieser Borkow-Story dran? Unglaublich. Natürlich, da sollten wir unbedingt mal en détail gehen. Überschneidungen vermeiden, Doppelrecherchen sparen, richtig!«

Er tritt ans Fenster, sieht auf die enge Straße hinunter. Zwei Autofahrer, ein Jugo und ein Wiener, zoffen sich lautstark um eine Parklücke. Ein dritter will vorbei, hupt ungeduldig.

»Ja, gern schon übermorgen, Frau Steiner, doch, freilich, das geht sich aus bei mir. Gegen elf? Da gehmer ins Café Eskeles, zweihundert Meter vom Stephansplatz. Finden S' ganz leicht. In der Dorotheergasse. Mit zwei ›e‹. Im Jüdischen Museum.«

Hannah legt auf. *Läuft.*

Auch die rote John Player, die erste seit ihrem Abiball 2005 im Historischen Speicherboden, sie schmeckt. Erstaunlich würzig; anregend und herausfordernd.

Sie grinst, stößt ein letztes Rauchwölkchen aus und lässt die Kippe in den leeren Kaffeebecher vor sich auf dem Autodach fallen. Ihr Blick schweift über den großen Coburger Supermarktparkplatz.

EDEKA, OBI, HUK-Coburg-Arena.

Hat hier nicht kürzlich Axels Sohn mit den HSV-Handballern gespielt und ist fürchterlich unter die Räder gekommen? Den ganzen Montagvormittag war der Chef vom Dienst noch mieser gelaunt als sonst.

Sie trägt den Kaffeebecher zum Abfallkorb, ignoriert das Gegaffe eines Bratwurst mampfenden Rentners und steigt wieder in den BMW ein.

»Coburg–Wien 520 Kilometer. Termin Mittwoch, 11 Uhr (in 43:01:16 Stunden). Empfohlener Zwischenstopp München (280 Kilometer)«.

München. Dich nehme ich auch noch mit, denkt sie. Sie klickt auf »Sueddeutsche.de« und öffnet erneut den Artikel, den sie schon dreimal gelesen hat.

Max-Josef Schellnauer (65), Bayerns dienstältester Verfassungsschützer, geht zum Monatsende in Ruhestand. Der parteilose, als CSU-nah geltende Jurist prägte von Strauß bis Söder eine Ära, diente von Hubert Mehler bis Burkhard Körner fünf bayerischen Verfassungsschutzpräsidenten als Stabschef und rechte Hand. »Die größte und spannendste Herausforderung war aus meiner Sicht die Zeit der Wende 1989/90«, wird Schellnauer, dessen Vernetzung in bayerischer Politik, Verwaltung und Justiz sprichwörtlich war, in einer Presseerklärung des Bayerischen Innenministeriums zitiert.

Bayerisches Landesamt für Verfassungsschutz.

Ein Strippenzieher aus der Wendezeit.

So eine Chance kommt nur einmal.

Der oder keiner.

Hannah wählt eine eingespeicherte Hamburger Nummer. Das Redaktionssekretariat des NDR.

»Susanne? Lass alles andere stehen und liegen. Bitte Terminanfrage mit allerhöchster Priorität. Kurz-Interview morgen in München, ich kann wirklich nur morgen. Sag als Thema ›Deutschland wird 30!‹, einflussreiche Zeitzeugen erinnern sich. Schmier dem Typen Honig ums Maul, sichere ihm Vorabprüfung zu, gib ihm meine Handynummer, alles, was er will, hörst du, ich nehme alles auf meine Kappe! Ein gewisser Schell-nau-er, Max-Josef Schellnauer. München, Bayerisches Landesamt für Verfassungsschutz. Du bist ein Schatz!«

26

München

»Zu viel der Ehre, liebe Frau Steiner, zu viel der Ehre! Kein Bundesverdienstkreuz. Nur den Bayerischen Verdienstorden, den darf ich tatsächlich tragen.« Max-Josef Schellnauer lächelt geschmeichelt über seine Nymphenburger Teetasse hinweg. Fältchen und Falten seines erstaunlich wettergegerbten Gesichts lassen die »graue Eminenz des bayerischen Verfassungsschutzes«, wie ihn der Münchner Merkur in dem Artikel nennt, der aufgeschlagen auf seinem Schreibtisch liegt, deutlich älter wirken. Sein kurzer weißer Bürstenhaarschnitt ist brav und unspektakulär, nur die Brauen wuchern buschig ungezähmt über seinen eisblauen Augen.

Hannah fühlt sich unwohl. Ihr gewohntes souveränes Beineübereinanderschlagen funktioniert hier nicht. Sie versinkt, sie ertrinkt fast in dem viel zu großen, viel zu weichen englischen Ledersessel in einem Büro, dessen künstlicher Antik-Look eher an ein klassisches Wohnzimmer oder einen Salon erinnert.

Psychologische Kriegsführung der besonderen Art, denkt sie. Bequemstes Deeskalations-Mobiliar. Umarmt und erdrückt jeden potenziellen Gegner.

Sie blättert ihren Schreibblock um.

»Gut, dann haben wir ja schon mal die biografischen Eckdaten. Vielen Dank, Herr Dr. Schellnauer. Wir wollen in unserer Sendung ganz bewusst nicht die üblichen Verdächtigen mit ihren üblichen Standardfloskeln zu Wort kommen lassen. Wir möchten, in allen sechzehn Bundesländern, Menschen zuhören, die das Geschehen damals aus dem Hintergrund, aus der zweiten Reihe erlebt haben. Egal, ob in Politik, Verwaltung oder Wirtschaft. Die aber in genau dieser Position oftmals den besseren Überblick hatten und so entscheidende Weichen mit stellen konnten.«

Schellnauer nickt wohlwollend. »In der Tat, das war mir ab und zu vergönnt. Ein guter und interessanter Ansatz, den Sie da verfolgen. Auch wenn ich Ihnen natürlich keine Dienstgeheimnisse offenbaren kann.« Wieder ein charmant-augenzwinkerndes Lächeln. Er balanciert die edle Teetasse ebenso gern wie gekonnt in der Luft. Hannah entdeckt kein Tröpfchen auf seiner akkurat gebundenen silbergrauen Krawatte.

»Natürlich, ganz klar. Aber es ist ja nun kein Geheimnis, dass Sie in Ihrer professionell beratenden Funktion schon vor dreißig Jahren durchaus mit eingebunden waren in das politische Geschehen während dieses historischen Umbruchs.«

Politsprech für eitle alte Gecken. Kurz wirken lassen. Und dann zielstrebig nachsetzen. »Wie würden Sie Ihre konkrete Aufgabe damals beschreiben?«

Schellnauer platziert seine Teetasse sorgfältig auf der Untertasse. Endlich. Wahrscheinlich braucht er jetzt beide Hände zum Dozieren, denkt Hannah.

Sie wird nicht enttäuscht.

»Nun, Grundlage jeder Beratung ist und bleibt die sorgfältige Beobachtung, Analyse und Auswertung. Auch wenn wir beispielsweise über einen Herrn Schalck-Golodkowski schon Jahre vorher vieles durch unseren leider viel zu früh verstorbenen Ministerpräsidenten Franz Josef Strauß erfahren haben, einen solchen Insider des Staats- und Parteiapparats wie diesen Schalck müssen Sie natürlich abschöpfen. Und, weiß Gott, wir haben ihn ausgequetscht wie eine Zitrone!« Schellnauers blaue Augen werden schmal und fixieren einen Punkt in weiter Ferne, scheinbar gedankenversunken nickt er vor sich hin.

Was für ein Poser, ärgert sich Hannah. Bin schließlich nicht von der Schülerzeitung. Auch wenn ich noch ein Baby war, als der hier schon beim Strippenziehen assistieren durfte.

Sie beißt sich kurz auf die Lippen, bevor sie ihre nächste Frage abfeuert.

»Welche Gegenleistungen gab es?«

Irritiert blickt er sie an. »Wie meinen Sie das? Gegenleistung?«

»Ich bitte Sie, Herr Schellnauer. Ein mit allen Wassern gewaschener Profi wie Schalck taucht ausgerechnet in Bayern ab. Warum wohl? Weil er hier einen Deal landen kann. Einen besseren als anderswo. Welche Weichen haben ihm Politik und Verfassungsschutz damals gestellt? Auch der BND war damals noch in Pullach gleich um die Ecke.«

Schellnauers Gesichtszüge verhärten sich, der augenzwinkernde Charme ist wie weggeblasen. »Das ist hart an der Grenze zur Verschwörungstheorie, Frau Steiner. Einen Deal kann man vielleicht mit Herrn Trump machen, aber nicht mit dem Bayerischen Landesamt für Verfassungsschutz, ganz sicher nicht! Wir sind hier nicht auf einem Basar. Und ich wüsste wirklich nicht, mit welchen Pfunden ein Herr Schalck hier hätte wuchern können.«

Hannah verzieht gespielt gequält das Gesicht. »Herr Schellnauer, bitte! Was die Stasi allein über FJS wusste, ist doch Legende.« Sie knipst ihr strahlendstes Hannah-Steiner-Lächeln an. »War es nicht der Präsident des bayerischen Verfassungsschutzes persönlich, Herr Hubert Mehler, der die Stasiakten über Strauß damals schredderte? Nachzulesen online bei Spiegel und Focus, kann jedes Kind googeln. Und es dürfte sonnenklar sein, dass Schalck selbst viel mehr wusste als die offiziellen Stasiakten. Welchen Deal gab es damals, Herr Schellnauer?«

Ein dünnes, verächtliches Lächeln. »Liebe Frau Steiner, wenn ich kurz erinnern darf: Als Schalck nach Bayern kam, war Strauß schon zwei Jahre tot.«

»Ist Allgemeinbildung, Herr Schellnauer«, sagt Hannah kühl. »Ebenso wie die Rahmendaten damals: Die Republikaner hatten bei der Europawahl vierzehn Komma sechs Prozent hier geholt. Die erste Landtagswahl ohne FJS stand vor der Tür. Stasimaterial gegen die Ikone Strauß hätte der staatstragenden Partei doch massiven Schaden zugefügt. Die Nerven lagen da bei vielen offensichtlich blank. Was die Schredderaktion Ihres Chefs 1990 glasklar belegt. Nebenbei, waren Sie damals eigentlich mit dabei?«

Schellnauers Gesicht verfärbt sich zu einem ungesunden Rotton. Eilig kommt sie einer scharfen Reaktion zuvor. »Aber lassen wir das, mich würde nur noch eines interessieren: Welches Interesse hatte der Verfassungsschutz 1990 an den Ermittlungen in der Familientragödie in Rottenbach? Diese Stasifamilie Borkow, erinnern Sie sich?«

27

Wien

»Wow«, sagt Hannah, »was für ein stylish-cooles Ambiente hier.«

Strahlendes Weiß, Chrom und Kunstlicht dominieren den gewölbeartigen Raum. Sie sitzen an einem Designer-Bistrotisch mit schwarzgrau marmorierter Platte. An der weißen Wand hinter David Rosinsky zieht sich ein meterlanger schwarzer Schriftzug durch den schlauchförmigen Raum:

> *Alles koscher? Everything kosher? »Koscher« bedeutet »tauglich« bzw. »rein«. Koscher sind Lebensmittel, die nach den jüdischen Speisegesetzen erlaubt sind. Fleischprodukte von Tieren, die zugleich zweigespaltene Hufe haben und Wiederkäuer sind, also zum Beispiel Schaf, Rind und Ziege, sowie Geflügel – die Tiere müssen jedoch nach ritueller Vorschrift geschlachtet werden. Fische, die sowohl Schuppen als auch Flossen haben, zählen zu den koscheren Lebensmitteln. Schweinefleisch, Schalen- und Krustentiere sind nicht koscher.*

Rosinsky streicht über seinen sorgfältig gestutzten Schnauzer. »Überrascht?« Lächelnd verschränkt er die Arme. »So geht es allen hier … beim ersten Mal.«

Seine braunen Augen funkeln. Hannah fragt sich, ob das jetzt jiddischer Spott oder Wiener Schmäh sein soll. Er scheint regelrecht auf die Frage zu warten, ob er Jude ist.

Sie wird ihm nicht den Gefallen tun, beschließt sie. Garantiert nicht. Sie ist nicht unterwegs, um die Erwartungshaltungen anderer zu erfüllen. »Sie sind öfter hier?«

Er nickt. »Immer, wenn ich in der Nähe bin. Die Speisen hier erinnern mich an die Küche meiner Großmutter. Eine Reise in die Kindheit, wenn Sie so wollen. Kennen Sie das, diese ganz spezielle Sehnsucht nach früher?«

»Die Sehnsucht nach dem verlorenen Paradies? Wer kennt sie nicht?«

»Ham die Herrschaften schon was gewählt?« Schwarze Locken, strahlendes Lächeln, eine Mischung aus Ofra Haza und Isabelle Adjani, denkt Hannah beeindruckt.

»Gefillte Fisch mit Kren und Salat!« Ungeniert prescht Rosinsky vor.

Hannah muss sich ein Grinsen verbeißen.

Das habe ich ja schon ewig nicht mehr erlebt, kein Axel würde sich das erlauben, kein Schellnauer. Hier stört es sie erstaunlicherweise nicht im Geringsten.

»Und ein Maccabee Beer, bitte.«

»Gnä' Frau?«

»Ich nehme die Karfiol-Reisbällchen auf Tomatenragout.«

»Eine Curry-Lauch-Apfelsuppe vorneweg?«

»Sehr zu empfehlen.« Rosinsky hebt den Finger.

»Warum eigentlich nicht? Gern.«

»Zu trinken?«

»Einen grünen Tee bitte.«

Rosinskys wohlwollender Blick folgt der Bedienung. Macht er das absichtlich, soll ich jetzt eifersüchtig sein? Oder sein klassisches Profil bewundern, seine grau melierten Löckchen, die exakt konturierten Koteletten? Endlich wendet er sich ihr wieder zu.

»Ich mach das ganz gern. Es sorgt für klare Verhältnisse.«

Irritiert starrt Hannah ihn an. »Wie ... was meinen Sie jetzt?«

»Na, die Location hier auswählen. Immer interessant, wie unterschiedlich die Leut reagieren, wenn sie plötzlich im Café des Jüdischen Museums sitzen.«

»Verstehe. Das heißt, Sie spielen gern. Mit Schubladen, mit vielen kleinen Schubladen?«

Er muss lachen. »Ich hatte in der Tat mal so einen Kaufladen.« Sein Blick ruht auf ihr, unverwandt und seltsam unergründlich.

»Gutes Stichwort«, sagt sie. »Kaufladen. Lassen Sie uns über das Geschäftliche reden. Sie wissen ja, dass der NDR an einer Doku arbeitet über die Wendezeit im Grenzland. Wir wollen Skurriles und Tragisches zeigen, große und kleine Schicksale. Dazu gehört natürlich auch die Rottenbacher Familientragödie in der Nacht des 3. Oktober. Sie können sich vorstellen, wie erstaunt ich war, als ich bei der Coburger Polizei erfuhr, dass auch der ORF an dieser Sache dran ist.«

»Lässt sich aber ganz einfach erklären. Dieser Rolf-Peter Borkow, den ich gern interviewt hätte, arbeitete im Ministerium für Staatssicherheit. Im engsten Umfeld des berüchtigten Alexander Schalck-Golodkowski. Zusammen mit einem gewissen Klaus Schefczik. Mich interessieren deren damalige Geschäftsverbindungen mit der österreichischen Unternehmerin Rudolfine Steindling. Auf diesen Kanälen sind in der Wendezeit hundertdreißig Millionen spurlos verschwunden. Staatsvermögen. Hundertdreißig Millionen!«

Draußen quält sich ein Krankenwagen mit jaulender Sirene durch die enge Dorotheergasse.

»Borkow ist tot«, sagt Hannah und betrachtet ihre Fingernägel.

»Richtig, Borkow ist tot. Aber sein Kollege Schefczik lebt. Und offenbar nicht schlecht. Wie ein Fettauge auf der Suppe. Immobilienmakler, Anlage- und Finanzberatung, Präsident des Tennisclubs. In Kitzbühel.«

»Haben Sie schon mit ihm gesprochen?«

»Nicht richtig.« Er lehnt sich zurück und beginnt, mit einem der verpackten Zahnstocher zu spielen. »Ich hatte ihn kurz am Telefon, aber er ist äußerst hartleibig. Verweigert bislang jedes Interview.«

»Irgendeinen schwachen Punkt hat jeder. Alte Journalistenerfahrung. Wem sage ich das.«

»Find his back wound«, nickt er. »Habe ich kürzlich erst

wieder so ähnlich gehört. Im Zusammenhang mit Klaus Schefczik. Da muss was sein, finden Sie seinen schwarzen Fleck. Interessant.«

»Lassen Sie uns dranbleiben«, sagt sie. Ihre Stimme klingt belegt. »Ich gebe zu, mich lässt die Story nicht mehr los. Diese Familie, dieses furchtbare Ereignis.«

Nur nichts anmerken lassen. Du schaffst das. Du bist drüber.

»Hand drauf«, er streckt ihr die Hand über den kleinen Tisch hinweg zu und lächelt verschmitzt, »ich lass bei diesem Schefczik nicht mehr locker. Und Sie informieren mich, wenn Sie auf mögliche Verbindungen zu Rudolfine Steindling stoßen. Lassen S' uns ab sofort in Kontakt bleiben, Frau Kollegin!«

Win-win. Hannah schlägt ein.

Der ist so scharf auf diesen Schefczik, was Besseres kann mir gar nicht passieren.

»Ich habe natürlich meine Hausaufgaben gemacht, Herr … Kollege.«

»David.« Er offeriert ihr eine spielerische Ghettofaust.

Im jüdischen Café.

»Hannah.«

»Sehr schön«, zwinkert er vergnügt. »Hausaufgaben, das heißt, du als deutsche Top-Journalistin hast mich nach allen Regeln der Kunst professionell … ausgegoogelt?«

Sie muss grinsen. »Basics sind …«

»… die Grundlage des Fundaments, ich weiß.« Jetzt müssen beide lachen.

»David Rosinsky gilt als einer der führenden Investigativjournalisten in Österreich.«

»Ah geh, des steht immer noch in Wikipedia?«

»Korruption, Wiener Bauskandale, illegale Parteienfinanzierung. Organisierte Kriminalität in all ihren Facetten. Du stehst ganz anders im Feuer als ich. Du lebst gefährlich, David.«

Er winkt ab. »Ein David fürcht si ned. Vor keinem Goliath dieser Welt.« Seine sonore Stimme gefällt ihr immer besser. *Könnte sofort beim Radio einsteigen.*

»Trägst du wohl immer ein paar Kieselsteine mit dir?«

»Kann man so sagen.« Sein charmantes leichtes Dauerlächeln friert ein. Er scheint zu überlegen, sein Blick sichert nach allen Seiten. Dann greift er unter sein Ledersakko, zieht sein weißes Knopfleistenshirt ein Stück hoch.

Kein behaarter Bauch. Ein schwarzer Stretchgurt.

Mit einer blauschwarz schimmernden, winzig kleinen Pistole.

Blitzschnell lässt er den weißen Vorhang wieder fallen.

Fassungslos starrt sie ihn an.

»Du hast eine Pistole?«

»Mit der i auch regelmäßig schiass'n geh. Wennsd mogsd, kannst mitkommen dann.«

»Waas? Wohin soll ich mitkommen?«

»Im Wienerwald draußen. I hob mir an privaten Schießstand eingerichtet, in einem alten Weinkeller dort. Hast Lust?«

Nur mühsam kann Hannah ihren Zorn unterdrücken. »Bist du noch ganz sauber, David Rosinsky?«, zischt sie. »Ich kämpfe seit Jahren gegen genau diesen Scheißdreck an, und jetzt soll ich mich privat damit vergnügen?«

Meine Familie wurde mit einer Schusswaffe ausgelöscht. Sie beißt sich auf die Unterlippe, bis es schmerzt.

»Ihre Curry-Lauch-Apfelsuppe. Guten Appetit!«

»Danke.«

»Gudn«, brummt er.

Hannah spielt kurz mit dem Gedanken, ihm die heiße Suppe in den Schoß zu kippen. Nein, beherrscht sie sich. Keiner ist es wert, öffentlich aus der Haut zu fahren.

Keiner.

Doch er soll spüren, dass er ein Arschloch ist. Oder sich zumindest wie ein solches benimmt. »Du kleiner Waffenfetischist, macht es dir Spaß, mich zu provozieren? Ausgerechnet hier? Ist das euer ganz spezieller schwarzer Wiener Humor, ja?«

Die Suppe, der erste Löffel. Wohltuend warm, großartig gewürzt, muss sie sich widerwillig eingestehen. Ihre Wut flaut etwas ab.

»Jetzt bass amoi auf, Hannah.« Er wird nicht lauter. Nur einen Halbton tiefer. Animalischer. »Dein IANSA-Ring ist eine phantastische Auszeichnung, ganz ehrlich. Gratuliere dir. Aber auch er gibt dir no lang ned des Recht, so blindwütig übers Ziel hinauszuschießen.«

»Ich schieße überhaupt nicht! Auch nicht im übertragenen Sinn!«

»Oh doch, liebe Hannah, oh doch! Merk dir bitte eines: Ich bin Jude. Ich will und werde kein Opfer sein, niemals! Und das hier«, er deutet unauffällig Richtung Bauchgurt, »ist zwar nur eine kleine 6,35er. Aber sie ist ein Erbstück in unserer Familie. Ein ganz besonderes.« Sein Blick verfinstert sich, er beugt sich vor. »Mit dieser Taschenpistole hat meine Bobe, meine Großmutter, 1938 einen Mann erschossen«, zischt er. »Einen deutschen SS-Mann, in Notwehr! Hier, am Nestroyplatz, mitten in Wien! Und waasd wos? Gott sei Dank hat s' ihn derschossen! Sonst wär mein Stuhl hier nämlich leer!«

Hannah lässt ihren Löffel sinken. Ihre Kehle ist wie zugeschnürt, sie kann nur noch heiser flüstern. »Dann werde ich dir jetzt auch was erzählen …«

28

Wienerwald

Rosinsky räuspert sich immer heftiger gegen das unangenehme Kratzen im Hals.

Vergeblich.

Vierundzwanzig Schuss erst, und die Lüftungsanlage seines improvisierten Schießstandes ist schon wieder heillos überfordert vom Pulverdampf in dem engen alten Weinkeller. Doch jede technische Aufrüstung, jede äußerlich sichtbare Baumaßnahme erregt nur unliebsames Aufsehen. Schließlich muss, nach außen hin, unter allen Umständen der Anschein eines privaten Weinkellers gewahrt bleiben.

Deshalb wird er, trotz regelmäßiger Wutausbrüche über die beengten Raumverhältnisse, die dick eingestaubten Regale mit ihren über dreihundert Weinflaschen auch in Zukunft nicht antasten. Sonst könnten ihm die Bürokraten der Wiener Baubehörden eine dauerhafte Nutzungsänderung, fehlenden Brandschutz und jede Menge unbezahlbarer Auflagen unterjubeln. Dann lieber ein paar Minuten abhusten.

Aufmerksam studiert er die Schießscheiben vor dem Kugelfang aus alten Autoreifen. Erstaunlich zielsicher heute, trotz der zwei Bierchen im Café Eskeles. Normalerweise machen die sich sofort bemerkbar beim freihändigen Schießen mit der Taschenpistole.

Aber heute ist alles anders.

Selbst wenn es nicht gelungen ist, Hannah noch zu einem kleinen Schießtraining zu überreden. Ihre radikal pazifistische Einstellung ist, angesichts ihrer persönlichen Geschichte, absolut nachvollziehbar, denkt er. Wahnsinn, dass sie das überlebende Kind aus Rottenbach ist und das erst jetzt, nach dreißig Jahren, erfahren hat. So was muss einem an die Nieren gehen, so eine Story ist absolut drehbuchreif. Noch dazu mit einer solchen Protagonistin, dieser scheinbar so kühlen TV-Blonden aus dem hohen Norden.

Der es gelungen ist, auch mich aus der Reserve zu locken. Sie ist die Erste überhaupt, der ich das Familiengeheimnis von der Großmutter und dem SS-Mann offenbart habe. Dabei kannten wir uns gerade mal zehn Minuten.

Nachdenklich verstaut er die 6,35er im Bauchgurt, knipst das Licht aus und schließt die schwere Holztür ab. Langsam stapft er die ausgetretenen Steinstufen hoch.

Hannah Steiner.

Da war von der ersten Minute an, schon vor dem gegenseitigen Coming-out, mehr als nur Sympathie im Spiel. Eine tolle Frau. Haben unerwartet Spaß gemacht, diese anderthalb Stunden mit ihr im Café Eskeles.

Die obendrein auch in der Sache selbst ganz neue Erkenntnisse gebracht haben.

Hochinteressant, dass BND und bayerischer Verfassungsschutz sich 1990 für die polizeilichen Ermittlungen interessierten. Wer wurde hier vor wem geschützt?, grübelt er. Und wer kam in den Tagen vor dem 3. Oktober wirklich in dem Auto mit dem ovalen DDR-Kennzeichen zu Besuch in Borkows Haus?

Es regnet.

Rosinsky legt den Kopf in den Nacken, genießt die frischen kühlen Tropfen auf seiner Haut. Er lauscht den aufgeregten Warnrufen eines Eichelhähers aus den Tannenwipfeln am Waldrand drüben. Der Wind, der von Wolfsgraben heraufbläst, riecht nach schwerem, nassem Ackerboden.

Er schließt den verdreckten schwarzen Jeep Wrangler mit der Wiener Nummer auf. Schiebt die Weinkiste mit den klappernden Flaschen hinein, mit der er sein Schießtraining jedes Mal tarnt. Dann schwingt er sich hinters Steuer und wirft, wie immer, zuerst den CD-Player an.

Dylan plärrt »Hurricane«.

»Pistol shots ring out in the barroom night … Here comes the story of the hurricane, the man the authorities came to blame for somethin' that he never done …«

Welch ein Kontrast zu unserem Fall, denkt er.

Wir haben einen Mann im Visier, den keiner belangen, gegen den keiner ermitteln will. Doch Schefczik ist und bleibt das missing link. Das letzte verbliebene Verbindungsglied. Zu Borkow, zur KoKo, zur Novum und zu Fini.

Schefczik muss auspacken.

Ich muss an ihm dranbleiben, den Druck auf ihn erhöhen.

Egal wie.

Kurz entschlossen macht er den Motor wieder aus und überlegt. Schließlich schnappt er sich den schwarzen Rucksack vom Beifahrersitz, holt sein Tablet heraus und startet es.

E-Mail an Klaus Schefczik. Seine Finger rasen.

Sehr geehrter Herr Schefczik,
anknüpfend an unser letztes Telefonat möchte ich noch einmal betonen, welch großen Wert unsere ORF-Redaktion »Politik und Zeitgeschehen« auf höchste journalistische Qualität bei Berichterstattung und Dokumentation legt.

Die üblichen Einstiegsfloskeln. Er schaut hoch. Zwei Rehe jagen weit oben über die Wiese und flüchten in den Wald hinein.

Dementsprechend wichtig sind uns kompetente, qualifizierte Aussagen von Fachleuten, Experten und unmittelbar Betroffenen. Bitte überdenken Sie doch auch vor diesem Hintergrund noch einmal Ihre bisherige ablehnende Haltung zu einem Interview.

Der Eichelhäher draußen hat sich wieder beruhigt. Jetzt aber Schluss mit dem Geschmuse.

Drauf auf die Zwölf.

Hierzu noch ein kurzes Update für Sie: Seit heute Mittag liegen uns brisante aktuelle Informationen vor zu einer Verwicklung Ihrer damaligen Abteilung des Ministeriums für Staatssicherheit der DDR (MfS) in eine mysteriöse Familientragödie in Rottenbach bei Coburg in der Nacht des 3. Oktober 1990. Der Faktencheck ist angelaufen, sicher können Sie uns auch hier kompetent unterstützen. Ich freue mich auf Ihre Rückmeldung!

Beste Grüße
Ihr
David Rosinsky

Senden.

Der Regen pladdert jetzt auf das Autodach. Rosinsky verstaut das Tablet wieder im Rucksack und startet den Jeep.

Die Scheibenwischer quietschen unwillig, aber sie ziehen durch. Unablässig, unbeirrt.

Genau wie Dylan.

Der schon einen Schritt weiter ist und bereits die ganz große, die endgültige Wachablösung beschwört. »... Eden is burning, either getting ready for elimination. Or else your hearts must have the courage ... for the changing of the guards ...!«

29

Kitzbühel

Mechanisch folgen Schefcziks Augen dem Hin- und Hergeploppe des kleinen gelben Filzballs. Nur ein Trainingsmatch in der Halle.

Anna Unterwösser aus Kitzbühel. Siebzehn Jahr, blondes Haar, ein Geschenk Gottes, wie sein Doppelpartner Harry gern frotzelt: »Für die Männerwöid. Oba ned für den Tennissport.« Gegen Laras Tochter Jacqueline, sechzehneinhalb. Die schwarze »Schackii«, wie ihre Mutter nervtötend schrill über den Court ruft. Genauso ehrgeizig, genauso unbegabt wie ihr Gegenüber.

Es reicht nicht, um sich abzulenken.

Selbst dieser Tennis-Slapstick voll unbeholfener, jugendlich-praller Weiblichkeit reicht nicht aus, um zu verdrängen, was vor zwanzig Minuten an seinem Bildschirm aufgeploppt ist.

»... brisante aktuelle Informationen vor zu einer Verwicklung Ihrer damaligen Abteilung des Ministeriums für Staatssicherheit der DDR (MfS) in eine mysteriöse Familientragödie in Rottenbach bei Coburg in der Nacht des 3. Oktober 1990. Der Faktencheck ist angelaufen ...«

Fakten.

Welche Fakten wollt ihr nach dreißig Jahren noch checken? Schalck ist tot. Borkow ist tot. Frau und Kind sind tot. Das Baby kann nichts wissen.

Alle Leichen sind verbrannt.

Es gibt keine neuen Beweise, keine neue Lage. Es kann sie überhaupt nicht geben.

Wer also rührt jetzt diese ganze gottverdammte Rottenbacher Scheißgeschichte auf? Wer hat nach dreißig Jahren plötzlich ein

Interesse daran? Sogar in der Businessmail aus St. Petersburg gestern die merkwürdige Bitte, »weiterhin mit ganzer Kraft und positiver Außendarstellung auf allen Ebenen den Erfolg unserer höchst sensiblen Geschäftsbeziehungen zu schützen«.

»Schackiii! Konzentrier dich doch mal!« Schacki winkt patzig ab. Unter ihrem nassgeschwitzten Shirt zeichnet sich jetzt deutlich der wohlgeformte Sport-BH ab. Körperlich gibt Schacki alles.

Sein Mund ist wie ausgetrocknet, die Nase verstopft. Gut so, das neue Viagra schlägt an. Er schaut hoch zur Hallenuhr. Fünfzehn Uhr zehn erst. Zu früh noch für die Tennislounge und den ersten kleinen Whisky des Tages.

Kirsch mit Whisky, fällt ihm ein. Wäre zu dieser Tageszeit jetzt durchaus angemessen. Die bittersüße Plörre aus dem VEB Bärensiegel. Blaues Etikett, fünfundzwanzig Prozent. Beliebt bei Frauen, ein bewährter »Dosenöffner« damals.

War auch bei den Borkows immer im Kühlschrank.

Weil Moni so darauf abfuhr. Monika Borkow, das kleine Luder. Die Chefsekretärin in der Abteilung Handelspolitik. Eine Intrigantin vor dem Herrn. Nach außen die vorbildliche Aktivistin der sozialistischen Arbeit, bis zuletzt hundertzwanzig Prozent linientreu. Zu Hause versorgte sie Rolf mit Details aus erster Hand, hetzte ihn in den letzten Monaten der DDR dann regelrecht auf.

Genosse Rolf-Peter Borkow, jahrelang ein Freund … nein, kein Freund, verbessert er sich rasch. Nach der Schulzeit gibt es keine Freunde mehr.

Ein enger Wegbegleiter, vielleicht. Das war er.

Vorübergehend.

Denn Borkow, dieser gut aussehende schnauzbärtige Major im MfS, war letzten Endes nur ein Schwächling, ein Getriebener. Getrieben von der Gier, ständig in der Angst, vielleicht irgendwo zu kurz zu kommen. Monis gehässige Art, ihr permanenter Neid auf andere waren da der reinste Brandbeschleuniger.

Hätte sie dich nicht so aufgehetzt, wärt ihr alle noch am Leben.

Warum wart ihr nicht zufrieden, in eurer geerbten West-Immobilie, in eurem Bauernhaus in Rottenbach? Warum wolltest du am ganz großen Rad drehen und unbedingt ein eigenes, noch dazu riesengroßes Stück vom Kuchen haben?

Hast dein Insiderwissen völlig überschätzt. Schmutzige KoKo-Geschäfte, Waffen, Antiquitäten und die zwanzig Tonnen Gold im Keller, das alles hatte doch Alex schon im Dezember 1989 dem BND geflüstert. Seinen persönlichen Deal gemacht, sich Immunität und ein sorgenfreies Leben erkauft.

Und dann, ein halbes Jahr später, willst du kleines Licht plötzlich eine Million und drohst damit, zur BILD-Zeitung zu gehen. »... denn ich kenne Schalck, ich kenne KoKo, ich kenne sämtliche Sauereien seit Strauß damals!«

Hast alle Warnungen in den Wind geschlagen.

Zweimal war ich noch persönlich bei euch in Rottenbach. Wie verbohrt du damals warst, wie vernagelt!

Nur noch verbitterter Frust und Neid sind da aus dir rausgeplatzt. Als ob ich mit meinem Besuch einen Eiterpickel aufgedrückt hätte.

Hast nie verwunden, dass ich dich wegen deines ständigen Genörgels, wegen deiner subversiven Hetze im Dezember 1989 noch versetzen musste, in diese lächerliche Bauleitung in Hönow. Hättest nie geglaubt, dass ich Ernst mache. Und dass Alex das Ganze auch noch absegnet.

Das hat dir fast ein Jahr später, in Rottenbach, immer noch gewaltig gestunken. Ich riech heut noch deine Fahne, als du mich mit hochrotem Kopf angebrüllt hast: »Nein, Klaus, nein! Nicht ich hab mich vom Acker gemacht, nein! Alex, der fette Herr Dr. Schalck-Golodkowski, der hat sich aus dem Staub gemacht! Am 2. Dezember wird das riesige Waffenlager in Kavelstorf enttarnt, am 3. Dezember macht er mit seiner Sigrid rüber nach Westberlin. Packt beim BND aus. Schließt seinen geheimnisvollen Deal ab. Am 8. Dezember werden die zwanzig

Tonnen Gold aus dem KoKo-Keller in der Wallstraße abgeholt. Angeblich, um sie in die Staatsbank zu bringen, ein paar hundert Meter nur! Und das Gold kommt nie dort an, nie! Ist seitdem spurlos verschwunden! Gold im Wert von fünfhundert Millionen D-Mark! Das kann doch kein Zufall sein! Und erst recht kein Grund, hier noch auf irgendjemand Rücksicht zu nehmen! Ich will mein Stück vom Kuchen, das steht Moni und mir zu, das ist nur recht und billig. Sonst pack ich aus, alles, was ich weiß!«

Du kleiner Idiot.

Du hast dieses Ende doch gar nicht anders verdient.

Hast regelrecht darum gebettelt.

Hast nicht begreifen wollen, dass du dir mit deinen wüsten Drohungen schlagartig beide Seiten, Ost und West, zum Feind machst: eigene Genossen in den Schmutz ziehen? Langjährige diskrete Geschäftspartner outen? Westbehörden und damit last, but not least den gesamten BND-Deal, mitsamt den Politikern dahinter, bloßstellen?

In der entscheidenden Phase der Wiedervereinigung?

Du hast dir dein eigenes Grab geschaufelt, Rolf.

Der Hausbesuch durch Jo Stellmacher, diese ganze Rottenbacher Tragödie, sie war absehbar.

War nur ein Kollateralschaden der deutschen Einheit. Klein zwar. Aber unvermeidlich.

Für beide Seiten.

»Aus!«

»Nein«, keift Schacki, »im Leben nicht, der war nie und nimmer aus!«

Tja, Tennis kennt kein Unentschieden. Keine halben Sachen. Immer klare Kante, selbst wenn's noch so wehtut.

Hopp oder top. Schwarz oder weiß.

Immer eine Entscheidung, immer reiner Tisch am Ende.

Echter Killersport.

30

Hamburg

»Na, dein Ösi-Macho scheint dich ja schwer zu beeindrucken.« May zieht eine spöttische Schnute. Mit ihrem halb vollen Orangensaftglas steht sie vor Hannahs MacBook. »www.david-rosinsky.com! Seit wann braucht so ein renommierter, seriöser Investigativjournalist eine reißerische Privat-Website?«

Hannah steckt den Kopf durch die Tür. Mit einem Handtuch rubbelt sie die nassen Haare trocken. »Seit wann überwachen wir uns? Schau ich vielleicht in deinen Laptop oder in dein Smartphone rein?«

»Sei doch nicht gleich wieder so patzig. Bist sehr gereizt in letzter Zeit. Nicht gut. Gerade in deinem Job, Kleine.«

»Hör endlich auf mit deinem ›Kleine‹! Ich kann das nicht mehr hören!« Hannah frottiert immer heftiger. »Hier, schau dir lieber das an!« Sie deutet auf den gläsernen Couchtisch. Neben »Destinations of a Lifetime – World's Most Amazing Places«, dem leicht eingestaubten Coffeetable-Book, ist die neue GALA aufgeschlagen.

»Anki Beerbaum, der neue Stern am TV-Himmel! Folgt sie auf Anne Will?«

May nickt gleichmütig. »Eben. Das sollte dich nicht kaltlassen, Liebes.«

»Was, du findest das auch noch gut?« Ärgerlich schlingt Hannah ihr Handtuch um den Nacken. »Anki Beerbaum mit ihrem Stubentiger Nero, Anki an ihrem Lieblingsplatz, im Korbstuhl unter dem alten Nussbaum, Anki: Nichts ist besser, der Sächsische Sauerbraten nach dem Originalrezept meiner Großmutter! Was für ein Gesülze! Auf solche Homestorys kann ich verzichten!«

May schlürft genießerisch ihren Saft aus. »Verstehe. Aber

du musst das Konzept sehen, die Strategie dahinter erkennen. Zuerst, die Homestory steht nicht allein.« Sie blättert um. »Hier wird's seriös. Ein Infokasten, Auflistung ihrer prominenten Gäste aus Politik, Gesellschaft und Showbiz in Ankis Afternoon Club. Ein weiterer, Ankis Ansagen. Ihre besten TV-Zitate.«

Hannahs Blick wandert zur Vitrine, in der, dekorativ aufgeklappt, das Etui mit ihrem IANSA-Ring und der Verleihungsurkunde steht. »Das hab ich doch wohl nicht nötig!«

May zuckt mit den Achseln. »Du hast mich doch nach meiner Meinung gefragt. Rein fachlich sag ich dir: Anki fährt das sehr instinktsicher. Sympathien der breiten Masse heben deine Einschaltquote schnell und zuverlässig, Rest kennst du. Den Shakern und Movern in der Chefetage zeigt sie außerdem, dass sie geerdet ist, nicht irgendwo abgehoben im Elfenbeinturm. Die Story könnte vielleicht sogar Auftakt einer PR-Kampagne sein. Instinktsicher und durchdacht, strategisch und inhaltlich wirklich äußerst professionell. Du solltest dich nicht zu sicher fühlen.«

»Wieso fühl ich mich zu sicher? Red doch keinen Käse!« Ärgerlich geht sie ins Bad zurück, greift nach dem Föhn, nur um ihn sofort wieder auszuschalten. »Warum weiß eigentlich jeder, was für mich am besten ist?«, schreit sie wütend. »Adoptiveltern, Chefstylisten, Maske, dein Privat-Coaching rund um die Uhr! Ich hab das alles so satt!«

31

Pinzgau

»Junge, Junge, da wäre selbst der dicke Alex noch neidisch geworden.« Schefczik klopft anerkennend auf das rustikale Lärchenholzgeländer. »Was für ein Panoramablick! Ein echtes Juwel, deine Jagdhütte!«

»Ausgebaut zur Mountain Lodge, wie der Kenner heutzutage sagt.« Amüsiert schiebt Clavius die Ray-Ban-Sonnenbrille in sein immer noch volles, pechschwarz getöntes Haar. »Tja, bei mir gibt's keine Schwarzgeldkonten. Alles ist sofort in Ausbau und Renovierung einer heruntergekommenen alten Hütte geflossen. Mein Altersruhesitz.«

Schefczik kratzt sich im grauen Brusthaar, das aus seinem trachtenartigen Stehkragenhemd quillt. »Ist das schon ein Jahr her, dass du beim BND verabschiedet wurdest? Mannomann, ich weiß noch, wie wir uns das erste Mal getroffen haben. Kontaktaufnahme MfS mit BND. Dezember '89, Hermsdorfer Kreuz.«

»Falsch. Dreilinden.«

»Sicher?«

»Dreilinden, 7. Dezember. Ganz sicher. Ich war doch auf dem Weg von Pullach nach Westberlin. Abgeordnet zu den Verhandlungen mit eurem prominenten Republikflüchtling.«

»Der sagenumwobene Schalck-Deal …« Schefczik lässt die letzten Tropfen schwarzes Hefeweizen in sein Franziskaner-Glas laufen. »Wir haben nie erfahren, was tatsächlich ausgehandelt wurde. ›Macht euch keene Sorgen; was KoKo angeht, ham wir jetzt 'ne blütenweiße Weste. Es wird keine Verurteilungen geben‹, hat er gesagt. Mehr nicht.«

Clavius lächelt dünn. »Was denkst du? Allerhöchste Geheimhaltungsstufe. War schließlich ein politischer Deal, außerhalb jeder ordentlichen Gerichtsbarkeit.«

Die üblichen Floskeln, seit dreißig Jahren.

Schefczik nimmt einen tiefen Zug aus seinem Weizenglas. »Verflucht noch eins, jetzt tu doch mal Butter bei die Fische! Wie belastbar sind diese alten Zusagen heute noch? Die Beteiligten sind tot oder, wie du, im Ruhestand. Aber direkt Betroffene aus Schalcks engstem Umfeld, die leben noch. Meine Pumpe schlägt noch. Und auch die von Jo Stellmacher, mit dem ich damals nach Rottenbach fuhr. Der schließlich ins Haus ging und die Drecksarbeit erledigte. Letzte Aufräumungsarbeiten, zum Schutze von KoKo, Schalck und allen Wessis, die mit drinsteckten!« Er atmet schwer.

»Wie hat denn das Problem Rolf-Peter Borkow damals begonnen?«, fragt Clavius. »Was war die Initialzündung für diese Eskalation am 3. Oktober?«

»Ach, viel früher schon!« Schefczik winkt müde ab. »Rolf war immer schon ein Geizkragen und ein Neidhammel. Stand zu Hause unter dem Pantoffel und witterte überall Benachteiligung. Eigentlich fing alles an mit seiner ewigen Lästerei über den Milliardenkredit. Genauer gesagt, die Provision, die sich Schalck und Strauß wohl unter den Nagel gerissen haben.«

»Na, da gehört nun wirklich nicht viel Phantasie dazu«, ätzt Clavius. »Auch wenn sich nichts beweisen lässt, eins steht fest: Kein anderer westdeutscher Politiker war jahrzehntelang so geschäftstüchtig wie FJS. Ich sage nur *Leder.*«

»Leder?«

»BND-interner Deckname für den Lockheed-Lobbyisten Ernest F. Hauser. War Trauzeuge von Strauß und Patenonkel von dessen Sohn.«

»Was? Und dann beschafft dieser Strauß als Verteidigungsminister ausgerechnet bei Lockheed neunhundert Starfighter?«

»Von denen zweihundertneunundsechzig abstürzen, in Friedenszeiten, wohlgemerkt. Hundertsechzehn Tote, Spitzname ›Witwenmacher‹. Man stelle sich das mal in unserer medial überreizten Zeit vor.«

»Tja, was haben sich NVA und unsere Waffenbrüder im

Warschauer Pakt damals ins Fäustchen gelacht! Mussten keinen einzigen Schuss abgeben!«

Clavius antwortet nicht.

Stumm zeigt er auf das hoch aufragende Felsmassiv auf der gegenüberliegenden Seite des engen Tals. Ein paar dunkle Pünktchen, die sich zu bewegen scheinen.

Widerwillig greift Schefczik zum Fernglas.

Oberhalb von Latschenfeldern und letzten Krüppelkiefern zieht Gamswild über Stein und Geröll. Er justiert die Sehschärfe seines Swarovski-Glases. »Könnte ein Einserbock sein. Eine Altgeiß und zwei Kitze.«

»Morgen geht's los«, sagt Clavius zufrieden. »Ist relativ leicht begehbar. Man kann da sehr weit rauffahren. Welche Waffe hast du dabei?«

»Die Merkel K3.«

Clavius lacht. »Auf wen du dich alles verlässt! Eine Kipplaufbüchse, im Ernst?«

»Ist leicht und führig«, brummt Schefczik beleidigt. Durch sein Glas beobachtet er, wie sich die Wolken aus Richtung Berchtesgaden über den Gipfel schieben.

Stratocumulus, weiße Schichthaufen.

Ein breiter weißer Affenkopf. Ein brüllender King Kong. Der lautlos und langsam zerfließt, zu einem gesichtslosen weißen Brei.

Clavius doziert: »… grundsätzlich Repetierer, am besten mit Kunststoffschaft. Langer Lauf und möglichst rasante Geschosse, das ist das A und O am Berg. Die 6,5 x 68er Munition oder gleich die 7 mm Rem. Mag. Ich schwöre da auf meine Steyr Mannlicher. Weniger Rückstoß, besseres Schussverhalten. Klar, der Repetierer ist schwerer als deine Kipplaufbüchse, aber die siebenhundert Gramm spar ich locker woanders ein!« Blitzschnell boxt er ihn, ganz leicht nur, in die gut gepolsterten kurzen Rippen. »Hier zum Beispiel. Stört das nicht beim Tennis, Genosse?«

Schefczik setzt das Swarovski ab. »Komm zur Sache, Kamerad!« Er hasst es, wenn sein Blick an undurchdringlich schwarzen Brillengläsern abprallt. Ohne dass er sein Gegenüber dafür zusammenfalten kann. »Mir geht dieser David Rosinsky mächtig auf den Sack! Hat angeblich brisante aktuelle Infos über eine Verwicklung der Stasi in die Rottenbacher Geschichte!«

Clavius formt mit seinen kleinen gepflegten Händen ein Dach.

Auf seiner Stirn erscheinen Falten.

»Du hast mir neulich gesagt, es gibt keine Quellen mehr«, zischt Schefczik. »Klopft der Typ also nur auf den Busch? Oder kann die Sache wirklich hochgehen?«

Clavius reagiert nicht. »Du solltest ihn nicht unterschätzen«, sagt er schließlich langsam. »Rosinsky ist nicht irgendwer. Er mag seine besten Jahre hinter sich haben, aber er ist ein absoluter Profi.«

Schefczik winkt verärgert ab. »Das sind wir auch! Was weißt du heute, ganz aktuell, ganz konkret, in Sachen Borkow?«

Clavius bleibt reglos sitzen, das Gesicht der schwachen Abendsonne zugewandt. »Schellnauer vom bayerischen Verfassungsschutz hat mir vor zwei Tagen etwas Interessantes erzählt. Hannah Steiner hat ihn für das NDR-Fernsehen interviewt. Die hat ihn auf Rottenbach angesprochen.«

»Steiner? Die kleine Blonde, mit ihrer Hexenjagd auf private Schusswaffen?«

»Genau.«

»Und? Was will die Hexenjägerin?«

»Weiß offenbar nur, dass sich der Verfassungsschutz damals für eine schnelle Einstellung der polizeilichen Ermittlungen eingesetzt hat. Mehr nicht.«

Das Bier schmeckt bereits matt. Nur noch schmierige kleine Schaumreste treiben darauf. Angewidert schiebt Schefczik das Weizenglas beiseite. »Und jetzt? Soll ich das alles aussitzen? Im Vertrauen auf den damaligen Deal?« Er stockt. »Gehen wir mal davon aus, dass strafrechtlich nichts geht. Was kann Rosinsky mir in diesem Fall anhaben?«

Clavius macht eine vage Handbewegung. »Wenn das Thema öffentlich wird? Kannst du dir doch ausmalen, im Jubiläumsjahr der Wiedervereinigung. Mediale Schnappatmung.«

»Ich kann mir in meiner Branche keine Skandale leisten, Clavius. Jede Andeutung einer Verwicklung wäre rufschädigend. Schlimmer noch, geschäftsschädigend. Existenzbedrohend. Könnte mich in Kitzbühel nirgendwo mehr blicken lassen!«

Der BND-Mann nickt langsam. »So sieht's aus. Müsstest, nur um deinen Ruf zu wahren, sinnlose Prozesse anstrengen. Jahrelangen Rechtsstreit riskieren.«

»Der mich nur noch länger in den Schlagzeilen hält! Am Ende sterbe ich als verarmter Prozesshansl!« Wütend schlägt er gegen das Lärchenholzgeländer.

Clavius mustert ihn. »Denke auch, du solltest lieber auf Nummer sicher gehen«, sagt er ruhig.

»Das werde ich auch, darauf kannst du dich verlassen!« Schefczik beugt sich vor, wild entschlossen. »Ich lasse mich nicht vorführen, ich lasse mich nicht benutzen. Von niemandem. Und wenn der Genosse Stellmacher dafür noch mal ranmuss!«

Wieder nickt Clavius.

Zufrieden, in sich ruhend wie ein Buddha, sitzt er still auf seinem Stuhl, das Gesicht hinter der Sonnenbrille unverwandt auf die gegenüberliegenden Gipfel gerichtet.

Schefczik ist irritiert und leicht verärgert. Ein ungeheuerlicher Verdacht durchzuckt ihn plötzlich.

Auch Clavius ist ein Mitwisser.

Benutzt er mich gerade?

32

Plauen

Aufgeregtes Gekläffe und Geheule in den Tierheimzwingern.

Sein Handy schrillt.

Unwirsch stellt er den Schubkarren mit Eimer und Kotschaufel ab. Gleich ist Futterzeit. Dagmar kann's nicht sein. Würde es nie wagen, um diese Zeit anzurufen.

Unterdrückte Rufnummer.

»Stellmacher.«

Ein kurzes leises Luftholen nur am anderen Ende, er erkennt es auf Anhieb wieder. »Freundschaft!«, sagt eine sonore Männerstimme. Süffisant. Überheblich.

Stellmacher sieht ihn sofort vor sich, den kleinen, stämmigen Blonden mit dem schütteren Haar und der markanten Nase. Immer scharf im Windschatten von Schalck, immer das entscheidende Karriereschrittchen vor den Kollegen.

»Klaus. Klaus Schefczik«, stellt er fest.

Du alte Schweinebacke. Residierst in Kitzbühel, während ich hier immer noch in Plauen in der Platte hocke.

Er zieht sich einen wackligen Hocker heran und setzt sich. Angelt aus der Brusttasche seiner verschmutzten Latzhose ein zerknittertes R6-Päckchen. »Das darf nicht wahr sein. Was willst du?«

Schefczik lacht. Immer noch das gleiche, leicht hämische Meckern wie früher. »Wie geht's dir, Jo? Wollen wir nicht mal wieder über die guten alten Zeiten sprechen, was meinst du?«

Stellmacher knipst am Feuerzeug, bis das Flämmchen endlich steht. »Wüsste nicht, warum«, nuschelt er, die Kippe fest zwischen den Lippen eingeklemmt. »Sag mir einen einzigen guten Grund.«

»Große Jubiläen werfen ihre Schatten voraus, Jo. Dreißigster

Jahrestag der deutschen Einheit, wenn das kein Grund zum Feiern ist.« Er meckert wieder. Lang und ausdauernd.

»Haste getrunken?«, fragt Stellmacher.

Schlagartig erstirbt Schefcziks Lachen.

»Na, das war ja wohl deine Spezialität«, giftet er. »Fünf Uhr nachmittags, da warst du doch mit dem ersten nullsiebener Glasmantelgeschoss schon durch!«

Stellmachers Magen krampft sich zusammen. Er spürt sofort wieder den Billigweinbrand auf seiner Zunge brennen.

»Bin trocken, du Arschloch. Seit 1. November '95. Null Uhr, wenn du's genau wissen willst.«

»Respekt, Respekt! Du warst schon immer ein großer Kämpfer, Jo, unerbittlich hart gegen dich, unerbittlich hart gegen andere, ich weiß das doch!«

Stellmacher betrachtet die Gitterstäbe des Hundezwingers.

Das Gitterbettchen.

Damals, vor dreißig Jahren.

Dieser kleine Schreihals. Warum war er nicht still, warum bloß hat er ums Verrecken keine Ruhe gegeben?

Warum verfolgt er mich, als Einziger, bis heute noch in meinen Träumen?

Ich bin doch begnadigt. Immun. Frei.

»Und deswegen musste ich sofort an dich denken, Jo. Du bist der Beste. Ich habe einen Job für dich.«

»Mach ihn selber und lass mich in Ruhe. Bist wie unsere selbst ernannten Tierfreunde hier. Schlaue Sprüche zuhauf, aber bloß nicht selber Scheiße kratzen!«

Kurze Stille nur. »Beides, Jo, beides! Sprüche verkaufen und Scheiße kratzen, für beides brauchst du die Besten!«

»Gib dir keine Mühe, Klaus. Ich hab 'nen guten Job. Der mich voll und ganz ausfüllt.«

Er stößt ein Rauchwölkchen aus und lässt es nicht aus den Augen. Sieht ihm nach, wie es langsam aufsteigt. Immer höher, immer weiter. Wie es sich dabei unaufhaltsam auflöst und verliert.

Genau wie Schefczik.

Nein – *wie Rolf Borkow!*

»Glaub ich nicht, Jo. Es geht immer noch was, du kannst immer noch etwas mehr für dich herausholen.«

»Sagt Klaus Schefczik, der große Marxist.« Er streift sich einen Dreckbatzen vom Arbeitsschuh.

»›Es gibt einen dogmatischen Marxismus und einen schöpferischen Marxismus; ich stehe auf dem Boden des letzteren.‹ Sagt wer? Josef Wissarionowitsch Stalin!«, doziert Schefczik. »Aber lassen wir die Spielchen, Jo. Ein fairer Deal. Es geht um die alte Borkow-Geschichte. Kann gut sein, dass du da kurzfristig noch mal ranmusst. Einen Ösi-Journalisten ausschalten. Ein jüdischer Aasgeier, der uns auf der Spur ist. Halte dich mal ein paar Wochen auf Abruf bereit. Zehn im Voraus für deine Spesen. Weitere zwanzig im Erfolgsfall.«

Stellmacher inhaliert, tief, bis zum Anschlag.

Dreißigtausend. Auf einen Schlag saniert. Alle Schulden los.

Oder Knast, wenn's schiefgeht.

Gitterstäbe bis zum bitteren Ende.

Er kramt in seiner Hosentasche, findet ein letztes Leckerli. Durch die Gitterstäbe hält er es der alten Laika hin, die still und friedlich auf ihrer schmuddeligen Decke liegt. Warm und feucht ist ihre Zunge, dankbar wedelt ihr Schwänzchen.

»Lass stecken, Schefczik«, sagt er langsam. »Was juckt mich diese alte Scheiße? Bin raus, bin ein freier Mann. Sitze im Kreisvorstand der AfD Vogtland, kandidiere für den Stadtrat, merk dir das! Ich bin ein freier deutscher Mann.«

»Nicht mehr lange, vielleicht ...«

»Was soll das heißen?« Stellmacher steht auf, drückt seine halb gerauchte R6 verärgert am bröckelnden Wandputz aus. »Willste mir drohen?«

»Drohen?« Schefczik lacht, kurz und spöttisch. »Ich hab dich an den Eiern, Jo! Mord verjährt nicht, auch nach dreißig Jahren nicht! Und fällt – Ü-ber-ra-schung! – auch nicht unter den Schalck-Deal damals. Zu früh gefreut, Genosse Stellmacher! Kannst dich gern beim BND erkundigen.« Er hält inne. Stellmacher hört sein schweres Atmen, das in gehässiges Flüstern übergeht. »Du bist ein kaltblütiger Dreifachmörder, lieber Jo. Freu dich auf deine Zellengenossen, auf syrische und afghanische Galgenvögel. Du fährst ein, fünfzehn Jahre Minimum! Dann biste sechsundsiebzig, richtig? Oder siebenundsiebzig?«

33

Hamburg

»Tja, mit Logo-Entwurf Nummer eins visualisieren wir ganz klar Ihre USP, Frau Steiner!«

»Meine was?« Irritiert blickt Hannah von dem aufblitzenden silbergrauen Buchstaben-Logo »HS« auf der Leinwand zu dem jungen PR-Mann am Beamer. Ben Lengfeld von Lengfeld + Partners. Haarknoten, Bart, schwarzer Anzug, offenes schwarzes Hemd. Weiße Sneaker.

»USP, gemeint ist Ihre ›unique selling proposition‹.«

»›Alleinstellungsmerkmal‹ tut's auch.«

Der Bärtige lächelt höflich und fährt unbeirrt fort. »Hier also klare, kühle Eleganz, souverän und seriös, TV-Journalismus erster Klasse heißt die Message. Widergespiegelt in Typografie und Farbgebung.«

»Wo genau kommt das zum Einsatz?«

»Was – Ihr Logo?« Der Werbefuzzi ist zum ersten Mal leicht aus der Fassung gebracht.

Axel springt ihm sofort zur Seite. »Crossmedial, Hannah, natürlich crossmedial. Ich bitte dich, das ist doch völlig klar. Einsatz in der Studiokulisse, aber auch online und im Teaser.«

Du Besserwisser mit deinem großen schwarzen Kaffeepott. Bist auch mit schuld daran, dass ich diese braune Brühe langsam wirklich nicht mehr riechen kann. Verärgert nippt sie an ihrem grünen Tee mit Matcha.

Der Bärtige ist längst wieder in seinem Element. »... by the way, um den Audienceflow zu optimieren, empfehlen wir Call-to-Action. Konkret also, den Tatort-Teletwitter aus der Primetime mit herüberzuziehen in Ihren Time-Slot. Aber das nur am Rande ...«

Bildwechsel.

Hannah traut ihren Augen nicht. Ein bordeauxrotes Buchstaben-Logo »AB«, kreisförmig eingerahmt von Kapitälchen: »ANN-KRISTIN BEERBAUM«.

»Waaas ist denn das, bitte schön?«

Der Bärtige murmelt verlegen etwas und klickt schnell weiter.

Axel tätschelt beruhigend ihren Unterarm. »Natürlich fährt die ARD aktuell zweigleisig. Ist doch angesichts des enormen Zeitdrucks gar nicht anders möglich.«

Jetzt erscheint »Hannah Steiner« als silbergrauer Autogramm-Schriftzug. Anstelle des i-Punkts eine fette kleine Friedenstaube, mit Olivenzweig im Schnabel.

»Geschenkt, Axel! Aber was bitte soll dieses affige Täubchen in meiner Signatur? Herr Lengfeld?«

»Nun, äh«, er räuspert sich verlegen, »die, äh, unbestritten hohe Symbolkraft dieses Emblems findet hier, äh, geradezu ikonografisch zusammen mit Ihrem persönlichen Renommee, Ihrem internationalen Engagement im Kampf gegen Kleinwaffen …«

»Das ist doch einfach nur platt! Und anmaßend dazu! Hab doch nicht den Friedensnobelpreis bekommen!« Hannah setzt die Teetasse so heftig ab, dass sie überschwappt. »Oh fuck!« Wütend kramt sie ein Tempotaschentuch heraus und beginnt zu tupfen.

»Also, ich finde das Täubchen durchaus gelungen.« Axels unschuldiger Ton gießt erst recht Öl ins Feuer.

»Vergiss es, ganz schnell! Wenn das meine Show, mein Logo werden soll, dann mache ich keine Kompromisse!«

»Sag mal, wo steckst du eigentlich, May? Seit gestern unterhalte ich mich nur noch mit deinem AB!«

»Hey, Darling, das ist jetzt nicht dein Ernst, oder? Hab dir doch gesagt, dass ich bis Mittwoch in Berlin bleiben muss. Termine bis zum Anschlag, und zwischendurch finalisiere ich noch den Entwurf für Hannah Steiner Media Productions!«

»Okay, okay, is ja gut! Vor lauter Dringendem kommen wir gar nicht mehr zum Wichtigen. Und das geht seit Monaten so. Morgen hab ich meinen freien Tag, du erinnerst dich? Nur mal so am Rande.«

»Jetzt mach aber halblang, Hannah! War dein New-York-Trip etwa nicht wichtig? Sind die Steiner Productions nicht wichtig? Bitte, ich kann das Konzept gern in die Schublade stopfen, du vertröstest Axel und deinen Intendanten, und wir gönnen uns morgen einen Tag Honeymoon. Möchtest du das lieber?«

»Nein«, sagt Hannah leise.

Rottenbach, Ostberlin, München, Wien, Hamburg.

Hannahs Gedanken rasen. Sie presst die Stirn gegen die kühle Fensterscheibe. Wie sie es als Kind schon gern getan hat. Fasziniert von der Klarheit und der Ruhe, die die gläserne Kälte verströmt.

Es funktioniert. Auch heute noch.

Ja, ich will das Konzept. Ich will diese Show, diese große Sonntagabend-Talkshow. Weil ich sie verdient habe. Weil ich an dieses seriöse Format glaube. Weil ich es selbst verkörpere, mich nicht für Gags und Quote prostituiere.

Weil ich immer eine Wahrheit finden will.

Mich selbst erkennen will.

Drum will ich auch noch mal zu Sabine. Zur Adoptivmama.

Der Laptop piepst. Neue Mail von »d.rosinsky«.

Hey,
es geht voran, der Druck auf S. wächst. Fliege morgen noch mal kurzfristig zu Recherche nach Berlin. Is there a chance to meet …? ;-)

34

Berlin

Rosinsky zieht seine braune Vintage-Lederjacke aus, hängt sie auf den freien Stuhl neben sich. »Das ist ja extrem schwül hier. In Wien warn's heut nur sechs Grad in der Früh.«

Hannah mustert verstohlen seine trainierte Brust unter dem offenen weißen Knopfleistenshirt. Könnte tatsächlich glatt rasiert sein. Schnell, als ob sie sich bei etwas Verbotenem ertappt hätte, reißt sie ihren Blick wieder von ihm los. Schaut hoch in den Himmel über Kreuzberg.

»Die Sonne ist gleich weg«, stellt sie überrascht fest. »Blumenkohlwolken, richtig schwarzgrau dahinten. Das sieht nach einem kräftigen Gewitter aus. Ein stilles Wa… nein«, verbessert sie sich rasch. »Einen Russian Wild Berry bitte!«

»Zwei.« Ungeniert zwinkert Rosinsky der gepiercten kleinen Rothaarigen zu. Ohne eine Miene zu verziehen, tippt sie die Bestellung ein und geht wieder.

Hannahs Handy vibriert. Sie ignoriert es.

»Letzter Tag auf ORF-Spesen«, bedauert er. »Ab morgen bin ich wieder private dancer, dann geht alles wieder auf eigene Kosten.«

»Und? Was hast du heute noch herausgefunden?« Sie streckt ihre langen Beine neben seinem Stuhl aus und genießt, wie sein Blick dabei sofort mitgeht.

»Ich bin der Sache mit dem DDR-Kennzeichen nachgegangen. Weiß nicht, warum die Polizei damals nicht weitergekommen ist. Der Volvo mit der Berliner Nummer war laut Stasi-Archiv im März 1988 zugelassen auf das Ministerium für Staatssicherheit und wurde ein Jahr später dem Fuhrpark der Abteilung KoKo zugewiesen. Zuständig dort: unser gemeinsamer Freund Klaus Schefczik.«

»Immer wieder Schefczik. Warum fährt er in den Tagen vor dem 3. Oktober nach Rottenbach? Sie waren doch nicht mehr miteinander befreundet.«

»Genau das frage ich mich auch«, sagt Rosinsky. »Schließlich war es doch Schefczik selbst, der Rolf-Peter Borkow geräuschlos abschieben wollte, aus der KoKo in die Investbauleitung Hönow. Diese Strafversetzung, der er sich zwei Monate lang durch Krankschreibungen entzogen hat. Bis dann die Erbschaft kam und er mit Frau und Kindern nach Rottenbach rübermachte.«

»Bis der oder die alten Kollegen plötzlich dort bei ihm auftauchen. Und achtundvierzig Stunden später erschießt er Frau, Kind und sich selbst.« Ihre Stimme beginnt zu kratzen, sie muss schlucken.

»Zwei Wild Berry.«

»Stimmt so.« Rosinsky schiebt der Bedienung achtlos ein paar Münzen zu. Wie ein Raubtier, das Witterung aufnimmt, sitzt er plötzlich reglos und starr auf seinem Stuhl, fixiert einen Punkt auf der anderen Straßenseite.

»Bin gleich wieder da«, zischt er, springt auf und sprintet quer über die Fahrbahn. Bremsen quietschen, ärgerliches Hupen. In letzter Sekunde bringt er sich auf dem Bordstein gegenüber in Sicherheit, reißt sein Handy hoch und beginnt sofort zu knipsen: ein silbergrauer Ford Fiesta, älteres Modell. Der Motor heult auf, mit einem Kavaliersstart schießt der Fahrer aus der Parkbucht, quetscht sich in den fließenden Verkehr. Rosinsky folgt ihm durchs Handy, bis er aus dem Blickfeld ist.

Erst jetzt erwacht Hannah aus ihrer Schockstarre. Zu spät – als sie die Kamera aktiviert, ist der Fiesta längst nicht mehr zu sehen.

»Was war das?«

Er starrt in sein Handy. »So a Schaaß. G'sicht verschwommen, nur des Kennzeichen hob i. HH-YV 7134. War heut schon zweimal hinter mir.«

»Hamburg YV? Das ist Europcar«, sagt Hannah, »Flottenzulassung in Hamburg. Siebener Nummer, eine Zulassung 2017.«

»Respekt, Frau Kollegin!«

Sein anerkennendes Grinsen gefällt ihr. Sie lässt sich anstecken. Erwidert es, ungeniert. Hält Blickkontakt.

»Mietwagen, klar. Mit denen arbeiten wir beim NDR auch häufig zusammen. Aber sag, was war mit dem?«

»Möcht ich auch wissen! Der hängt schon den ganzen Vormittag an mir dran, wer ist das bloß?«

Er lässt sich auf sein Stühlchen plumpsen. Greift nach dem Russian Wild Berry und zieht durstig an.

Die Sonne verschwindet, wird verschluckt von der riesengroßen schwarzgrauen Wolkenfront, die aus Richtung Checkpoint Charlie heranjagt.

Jetzt schaut auch Rosinsky nach oben.

Zu spät.

Wie auf Kommando öffnet der Himmel sämtliche Schleusen. Große, schwere Tropfen fallen, platzen auf Tische, Stühle und Asphalt, rauschen binnen weniger Sekunden immer heftiger herab.

Ein Wolkenbruch über Kreuzberg, panisch ergreifen Gäste und Passanten die Flucht, drängen in das winzige Bistro hinein, Hannah will hinterher.

»Naa«, brüllt Rosinsky, »vüill zu vüill da drin, komm mit!« Er packt sie an der Hand. »Wir sind gleich safe, nur um die Ecke!«

Er jagt im Höllentempo voraus, Hannah kommt kaum hinterher, umklammert ihr Täschchen, scheiß auf Schläppchen, scheiß auf Strumpfhose, das ist der Weltuntergang, alles zerreißt, barfuß bereits spürt sie den nassen Asphalt.

Endlich bremst er ab, keuchend halten sie inne, ein Schild »Pension«, er zieht sie durch einen Torbogen, durch eine offene Tür ins Haus hinein.

Miefige warme Luft. Eine winzige Rezeption, die den Namen nicht verdient. Zwischen dem kleinen Holztresen und einem Schlüsselkasten an der Wand sitzt eine korpulente Frau, die unverwandt auf einen kleinen Bildschirm starrt.

»Die Vier«, presst Rosinsky hervor, »bitt schön.«

Die Alte blickt nur ganz kurz hoch und schiebt ihm gelangweilt den Schlüssel zu, die Augen schon wieder an den Bildschirm geheftet.

Hannah versteckt sich, so gut es geht, hinter Rosinsky. Über eine knarrende Stiege geht es in den ersten Stock. Der abgewetzte rote Teppichboden unter ihren nackten Füßen ekelt sie plötzlich mehr an als zuvor die warme nasse Straße.

Zimmer 4. Schwüle Wärme schlägt ihnen entgegen. Als ob die Heizung seit Weihnachten am Anschlag ist.

Dunkelbrauner Teppichboden, ein windschiefer Kleiderschrank, ein Tischchen und ein Stuhl, wie aus den Fünfzigern. Eine ursprünglich gemusterte Tapete, die jemand, mit mäßigem Erfolg, irgendwann weiß überstrichen hat. Nur das schlichte schwarze Polsterbett sieht erstaunlich neu aus.

»Entschuldige, Hannah«, sagt er bedauernd und kippt das Fenster, das auf einen kleinen Innenhof hinausgeht. »Aber diese Absteige hat mein Chef gebucht. Er liebt solche Scherze.«

»Er wird wissen, warum«, sagt Hannah trocken. »Aber wir sind ja nicht zum Vergnügen hier.«

»Eben«, sagt er, sichtlich erleichtert. »Ist ja ein absoluter Notfall. Wahnsinn, was da draußen abgeht.«

Heftiger Platzregen hämmert sein Stakkato an die Fensterscheibe. Vom Balkongeländer am Haus gegenüber hängen eine Regenbogenfahne und eine alte DDR-Fahne, in friedlicher Koexistenz, klatschnass nebeneinander herab.

»Wenigstens die Dusche ist ganz neu«, hallt seine Stimme aus dem kleinen Bad, »und, schau mal, hier …« Ein großes weißes Handtuch kommt angeflogen. »Ganz frisch!«

Hannah betrachtet ihre zerrissene dunkle Strumpfhose.

Nackte weiße Füße.

Schmutzig, nass, verschmiert.

Nur die Nägel glänzen immer noch perfekt.

Cremiges klassisches Rot, Essie Nr. 57. »Forever Yummy«.

»Ein tolles Bild«, sagt er leise hinter ihr. Erschrocken dreht sie sich um. Er schaut fasziniert auf ihre Füße herab. »Was für ein wunderbarer Kontrast. Wild and sexy. Grace and passion. Kreuzberg lives. Oder so ähnlich.«

Sie lauscht ihm wie gebannt.

Riecht Regennässe, leicht angeschwitztes Deo, einen letzten Hauch seines würzigen Männerparfüms.

Aber das allein ist es nicht.

Es ist seine Stimme.

Red weiter, du Idiot.

»Wannsd in die Dusche willst, i lass di gern vor.«

Eine unendlich lange Sekunde tiefster Stille.

Im Auge des Hurrikans, der draußen über Berlin tobt.

Sie will fallen; endlos, ewig, tief und ungebremst fallen – und bleibt wie angewurzelt stehen. Auf abgenutzter dunkelbrauner Auslegeware.

Ihr Handy vibriert.

Ihr könnt mich alle mal!

»Ich … ich wasche mir mal die Füße …« Verlegen greift sie sich das Handtuch vom Bett und drückt sich an ihm vorbei. Er macht keinen Versuch, sie festzuhalten.

Hannah macht die Badtür zu, will erst instinktiv abschließen und macht es dann doch nicht.

Die blonden Haare sind platt, hängen ihr jetzt nass und verwegen in die Stirn. Hannah erkennt sich kaum noch.

Sie streckt ihrem Spiegelbild die Zunge heraus.

Reißt dann ein Blatt Toilettenpapier ab und wischt sich verlaufene Make-up-Reste aus dem Gesicht.

Runter mit der zerfetzten Strumpfhose.

Die Dusche ist tatsächlich neu und sauber. Das Handtuch ist groß und frisch.

Runter mit der feuchten, klammen Wäsche.

Entschlossen dreht sie das heiße Wasser auf und steigt in die Kabine.

Sie schließt die Augen. Spürt, wie Schmutz und Verspannungen sich langsam lösen; spürt, wie wohltuende Wärme tief durch sie hindurchströmt.

Endlich, nach einer gefühlten Ewigkeit, drückt sie den verchromten Duschhebel wieder sanft zurück. Reibt sich mit dem großen weißen Handtuch Gesicht und Augen trocken, bevor sie sich hingebungsvoll ihrem Körper widmet.

Das nasse Duschhandtuch hängt sie auf die Trockenstange und klaut sich kurzerhand noch das andere. Hüllt sich fest darin ein.

Für einen David müssen die zwei kleinen Handtücher reichen ...

»Okay, kannst rein. Ich rufe mir dann ein Taxi. Barfuß laufe ich nicht zum Hotel zurück.«

»Sind deine Sachen schon trocken?«, fragt er erstaunt.

»Fast. Ich föhn sie noch ein bisschen.«

Seine Brust ist tatsächlich glatt rasiert. Kaugummikauend, nur noch in Jeans, liegt er auf dem Bett und malträtiert die TV-Fernbedienung. »Grausam, was die Radiosender hier bieten. Kannst eigentlich nur die hier hören.«

Radio Gold. Er stellt lauter. »Burt Bacharach! Don't Go Breaking My Heart ...«

Lounge Music aus den Sechzigern. Sanfte Frauenstimmen, ein Hauch Bossa nova weht sehnsüchtig durch den Raum.

»... one drop of rain doesn't make the sun run away, don't go breaking my heart, one falling leaf doesn't make September in May, don't go breaking my heart ...«

Klingt irgendwie seltsam anrührend. Leicht wehmütig und doch so ehrlich, so authentisch ... frei von Kitsch und Pose ...

»Derf i vorbei, Lady?«

Auf seiner rasierten Brust eine kleine Schnittwunde. Eine knappe Handbreit nur vor ihr.

»Nein«, hört sie sich sagen.

Und presst sich im nächsten Atemzug ungestüm an ihn, *mach jetzt, was du willst, May, ich hab jetzt endlich wieder echte Lust, der gehört mir*, sie krallt sich in seinen Rücken, sie schließt die Augen.

Oh Mann, der erste Männerkuss seit sieben Jahren.

Es donnert über Kreuzberg, und sie knutschen, in den Türrahmen gepresst, sie knutschen, als ob es kein Morgen gibt.

Bis er sie plötzlich packt und hochhebt; ihr Handtuch rutscht und fällt, sie umklammert ihn, mit nackten Schenkeln, sie wühlt sich tief in seine grau melierten Locken. Riecht Baldessarini und einen Hauch Zigarillo. Eng umschlungen fallen sie auf das Bett.

Sofort entschlüpft sie ihm, drückt ihn geschickt auf den Rücken, setzt sich auf seine Beine. Greift nach seiner Gürtelschnalle.

Hält sie fest und wartet.

Genießt sein gieriges Keuchen, das unruhige Flackern seiner Augen, seine suchenden warmen Hände.

Ganz langsam, wie in Zeitlupe, zieht sie seinen Gürtel auf. Ohne ihn dabei aus den Augen zu lassen.

Der oberste Knopf.

Offen.

Er stöhnt erwartungsvoll.

Der zweite Knopf.

Offen.

Der dritte, der vierte.

Mit dem Fingernagel krault sie seinen Schamhaaransatz. Er wirft den Kopf zur Seite, schließt stöhnend die Augen. Windet sich vor Lust, als sie seinen Schritt ertastet, dabei gleichzeitig lüstern ihre eigene Hitze befeuernd.

Er bäumt sich auf, hält es nicht mehr länger aus. Gemeinsam ziehen und zerren sie seine Jeans herunter.

Vierhändiges Prélude.

Gierig küssen, züngeln, rangeln sie um die Oberherrschaft.

»Jetzt bist du fällig, Hannah!«

»Das werden wir sehen, David …«

»Rauchst du immer nach dem Sex?«

»Müsst i amoi nachschaung, woart.« Er sitzt nackt auf der Bettkante, legt seinen Zigarillo im Glasaschenbecher ab und dreht sich grinsend zu ihr um.

»Also der Joke ist ja uralt!« Sie strampelt sich aus der Bettdecke frei und stürzt sich auf ihn, nimmt ihn spielerisch in den Würgegriff.

»Halt, hör auf«, krächzt er. »Dein Smartphone schon wieder! Hat vorhin schon keine Ruhe gegeben.«

Sie lässt los. »Vorhin?«

»Als du in der Dusche warst.«

Ernüchtert schnappt sie sich ihr Telefon. Vier WhatsApps von »Papa«? Wollte sie doch die ganze Zeit schon auf »Theo Steiner« ändern.

10:35 Hannah, bitte komme schnell oder rufe dringend zurück! Mamas Zustand heute Morgen dramatisch verschlechtert!!
10:57 Hannah, wo bist du? Sabine kaum noch ansprechbar, sie flüstert ständig deinen Namen!
11:06 HANNAH BITTE BITTE KOMM!!!!
12:01 Mama gestorben.

35

Hamburg

Alte Eichen, helle Birken. Weiter hinten, im milchigen Sonnenlicht, der idyllische Prökelmoorteich. Zwei Schwäne ziehen majestätisch ihre Runde.

Der Ohlsdorfer Friedhof.

So hat sie es sich immer gewünscht, denkt Hannah. Im kleinen Kreis, in der Natur. Keine Steinplatte, kein Grabmal. Auch kein gepflegter Zierrasen.

Ein Baumgrab auf der Wildwiese.

»Die Pflege der Grabstätten übernimmt hier die Natur.«

So steht es im Flyer der Friedhofsverwaltung.

Theo Steiner schnieft. Er drückt seine altmodische Sonnenbrille wieder ein Stück zurück und zückt sein Taschentuch.

Kein Wort hat er mehr mit ihr geredet. Auch heute nicht. Selbst ihre Umarmung schweigend über sich ergehen lassen.

Abwesend, stumm, Lichtjahre entfernt.

Hannah versucht, sich wieder ganz auf die Pastorin zu konzentrieren. »… voll Trauer stehen wir vor diesem Grab. Vor der Vergänglichkeit irdischen Lebens. Doch durch Jesus Christus ist das Grab auch zum Zeichen der Hoffnung geworden. So verbindet sich unser Schmerz des Abschieds mit der Hoffnung auf eine ewige Heimat, die Gott nun Sabine und dereinst uns allen schenken möge. Jesus Christus spricht: Ich bin die Auferstehung und das Leben. Wer an mich glaubt, der wird leben, auch wenn er stirbt. Wer lebt und an mich glaubt, der hat das ewige Leben.«

Aber wem glaube ich im normalen Leben?

Wem kann ich, wem darf ich hier unten noch glauben?

Will ich immer nur die Fakten, immer nur die eine Wahrheit? Selbst wenn sie Schmerz und Leid auslöst?

Oder gibt es am Ende eine Gnade des Belogenwerdens?

Eine Pflicht zur Lüge? Ist Selbstbetrug das Vernünftigste …?

Die Pastorin wird lauter.

»So geh du nun, Sabine, wir blicken dir nach. Mögest du stets das Licht am Horizont sehen. So geh du nun, unsere Hoffnung umgibt dich. Mögest du erkennen, das neue Land ist ewige Heimat. So geh du nun, wir lassen dich los.«

Die rote Urne mit der Relief-Rose wird in das kleine Grab gesetzt. Ein kurzes scharrendes Geräusch. Hoch oben in der Baumkrone zetert eine Amsel.

»So lasst uns nun gemeinsam das Gebet sprechen, das Christus uns gelehrt hat, das uns verbindet mit den Menschen vor uns und nach uns und der gesamten Christenheit auf Erden …«

»Va-ter unser …«

Vater. Wer ist mein Vater hier auf Erden? Wer war er? Warum hat er das gemacht? Hat er das wirklich alles so gewollt? Muss ich am Ende dankbar sein, dass das damals passiert ist? Dankbar, dass alles genau so gekommen ist?

Ja.

Danke, lieber Gott.

Danke, Sabinemama.

»… und die Kraft und die Herrlichkeit in E-wig-keit, amen.«

Die Pastorin hebt ihre rechte Hand. Ihr Blick kreuzt sich mit Hannahs. Ruht auf ihr. »So segne dich Gott, der Vater, der dich nach seinem Bild geschaffen hat. Es segne dich Gott, der Sohn, der dich durch sein Leiden und Sterben erlöst hat. Es segne dich Gott, der Heilige Geist, der dich zum Leben gerufen und geheiligt hat. Gott, der Vater und der Sohn und der Heilige Geist, geleite dich durch das Dunkel des Todes. Er sei dir gnädig im Gericht und gebe dir Frieden und ewiges Leben …«

»… Amen!«

Hannah streift die Pumps ab. Lässt sich rücklings auf ihr Bett fallen. Ein kurzes Schluchzen schüttelt sie plötzlich, dann wird sie ruhig.

Lauscht der Stille in der Wohnung.

Nur der Wecker tickt noch. Unendlich leise.

Alles in ihr fühlt sich plötzlich so leicht an. So gechillt, so easy. Ohne jede Droge.

So muss Friede sein.

Tiefer innerer Friede.

Was brauch ich mehr?

Wenn ich jetzt einschlafe … wenn ich jetzt für immer einschlafe … dann war's gut …!

36

Berlin

Stellmacher nippt an seinem Lübzer Alkoholfrei. Missmutig sieht er zu, wie Clavius in aller Seelenruhe genüsslich ein Japanisches Tintenfischtatar mit Avocadocreme verspeist.

Ein Vorspeisengericht für sechzehn fünfzig. Typisch Wessi.

Der war schon immer so abgehoben.

Obwohl er, auf BND-Seite, mindestens genauso viel Dreck am Stecken hat.

Und seine Schäfchen genauso ins Trockene gebracht hat wie Schefczik.

Schefczik selbst hat es in einem unbedachten Moment ausgeplaudert. Damals, bei ihrer ersten und einzigen Begegnung in Österreich, kurz nach seinem Einzug in Kitzbühel. Als Schefczik wieder mal »seinen Sentimentalen« hatte, wie er, völlig verkatert, am nächsten Morgen selbst feststellte. Ein paar Scotch über den Durst, immer wieder war er aufgesprungen, um eine andere Platte aufzulegen, die sein Alter einst am Grenzübergang Bornholmer Straße konfisziert hatte. Al Martino, Freddy, Demis Roussos.

»Schö-nes Mäd-chen aus Ar-ca-di-a!«, lautstark hatte es der Hausherr auf dem Balkon gegrölt, bis Stellmacher ihn eigenhändig wieder ins Zimmer bugsierte.

Wo ihn Major a. D. Klaus Schefczik dann, breitbeinig auf seinem Luxussofa fläzend, angestiert hatte: »Die Wessis ham uns ausgeschmiert, Jo! Die ham uns gnadenlos über den Tisch gezogen! Wir ham für die die Drecksarbeit erledigt. So wie du in Rottenbach. Ich mit Fini. Für'n paar Alu-Chips, oder? Ich sach dir eins, Stellmacher, diese BND-Gummiohren, die mit Alex damals alles klargemacht haben, die ham richtig fette Kohle gemacht! Clavius allein hat über zwei Mios damals auf die Seite geschafft, weiß ich aus sicherer Quelle! Und noch mal so viel bei der ganzen Fini-Geschichte. Verwett ich meinen Arsch drauf, Genosse! Die hatten nämlich auch ihre Finger mit drin damals, ganz, ganz tief!«

Er hört heute noch Schefcziks Hustenanfall auf dem Sofa, der seine rhetorische Aufwallung ebenso schnell wieder beendete …

»Halloo?«

Irritiert sieht Stellmacher auf.

Clavius hat sein Weißweinglas erhoben, ein amüsiertes Lächeln auf den dünnen Lippen. Das Japanische Tintenfischtatar ist verspeist, der Teller glänzt wie abgeschleckt. »Wohlsein!«

»Prost«, sagt Stellmacher.

»Schon mal hier gewesen, im Spindler und Klatt?«

Er schüttelt den Kopf.

Clavius lehnt sich entspannt zurück. »Meine absolute Lieblings-Location an der Spree.« Er zeigt das Ufer entlang. »Hier stand übrigens früher die ehemalige Heeresbäckerei der Wehrmacht. Und der Ponton, auf dem wir hier sitzen, ist ein umgebauter alter Kohledampfer.«

»Aha.« Stellmacher zeigt mit dem Kinn zum gegenüberliegenden Ufer. »Interessanter Ausblick.«

Graffitibemalte Berliner Mauer leuchtet farbenfroh herüber. Touristengrüppchen krabbeln wie kleines dunkles Ungeziefer daran vorbei, bleiben immer wieder stehen und knipsen, was das Zeug hält.

»Die East Side Gallery!«, lächelt Clavius.

»Der antifaschistische Schutzwall«, verbessert Stellmacher, ohne eine Miene zu verziehen. »Dreizehnhundert Meter hat er noch.«

Clavius stellt sein Weinglas ab. »Bist gut informiert, Jochen.« Er unterdrückt ein sanftes Aufstoßen.

»Eben nicht«, sagt Stellmacher. »Deswegen sitze ich doch hier.«

Clavius mustert ihn. Lange. »Schieß los«, sagt er leise.

Stellmacher beugt sich vor. »Du weißt, dass ich wieder im Geschäft bin.« Er fixiert die blassblauen Augen seines Gegenübers. »Schefczik hat mich angerufen.«

Clavius nickt. »Weiß ich. Was meinst du denn, wer die Infos geliefert hat? Rosinskys Flugbuchung nach Berlin et cetera pp.«

»Der BND?«, fragt Stellmacher überrascht. »Ihr überwacht Rosinsky?«

»Hab ich das gesagt? Nein, das machen die Ösis schon selber. BVT. Österreichisches Bundesamt für Verfassungsschutz und Terrorismusbekämpfung.«

Stellmacher zieht die Augenbrauen hoch. Er lehnt sich wieder zurück, seine Gedanken rasen.

Das BVT untersteht dem Innenministerium, das bis 2019 von einem FPÖ-Mann geführt wurde. Die FPÖ pflegt engste Russlandkontakte.

Putin tanzt auf der Hochzeit der österreichischen Außenministerin.

Haben nicht alle Seiten von Finis verschobenen Stasi-Millionen profitiert, sich illegal daran bereichert?

»Wer steckt wirklich dahinter, Clavius? Für wen soll ich den Juden aus dem Weg räumen?«

»Spielt das wirklich eine Rolle? Bei dreißig Mille?«

»Dreißig Mille, eben!« Stellmacher grinst. »Lachhaft. Bietet allein schon Schefczik, ganz privat.«

»Er hält sehr viel von dir. Sagt, du warst schon damals der Beste. Für die *nassen Sachen*.«

»Nasse Sachen? Das war O-Ton Mielke. Geheimste Spezialaufträge.«

»Die immer nur handschriftlich erteilt wurden, richtig? Einfache Ausfertigung, keine Kopien oder Durchschläge.«

Stellmacher nickt. »Nur von Mielke persönlich ausgestellt. Oder seinem Vize Neiber.«

»Und die immer tödlich endeten.«

»Wenn sie sich nicht vorher von selbst erledigten.«

Clavius mustert ihn nachdenklich. »Lutz Eigendorf?«

»Richtig. Braunschweig 1983.« Er grunzt spöttisch. »Was wurden da für Märchen und Legenden verzapft. Wir hätten ihn entführt, ihm Alkohol gespritzt, ihn besoffen wieder ans Steuer gesetzt und in der Kurve dann geblendet!«

»Oh, stimmt nicht? Schade. Alkoholspritzen fand ich hochinteressant.«

»Die sind auch sehr effektiv. Hab heute noch zwei in meinem Notfallköfferchen. Bei Eigendorf waren die aber gar nicht nötig, der hat sich selbst abgeschossen. Zu Hause gegen Bochum verloren, nur Ersatzbank, anschließend bis zweiundzwanzig Uhr in der Stammkneipe. Der hat sich seine zwo Komma zwo Promille ganz alleene angesoffen. Steigt dann in seinen Alfa GTV, schnallt sich nicht an und rast an den Baum. Vorbildlich.«

»Beste Werbung für euch«, sagt Clavius. »Alle dachten, das war die Stasi.«

»Tja, wir kriegen euch alle. Das war die Botschaft. Einschüchterung durch gezielte Desinformation.«

»Schefczik weiß das sicher auch«, sagt Clavius langsam, »Schefczik weiß überhaupt sehr viel.« Bedächtig putzt er seine Brille und hält sie dann gegen das Licht. »Manche meinen, zu viel.« Sorgfältig setzt er sie wieder auf.

»Wer sind manche?«, fragt Stellmacher angriffslustig. »Deine nebulösen Andeutungen nerven!«

Clavius sieht still auf die Spree hinaus, die träge ihre Bahn zieht. »Russen«, sagt er endlich, »wer sonst? Und der eine oder andere Strippenzieher aus der österreichischen Politik. Alle möchten gern auf Nummer sicher gehen.«

»Na also, geht doch!« Befriedigt kippt Stellmacher den Rest seines alkoholfreien Lübzer ins Glas. »Überrascht mich aber nicht wirklich. War irgendwo zu erwarten.«

»Was war zu erwarten?«

»Na, das hohe Restrisiko Klaus Schefczik! Alkohol, Weiber, Leben auf großem Fuß! Ganz anders als wir zwei!«

»Wir zwei«, sagt Clavius langsam, und Stellmacher ärgert

sich über den ironischen Unterton. »Wir zwei sind die Letzten, die alles wissen. Über Rottenbach. Und über die Rote Fini.«

»Noch nicht«, sagt Stellmacher. »Noch sind wir drei.« Clavius reagiert nicht.

»Wie viel?«, fragt Stellmacher leise.

Clavius spreizt unauffällig fünf Finger.

»Fünfzig?«

»Sind drin für dich. Darf nur nicht in der schönen Alpenrepublik passieren.«

Stellmacher verzieht das Gesicht. »Soll ich erst mit ihm in Urlaub fahren?«

»Abwarten. Ich lasse mir was einfallen in den nächsten Tagen.« Er winkt einem Kellner, der Stellmacher entfernt an Harald Glööckler erinnert. »Eins nach dem anderen. In der kleinen Aktentasche, die ich hier jetzt liegen lasse, findest du Material über Fini, KoKo und Schefczik. Ich habe ein kleines Dossier erstellt. Neunzig Prozent Fake, zehn Prozent echt, exzellente Qualität. Der Köder, den du jetzt unbedingt brauchst für Rosinsky. Verkauf's ihm, bevor du ihn erledigst.«

»Brauchst du's wieder?«

»Ich habe natürlich eine Kopie.« Er grinst dünn. »Wie von vielem übrigens. Meine eigene Lebensversicherung quasi. Notariell hinterlegt. Mit allen wichtigen Namen, Fotos und Beweisen.«

Stellmacher streckt entspannt die Füße aus. »Tja, wer weiß? Das sagen alle, Clavius.«

Stellmacher zieht die Vorhänge des Hotelzimmers zu. Sicher ist sicher. Er schaltet das Radio aus, setzt sich an den Schreibtisch und öffnet die Aktentasche.

Ein Samsung Galaxy. Schwarze, leicht abgegriffene Hülle. Auf der Rückseite, kaum sichtbar, ein Stück Tesa, das jemand mit schwarzem Edding beschriftet hat. »UGD«, entziffert er im Licht der Schreibtischlampe.

Könnte die Pro-forma-Chiffrierung einer PIN sein. Der Allerwelts-Code, sechsundzwanzig Buchstaben als Zahlen. U für 21, G für 7, D für 4 … 2174? Ein kleiner Test wird es gleich zeigen.

Ein brauner DIN-A4-Umschlag. »Erinnerungen 1990«, hat jemand mit blauem Kugelschreiber darauf gekritzelt.

Vorsichtig zieht er den Selbstklebeverschluss auf. Ein billiger Klarsichthefter mit Klemmleiste. Acht Seiten DIN-A4, durchnummeriert mit dünnem schwarzem Filzstift. Fotokopien.

Kein USB-Stick.

Grinsend schüttelt er den Kopf. Clavius, ein Profi der alten Schule. Der traut keiner Cyberabwehr.

Abrechnungen und Auszüge der Novum.

Maschinengeschriebene Übernahmequittungen.

`Herr Klaus Schefczik bestätigt Frau Kommerzialrätin Rudolfine Steindling, 1.000.000,00 (in Worten: eine Million) Schweizer Franken in bar übernommen zu haben, und verpflichtet sich zum Transport auf eigenes Risiko in Bankdepot [redacted] in Wien bis 16 Uhr des darauffolgenden Tages.`

Quittungsähnliche Schriftstücke in kyrillischen Schriftzeichen.

Bestätigte Bareinzahlungen in Moskau.

Eine Million, eins Komma fünf Millionen.

Freundeskreis Sowjetisch-Israelischer Kommunisten.

Er runzelt die Stirn. Gab's das wirklich? Oder ist das ein Schefczik-Fake? Ein Teil seiner Tarnkonstruktion?

Hebräische Schriftzeichen. Nur ein Rundstempel ist lesbar. »Kommunistische Partei Israels, Sektion Tel Aviv, 29. Schevat 5752«. Eine Million. Eins Komma fünf Millionen. Zwei Millionen. Kleine Passagen geschwärzt.

Und immer Schefcziks Unterschrift.

Gefällt mir, denkt Stellmacher. Das wird auch unserem österreichischen Freund gefallen. Das wird ihm sicher viel wert sein, sehr viel.

Fangen wir mal bei hunderttausend an.

Nein, lieber hundertfünfzigtausend.

37

Wien

»Zeehn ... eelf ... zwöölf!« Keuchend lässt Rosinsky die Kurzhantel aufs Bett fallen. Der dritte Zwölfer-Satz. Befriedigt mustert er die pulsierende Bizepsader im Spiegel seines Schlafzimmerschrankes. Jetzt noch fünfzig Crunches.

Oder doch lieber siebzig.

Sie ist schließlich zwölf Jahre jünger.

Sie wirkt so kühl. Und ist doch so dermaßen heiß. So atemberaubend. Eine Frau mit messerscharfem Verstand, sie ist absolut auf Augenhöhe. Mindestens.

Hannah.

Er wischt sich mit dem grün-weißen Rapid-Handtuch über Gesicht und Nacken und stützt sich aufs Fensterbrett.

Weiß-blauer Himmel wölbt sich über den Dächern Wiens.

Weit hinten der Donauturm, mit seinen schlanken UKW-Sendemasten über dem Drehrestaurant. Wie eine gigantische Injektionsspritze ragt er aus dem Häusermeer. Auch schon über fünfzig Jahre alt, aber immer noch das höchste, beeindruckendste Bauwerk Österreichs.

Handygebimmel reißt ihn aus seinen Gedanken. Unbekannte Nummer.

»David Rosinsky.«

Ein undefinierbares Rauschen, dann eine tiefe Männerstimme.

»Tach, Herr Rosinsky. Mein Name ist Steindling. Rudolf Steindling.« Leicht sächsischer Akzent.

Rosinsky schließt das Fenster und fläzt sich auf sein französisches Bett. »Dann wollen Sie mir sicher irgendwelche streng geheimen, äußerst wertvollen Informationen verkaufen. Das versuchen natürlich sehr viele.«

Kurze Stille.

»Herr Rosinsky, ich gebe Ihnen nur folgende Stichwörter: KoKo, Oberst Schalck-Golodkowski. Novum, Geschäftsführerin Fini Steindling. Major Klaus Schefczik, rechte Hand von Schalck. Leib-und-Magen-Kurier der Roten Fini. Hohes Transportrisiko. Sehr hohes, leider. Hundertdreißig Millionen. Echt schade.«

»Und? Ist das alles?«

»Nur der Anfang. Denn jetzt, nach dreißig Jahren, lassen sich gewisse, äh, Transferströme, endlich detailliert rekonstruieren.«

Rosinsky setzt sich auf. »Heißt konkret?«

»Heißt konkret, dass ich Ihnen Beweise liefern kann. Mitwirkende, Verantwortliche, Endabnehmer.«

Rosinsky steht auf und tritt wieder ans Fenster.

Donauturm, du große Injektionsspritze.

So muss sich Lance Armstrong auf EPO gefühlt haben. Euphorisiert, unaufhaltsam, unbesiegbar.

Nur nichts anmerken lassen.

»Materialprüfung«, sagt er. »Lassen Sie uns eine Materialprüfung vornehmen. Dann sehen wir weiter.«

Seine Gedanken rasen. Was wird Hannah sagen, wenn dieser Scoop gelingt?

Hannah?

»Damit wir uns nicht falsch verstehen, Meister Steindling: Transferströme allein sind mir zu trocken. Ich will Fakten, aber ich schreibe keine Doktorarbeit. Ich bin Journalist. Ich will Schuldige entlarven. Täter, die noch leben. Will sie von ihrem Sockel stoßen. Haben Sie wirklich scharfe Munition? Oder sind das nur nasse Platzpatronen?«

Der andere grunzt verächtlich. »Soll ich Ihnen einen so richtig ans Messer liefern? Kein Problem. Denke da an einen Kurier, der tief in einen Mordfall verwickelt ist. Der selbst geschossen hat. Natürlich alles eine Frage des Preises, Rosinsky …«

38

Hamburg

»Dann sind wir eben nur noch Geschäftspartner, May!« Hannah, im grauen Gucci-Hausanzug, stampft wütend mit dem Fuß auf.

May zieht unbeirrt ihren Lidstrich im Spiegel nach. »Mach dich nicht lächerlich, Darling. Du bist keine drei mehr.«

»Fuck! Fuck dein Darling, Kleines, Liebes! Ich bin kein zurückgebliebenes kleines Mädchen …«

»… nein? Du benimmst dich aber grade so!«

»… und du ziehst nur noch eiskalt dein eigenes Ding durch! Bist nicht mal zur Beerdigung gekommen!«

»Ach Gottchen, jetzt kommt auch noch die Moralkeule! Du weißt genau, wie reserviert deine beiden immer waren! Was meinst du, wie dein Herr Professor geschaut hätte!«

»Es geht nicht um ihn, es geht um mich!«

»Sag jetzt bloß nicht, dass ich für dich nichts tue!« May schraubt den Eyeliner zu. »Seit Tagen stecke ich jede freie Minute in Konzept und Mustervertrag, zwölf Seiten! Wie heißen die Media Productions? Hannah Steiner!« Erbost greift sie zum Lippenstift.

»Und wie heißt die geschäftsführende Gesellschafterin in deinem Entwurf? Mit hunderttausend Jahresfixum? May heißt sie, May Westwood! Du machst das doch nicht für mich, du legst dich selber ins gemachte Bett!«

May fährt herum, schleudert wutentbrannt den Lippenstift auf die Silberlasurfliesen. Der Stift bricht ab, hinterlässt einen dunkelroten Fleck, kullert in die offene Dusche hinein. »Das muss ich mir nicht bieten lassen! Wenn ich gehen soll, musst du es nur sagen, Baby!«

»Na, dann mach's doch einfach! *Geh!*«

»Wollte nur mal deine Stimme hören, David. Bevor die große Redaktionskonferenz hier losgeht.« Sie winkt kurz Karen zu, die mit einem Stoß Unterlagen an ihr vorbeistöckelt. Die große Uhr über dem Besprechungsraum springt auf neun Uhr achtundfünfzig.

»Das grenzt an Telepathie, Hannah! Grad jetzt wollt ich dich anrufen!«

»Ach komm, der ist ja wirklich uralt!«

»Kaan Schmäh, wir sind vielleicht ganz kurz vorm Ziel! Hab einen anonymen Informanten, der Beweise liefern kann. Für die Fini-Millionen. Und für Rottenbach.«

»Für Rottenbach? Beweise?« Ihr wird heiß.

»Ja. Dieser Schefczik war in der Nacht des 3. Oktober bei euch. Er soll geschossen und das Ganze als erweiterten Suizid getarnt haben. Borkow hatte wohl zu viel gewusst. Sagte mir vor zwei Minuten mein Informant.«

»Es war tatsächlich Mord?«, flüstert sie. »Ein Stasi-Auftragsmord? Und der Mörder lebt in Saus und Braus in Kitzbühel?«

Axel winkt aus der Tür und deutet vorwurfsvoll auf die Uhr. Zehn Uhr zwei. Sie ignoriert ihn. »Ist dein Informant glaubwürdig?«

»Hat auf jeden Fall Insiderwissen, das steht für mich fest. Materialprüfung steht natürlich noch aus.«

Hannah kämpft mit den Tränen. »Ich muss rein. Halt mich bitte auf dem Laufenden, David. Ich … ich brauch dich!«

»Kannst dich auf mich verlassen. Ciao, bella.«

Sie stürzt in die Damentoilette. Alles leer, zum Glück.

Letzte Kabine, die Tür knallt zu, sie dreht den Riegel, setzt sich auf den WC-Deckel. Nur mühsam kann sie noch das Schluchzen zurückhalten, das mit Macht aus ihr herauswill.

Es war Mord.

Es gibt einen Mörder.

Der Mörder hat einen Namen.

Einen Namen, ein Gesicht, ein Privatleben.

Ein eigenes Leben; ein Leben, das er Mutter, Vater, Bruder, das er meiner Familie brutal geraubt hat.

Meiner Familie. Von der nur das Schnatterinchen meines Brüderchens geblieben ist …

Die blassbeigen Fliesen verschwimmen vor ihren Augen, ein gelbliches Meer, wie Axels Kaffee, wenn er das Milcheingießen zelebriert. Wie die großen Schmutzpfützen, die sie als Kind immer so gern mit dem Stock umrührte, um dann angeekelt-fasziniert die gelbbraunen Schlieren zu beobachten, die wie eine zusammengeknüllte Strumpfhose von Mama Sabine aussahen.

Sie spürt, wie sie endlich wieder ruhiger wird.

Ganz ruhig.

Ein Ziel ist in Sicht, ein klares neues Ziel.

Schefczik überführen.

David wird die Beweise bringen.

Sie reißt einen Fetzen Toilettenpapier ab. Tröstlich weich. Strahlend weiß. Behutsam tupft sie sich die Augen trocken. Überprüft sich dann kritisch im Taschenspiegel.

Hannah Steiner lebt.

Jana Borkow wird neu geboren.

Sie atmet tief durch.

Steht auf. Lässt den weißen Fetzen mit ihrem Studio-Make-up im Orkus der WC-Spülung untergehen.

Tür auf.

Ich komme.

»Guten Morgen, liebe Hannah, schön, dass wir auch dich noch in unserer bescheidenen kleinen Runde begrüßen dürfen!« Axel blickt demonstrativ zur Uhr hoch. Zehn Uhr sechzehn.

Hannah ignoriert ihn und die erstaunten Blicke der anderen. Schweigend setzt sie sich auf den freien Platz neben Karen.

»Dann komme ich am besten gleich zu aktuellen Infos aus der ARD. Gestern turnusmäßige Telefonkonferenz der Intendanten. Wie mir unser Intendant Wulf Reimers vorhin berichtete, droht dort offenbar ein Stimmungsumschwung in Sachen Anne-Will-Nachfolge.«

Dieser plötzliche heiße Schmerz, der explodiert, ganz tief in mir drin, der sich im ganzen Körper ausbreiten will …

Glotz nicht so dämlich durch deine Buddy-Holly-Brille, ich kenne deine sensationslüsternen Sprechpäuschen, fick dich!

Reglos, scheinbar ungerührt, hält sie allen Blicken stand. Bis Axel, nach unendlich scheinenden Sekunden, endlich fortfährt.

»Anki Beerbaum ist in den letzten Tagen und Wochen offenbar eine enorme Aufholjagd gelungen. O-Ton Reimers. Ich bin wahrlich kein Freund von Wasserstandsmeldungen, aber im Moment sieht es ganz so aus, als ob die Beerbaum knapp die Nase vorn hat.«

Spar dir deine sadistischen kleinen Breaks, laber doch endlich weiter …!

»Was natürlich äußerst schade wäre, das brauche ich nicht eigens zu betonen, da gehen wir alle im NDR hier d'accord, liebe Hannah, das hat auch Reimers noch mal eigens herausgestrichen! Bis zur Entscheidung in der ARD-Intendantenkonferenz nächsten Freitag sind's noch ein paar Tage, da ist gewiss noch nicht aller Tage Abend für ›Hannah Steiner‹, Sonntag nach dem Tatort!«

»Doch, ich glaube schon.« Hannah richtet sich auf, sieht über Köpfe hinweg auf der Glasscheibe Richtung Hagenbeck die alte schwarze Greifvogelsilhouette kleben. Künstliche Abschreckung, gibt es eine Gnade des Belogenwerdens? Nicht, wenn die Lüge zu schwach ist, bloße Umrisse und Silhouetten sind zu wenig … Sie nimmt Position ein. Alles funktioniert. »In eigener Sache, liebe Kolleginnen und Kollegen. Ich habe jetzt, in diesen Tagen erst erfahren, dass ich im Alter von zwei Jahren adoptiert wurde. Meine leiblichen Eltern und mein Bruder wurden von der Stasi ermordet. Am 3. Oktober 1990. Ich habe als Einzige überlebt. Mein richtiger Name ist Jana Borkow.«

Entsetzte Stille.

Axel nimmt die Brille ab. Um sie sofort wieder aufzusetzen.

»Ich, äh, ich denke, wir haben uns alle eine kurze Pause verdient. Wir machen weiter, round about fifteen minutes. Hannah, kommst du bitte mal kurz mit?«

»Wie kannst du so etwas gleich vor versammelter Runde herausposaunen? Warum bist du nicht erst zu Reimers oder mir gekommen?« Axel ist außer sich, noch bevor er hinter seinem Schreibtisch Platz genommen hat.

»Komm mir jetzt bloß nicht mit irgendwelchen Formalien, Axel! Ich weiß seit zehn Minuten, dass einer der Stasitäter von damals, die rechte Hand von Schalck, unbescholten in Kitzbühel lebt, als Anlage- und Finanzberater, als Präsident des Tennisclubs!« Hannahs Stimme kippt, sie hustet schnell und fängt sich gleich wieder.

Axel notiert mechanisch etwas, dann starrt er sie wieder fassungslos an. Wie eine Mischung aus Klaus-Peter Siegloch und Mr. Bean, denkt sie. »Nein, ich steh nicht unter Drogen! Ein ORF-Kollege ist übrigens auch schon dran.«

Er faltet die Hände. »Lass uns doch zwei Sachen trennen. Wenn du deine private Lebensgeschichte unbedingt outen willst, dann lass uns das einzig richtige Format dafür bedienen. Reportage, Primetime zwanzig fünfzehn, nichts anderes! Aber warum um alles in der Welt willst du die Marke ›Hannah Steiner‹ untergehen lassen, diesen Inbegriff für seriösen, engagierten Journalismus? Du trägst den IANSA-Ring! Willst du das alles in die Tonne kloppen?«

»Ich kloppe gar nichts in die Tonne! Meine Arbeit und mein Engagement ändern sich kein Jota, aber ich denke, ich muss meinen Typ verändern. Ich bin Jana Borkow. Und vielleicht möchte ich auch offiziell bald so heißen.«

»Wieso Namen und Typ verändern? Was wäre das für ein Eigentor?« Er windet sich förmlich auf seinem Chefsessel. »Willste jetzt Haare färben und auf Anki zwei Punkt null machen? Denk an die Show! Dein guter Name, ›Hannah Steiner‹, diese Marke! Hier geht's doch nicht um deine Identität, hier geht's ausschließlich um Identifizierungspotenzial und Wiedererkennungswert für den Zuschauer! Das sind die Quotenfaktoren! Ich bitte dich! Müssen wir jetzt wirklich das kleine Fernseh-Einmaleins runterbeten?« Er schlägt theatralisch die Hände vors Gesicht.

»Nein«, sagt sie und steht auf. »Nein, das müssen wir garantiert nicht, Axel. Ich muss nur eben mein Leben neu sortieren.«

»Sie schießt sich doch selbst ins Knie, in beide Knie! Das war's dann mit dem Sonntagabend-Talk!«

»Langsam, langsam, Axel!« NDR-Intendant Reimers hebt dezent die Hand. »Lass uns da mal nicht voreilig die Flinte ins Korn werfen.« Nachdenklich legt er den Finger ans Kinn. »Noch mal zum Mitdenken, was wissen wir über diesen Kitzbüheler Stasi-Mann?«

Axel winkt verdrossen ab. »Nur Gerüchte. War angeblich die rechte Hand von Schalck-Golodkowski. Soll jetzt Anlage- und Finanzberater sein. Und Präsident des Tennisclubs, nicht zu vergessen.«

Der Intendant überlegt. »Na, so jemand wäre doch wie geschaffen für unsere Show.«

»Was? Für die Talkshow?«

»Quatsch. Wir haben doch am 3. Oktober die Gemeinschaftsproduktion mit dem ZDF. ›Deutschland wird 30!‹ Moderiert von der Anne-Will-Erbin, wer immer auch das sein mag.«

Der Chef vom Dienst zuckt verständnislos die Schultern. »Ja und?«

»Stell dir das mal vor. Wenn es uns gelingt, diesen Ex-Stasi-Mann in unsere Show zu holen. Als seriösen Zeitzeugen natürlich«, lächelt Reimers. »Zu einer Showmasterin Hannah Steiner …«

»Das macht sie doch nie im Leben mit!«

»Du vergisst, dass wir noch einen Überraschungsgast suchen. Kümmere dich darum, Axel. Lade diesen Kitzbüheler

Stasifritzen in die Show ein. Kitzle seine Eitelkeit. Konditionen natürlich wie üblich, wie alle anderen auch.«

»Ist das dein Ernst?«

»Mein Ernst? Das ist ein Auftrag, lieber Axel. Eine verbindliche Weisung, wenn du so willst. Wenn das hinhaut, entwickelt sich in Sekunden eine ungeheure Eigendynamik! Maximales Drama, bei maximaler Quote. Eine Sternstunde des Öffentlich-Rechtlichen!«

39

München

Mit einem Whisky in der Hand lümmelt sich Schefczik in die ledergepolsterte Sitzecke des Nightclubs im Bayerischen Hof. »Woher kenn ich bloß diesen Barpianisten, diesen langhaarigen? Oder sehen die jetzt überall so aus?«

Clavius verzieht keine Miene. »Stefan Aaron. Stand doch auf dem Plakat. War mit seinem orangen Klavier schon auf der Chinesischen Mauer, auf einem Schweizer Alpengipfel und weiß Gott noch wo.«

»Aha. Versteht also zumindest was von PR in eigener Sache. Cheers!« Klirrend stoßen die Whiskygläser aneinander.

»Summertime, and the livin' is easy ...«

»PR in eigener Sache, das perfekte Stichwort.«

»Interessant«, sagt Clavius. »Lass hören.«

»Ich habe eine TV-Einladung bekommen. ARD und ZDF. Machen zum 3. Oktober eine gemeinsame Riesenshow, ›Deutschland wird 30!‹. Ich soll als Zeitzeuge kommen. Die rechte Hand des legendären Alexander Schalck-Golodkowski.«

Clavius zieht eine Braue hoch. »Also damit hätte ich jetzt nicht gerechnet. Respekt. Das eröffnet ja ungeahnte Perspektiven.«

»Einerseits. Die Show wird mit Sicherheit auch bei uns in Österreich von vielen eingeschaltet. Live, da lässt sich PR in jeden zweiten Satz einbauen.«

»Die schönsten Immobilien in Tirol, Klaus Schefczik Kitzbühel!«

»Klar, die versuchen mich dann auch in die Stasiecke zu drängen. Die alte Besserwessi-Masche. Aber das schreckt mich weniger. Hab jahrelange Erfahrung ...«

»... und genügend Talkshows mit Gregor Gysi gesehen!«

»Lach nicht! Was da allein auf YouTube alles zu finden ist, wirklich lehrreich! Nicht zu vergessen die Memoiren von Alex, die kenne ich in- und auswendig. Also rein rhetorisch mach ich mir bestimmt nicht in die Hose.«

Clavius schwenkt nachdenklich sein Whiskyglas, lässt die Eiswürfel kreiseln. »Sondern?«

»Na, ob ich mir PR-mäßig unterm Strich nicht doch damit ins Knie schieße. Wenn die olle Stasikamelle zu sehr aufgewärmt wird.«

Clavius schüttelt entschieden den Kopf. »Auf keinen Fall. Denk an Gysi. Rhetorisch-humorvoll alles im Griff, da fressen dir am Ende alle aus der Hand!«

»Meinst du?«

»Wenn du absagst, machst du den einen oder anderen Politredakteur vulgo Wadenbeißer erst so richtig neugierig. Nicht gut!«

»Mhmm. Wahrscheinlich haste recht.« Sein Blick folgt einer langhaarigen Brünetten, die sich in ihren hautengen Lederjeans provozierend langsam auf einen Barhocker schiebt, während der Pianist, mit halb geschlossenen Augen, gerade den alten Gershwin-Klassiker schmachtet: »... your daddy's rich, and your mamma's good lookin', so hush, little baby, don't you cry ...«

Hohe Wangenknochen, volle rote Lippen, leicht asiatischer Einschlag. »Junge, Junge, Junge, schau dir das bloß an. Scharf wie eine Russensense!«

Clavius verzieht den Mund zu einem spöttischen Grinsen. »Immer noch die *Vorhaut* der Arbeiterklasse, Genosse? Apropos Russensense. Vergiss nicht, Putin rules. Gerade russische Geschäftsfreunde schätzen ein aktives, souveränes Auftreten. Sie erwarten das auch von uns, auf allen Kanälen.«

Der letzte Gershwin-Akkord verklingt. Spärlicher Beifall für den Pianisten.

Schefczik mustert misstrauisch sein Gegenüber. »Was willst du mir damit sagen?«

»Nur ein guter Rat. Den ich zurzeit jedem gebe, der Russland-Connections hat. Nie in die Defensive drängen lassen, keinen falschen Verdacht aufkommen lassen. In deinem Fall jetzt ganz konkret: Fahr natürlich nach Berlin, liefere ein souveränes Interview ab, steh über den Dingen. Das ist der beste Schutz für sensible Geschäfte aller Art.«

»Du tust dich leicht mit deinen guten Ratschlägen«, murrt Schefczik. »Klär mich lieber mal juristisch auf. Was kann man mir noch rechtlich anhaben? Was hat es auf sich mit diesem ominösen BND-Deal mit Alex damals?«

»Vergiss diese dämliche Legende. Einen Deal gab es nur exklusiv mit Herrn und Frau Schalck-Golodkowski. Alles andere sind Märchen, die im Lauf der Zeit dazugedichtet wurden.«

»Und was könnte mir jetzt passieren? Rein hypothetisch?«

»Gar nichts. Stasitätigkeit auf DDR-Boden ist straffrei. Hat unser ehrenwertes Bundesverfassungsgericht schon 1995 gesagt.«

»Auf DDR-Boden? Geschenkt. Aber die Kurierdienste für Fini? Und Rottenbach, Meister, Rottenbach?«

Clavius sieht ihn ausdruckslos an. »Du hast doch nicht geschossen, oder? Du konntest gar nicht wissen, dass im Haus was eskaliert. Es gibt keinen schriftlichen Einsatzbefehl. Und finanzielle … Unregelmäßigkeiten sind verjährt. So sie überhaupt beweisbar sind.« Er hebt das Glas. »Kannst beruhigt auftreten am 3. Oktober, das ist beste Werbung für dich! Auf unsere deutsche Einheit!«

40

Hamburg

»Danke, Hannah. Danke, dass du noch mal gekommen bist.« Theo Steiners Stimme zittert.

Schweigend legt Hannah ihm den Arm um die knochigen Schultern. Seite an Seite sitzen sie auf der verwitterten grauen Holzbank. Einst war sie hellblau und einer ihrer Lieblingsplätze bei den sonntäglichen Familienspaziergängen. Still schauen sie über die weite Außenalster, die in der Septembersonne glitzert. Kleine weiße Segelboote ziehen friedlich ihre Runden. In Ufernähe, ein Stück weiter oben, vergnügen sich ein paar jugendliche Stand-up-Paddler. Es riecht nach Wasser und feuchtem Gras.

Hannah zeigt auf die Kieselsteine. »Hier, die hast du früher immer übers Wasser tanzen lassen, weißt du noch?«

Er nickt wehmütig. Seine Augen schimmern. »Steine, die übers Wasser tanzen. Etwas Unmögliches möglich machen. Manchmal geht es. Aber nur eine Zeit lang. Nie für immer.«

Nein, denkt sie. Nichts ist für immer.

Er streckt sich, sitzt fast übertrieben steif und aufrecht. »Trotzdem. Ich glaube, du hast recht«, sagt er. »Es gibt keine Gnade des Belogenwerdens. Es war falsch, wie wir damit umgegangen sind. Mein Fehler, ich war zu schwach. Ich hätte mich am Anfang durchsetzen müssen. Hätte Sabine überzeugen müssen, dass wir dir von klein auf reinen Wein einschenken. Oder sie eben doch von ihrem finalen Coming-out abhalten müssen. Hätte die Wahrheit mit ins Grab nehmen sollen. In meines …« Eine Träne läuft über sein faltiges, weißstoppeliges Gesicht.

Zwei Möwen am Ufer schreien, streiten um ein schimmliges Toastbrot, aggressiv und wütend. Pietätlos, denkt Hannah, schämt euch, ihr verlogen-unschuldsweißes Gesindel.

Sie drückt seine Hand, will etwas sagen.

Er wehrt ab. »Die Wahrheit ist kein Selbstzweck, Hannah. Sie kann selbst immer nur ein Mittel zum Zweck sein, für einen höheren Zweck. Frieden, zum Beispiel. Frieden, Liebe oder Versöhnung.«

»Jetzt sprichst du wie ein Pastor. Es geht doch um meine Identität, es geht doch um mich als Person!«

»Person, Person ... Gut, als bürokratische Person braucht man Identität. Fürs Papier. Aber als Mensch?« Er hebt den Zeigefinger. »Denn das sage ich dir jetzt nicht als Pastor, sondern als Soziologie-Professor, Hannah: Identität ist ein Gemeinplatz. Es kommt nur darauf an, ob sie einem hilft, sich selbst, seinen Platz in der Welt und das eigene Verhalten besser zu verstehen. Schreibt Susan Faludi, eine kluge US-Amerikanerin. Feministin übrigens.«

Hannah rümpft die Nase. »Heißt das, ich kann Identitäten wechseln wie meine Unterwäsche?«

Seine faltige Hand fährt vage durch die Luft. »Tja, in gewisser Weise vielleicht schon. Identität funktioniert nun mal sehr häufig nur als Ersatz für Selbstreflexion.«

Sie seufzt und streicht ihm sanft über den Rücken. »So hab ich mich als kleines Mädchen oft gefühlt. Hab dich nicht wirklich verstanden, aber ich hab gespürt, dass du es weißt, dass du die Zusammenhänge kennst, dass du das große Ganze verstehst. Das war immer so beruhigend. Ein Stück Geborgenheit.« Sie legt den Kopf auf seine Schulter.

Draußen tutet ein kleiner Ausflugsdampfer. Hannah erkennt ihn an seiner altmodischen Silhouette mit den großen Fenstern, es muss die »St. Georg« sein.

Sankt Georg, war das nicht der Drachentöter?

Wie besiege ich meinen Drachen?

Wer ist mein Drache?

Schefczik? Anki? Mein Ehrgeiz, meine Eitelkeit?

Sie schielt auf ihre Uhr. »Wollen wir dann doch langsam gehen? Ich muss leider wieder zurück ...«

Axel tritt ans Fenster, presst das Smartphone ans Ohr. »Sie fährt das mit Karacho an die Wand, Anki … Nein, im Ernst! Ein Jana-Borkow-Konzept wird in der Kürze der Zeit niemals funktionieren! Ist überhaupt nicht mehrheitsfähig! … Ja, natürlich, damit wir uns nicht falsch verstehen, ich plädiere trotzdem offiziell für das Oldschool-Modell Hannah Steiner … Gerade da hast du doch das Momentum auf deiner Seite, liegst jetzt schon gefühlt vor ihr … Sie kann bei dieser Ausgangslage nur verlieren, das ist eine Lose-lose-Situation! Ein Selbstläufer, Anki! Bleibt's bei zweiundzwanzig Uhr dreißig heute …?« Er lächelt versonnen. »Sehr schön«, sagt er und verfällt in heiseres Flüstern: »… und dazu deine schwarzen Lackstiefel, bitte …!«

41

Wien

»Schön haben Sie's hier heroben«, sagt Rosinsky. »War schon lang nicht mehr hier.«

Der Generaldirektor des ORF, Dr. Schönmetz-Vargas, nickt zufrieden. »Ja, der Blick aufs Schloss, daneben dieser wunderschöne Tiergarten Schönbrunn, da gibt's unangenehmere Büros, da geb ich Ihnen recht.« Er trinkt seinen Espresso aus und stellt das dünnwandige Tässchen mit Gustav Klimts »Judith« sorgfältig zurück auf die schwarz-goldene Untertasse. »Der Burgstaller hat mich um diesen kurzfristigen Termin gebeten. Das macht er eigentlich nie. Genau das hat mich neugierig gemacht. Ich verfolge schon seit Jahren mit großem Interesse, wie Sie sich mit Haut und Haaren unserer Roten Fini verschrieben haben. Unvergesslich Ihr Zusammenschnitt damals ...« Amüsiert lehnt er sich zurück auf seinem Designerstuhl. Ein dunkelgrauer Klöber Moteo, Heizung und Lüftung in Sitz und Lehne. Viertausend Euro. Mindestens. Rosinsky muss an ein unvergessliches Interview in der Schweiz denken. Zürich, Bahnhofstraße, Privatbank Julius Bär. Sprecherin Sandrine Boinneau, eine attraktive Brünette mit eisblauen Augen, mauert. Mauert über zwei Stunden lang. Gar nichts erfährt er. Rein inhaltlich. Doch auf dem Klöber Klimastuhl lässt sie ihn am Schluss probesitzen ...

Auch der ORF-Chef schwelgt in Erinnerungen. »... die Deutschen schreiben Fini zur Fahndung aus, und in Wien lädt der Franz Vranitzky die Frau Kommerzialrätin zum Kanzlerfest! Ehud Barak, der israelische Premier fliegt ein, um ihr den Mount-Scopus-Preis der Universität Jerusalem zu überreichen. Paul Spiegel sitzt neben ihr. Theo Waigel beschwert sich, ›ihr verleiht der einen Preis nach dem anderen, und wir kriegen von ihr noch Geld‹!«

»Sie haben sie doch auch mal persönlich getroffen, oder?«

»Richtig. In Tel Aviv damals, ich stand am Rabin-Denkmal in unserer Delegation zufällig genau neben ihr. Das war kurz nach dem deutschen Haftbefehl gegen sie, wir stehen da also vor dem Denkmal, da liegt ein schwarz-rot-goldenes Gesteck, das tags zuvor der Guido Westerwelle niedergelegt hatte. Und was macht sie?« Er gluckst vor Vergnügen. »Sie kickt das deutsche Gesteck mit dem Fuß zur Seite, ›des braung mir da ned‹, zischt sie ganz ärgerlich, ich hör's heute noch!« Er wischt sich Lachtränchen aus den Augen. »Des braung mir da ned! Aber gut, zurück zu Ihnen. Was gibt's Neues, Herr Rosinsky?"

»Historisches«, sagt Rosinsky. »Nicht mehr und nicht weniger. Und Sie wissen, dass ich mich nicht gern aus dem Fenster hänge.« Er zieht den Reißverschluss seiner Messenger-Bag auf, holt das Tablet heraus. »Hier. Diese Schriftstücke liegen mir seit gestern zur Materialprüfung vor. Erster Eindruck top.«

»Zeigen Sie mal her.« Schönmetz-Vargas zieht die Stirn kraus. »Quittungen ... Übernahmebestätigungen ... Millionenbeträge! Alles 1992 ... Steindling, die Unterschrift kennen wir ... aber wer ist dieser Klaus Schefczik?«

»Ein Stasimajor. Jahrelang engster Mitarbeiter von Alexander Schalck-Golodkowski. Lebt jetzt als schwerreicher Makler in Kitzbühel. Präsident des Tennisclubs.«

Der ORF-Generaldirektor pfeift leise durch die Zähne. »Das war der Kurier der Roten Fini?«

»Der war direkt an der Quelle. Er muss den vollständigen Überblick haben. Wohin die hundertdreißig Millionen verschwunden sind.«

»Tja, Fini hätte das auch gewusst. Aber die ist leider tot.«

»Schefczik lebt«, sagt Rosinsky. »Mein Informant bezeichnet das hier nur als kleinen Vorgeschmack.«

Schönmetz-Vargas lehnt sich zurück und verschränkt die Arme hinter dem Kopf. »Was bietet er an? Was kann er Ihnen konkret liefern?«

»Beweise. Für illegale Transferströme nach Russland. An

ein fiktives Hilfswerk für russische Juden. Geld, das sich die Putin-Partei unter den Nagel gerissen hat. ›Einiges Russland‹.«

»Der FPÖ-Partner? Oha! Jetzt wird des G'schichterl aber so richtig interessant!« Er reibt sich die Hände. »Mögen S' aa noch an Mokka?«

»Gern.«

Hab ich dich am Haken, denkt Rosinsky und verkneift sich seinerseits das Händereiben. Ist schließlich kein Geheimnis, dass du auf dem SPÖ-Ticket hier oben angekommen bist.

»Sie wissen ja, nächstes Jahr steht im Stiftungsrat des ORF wieder die Wahl des Generaldirektors an. Lassen S' uns offen reden, Rosinsky. Die diversen Profilierungsversuche einzelner ÖVP- und FPÖ-Chargen schaden unserem ORF enorm. Ich habe persönlich allergrößtes Interesse an Kontinuität, an Stabilität, an Zuverlässigkeit. Die Menschen müssen sich heute mehr denn je auf uns Öffentlich-Rechtliche verlassen können.«

Rosinsky nickt. »Es wäre verheerend, wenn der Eindruck entstünde, wir hätten hier fahrlässig nicht weiterrecherchiert. Oder ganz bewusst etwas unter dem Teppich halten wollen.«

»Wie schätzen Sie Ihren Informanten ein?«

»Besitzt erstaunliche Detailkenntnisse, so viel lässt sich jetzt schon sagen. Ich halte ihn für einen Insider aus dem Ministerium für Staatssicherheit.«

»Was will er?«

»Hundertfünfzigtausend.«

Schönmetz-Vargas reicht ihm den Mokka. »Noch mal Zucker? Bitte.«

»Merci.«

Bedächtig rührt der ORF-Chef in seiner Tasse. »Das sind natürlich Beträge von internationaler Größenordnung, um es mal vorsichtig zu formulieren.«

»Eindeutig. Was der Dimension des Falles auch gerecht wird.« Um es mal vorsichtig zu formulieren.

»Hör ich da einen Unterton heraus, Rosinsky? Wie meinen Sie das?«

Rosinsky lässt sich Zeit. »Die … angebotenen Beweise … betreffen nicht nur … finanzielle Transaktionen.«

»Jetzt machen Sie's doch nicht so spannend.«

»Schefczik soll auch maßgeblich verwickelt sein in einen mutmaßlichen Stasi-Auftragsmord. Am 3. Oktober 1990, getarnt als Familientragödie.«

Schönmetz-Vargas blickt nachdenklich zur Wand.

Oskar Kokoschka, »Selbstbildnis als entarteter Künstler«, 1937.

Rosinsky kennt das Gemälde noch von früheren Terminen.

»Sie wissen, dass ich als Generaldirektor des ORF über einen höchstpersönlichen Dispositionsfonds verfüge. Wir sollten eine auch politisch so hochsensible Angelegenheit nicht durch die Bücher der klassischen redaktionellen Haushaltsmittel laufen lassen.« Er nimmt sein Gegenüber fest ins Visier.

»Ich disponiere, Rosinsky.«

42

ARD, Videokonferenz der Intendanten

»… ja, noch mal Moin, Moin aus Hamburg, liebe Kolleginnen und Kollegen.« NDR-Intendant Wulf Reimers strahlt in die Kamera. »Zum Thema Anne-Will-Nachfolge bin ich Ihnen noch die Auswertung der beiden Exposés von Hannah Steiner und Ann-Kristin Beerbaum schuldig. Auf den Punkt gebracht, wir haben hier ein totes Rennen. Inhaltlich neunzig Prozent Übereinstimmung, als ob eine von der anderen abgeschrieben hätte! Alle wesentlichen Punkte werden fast identisch beurteilt und eingeschätzt. Auch möchten beide die Produktion eigenständig übernehmen und ausgliedern, wie dies ja schon bei Will, Jauch und Christiansen der Fall war.«

Der Schirm teilt sich. Rechts schaltet sich der ARD-Vorsitzende zu. »Wirtschaftlich und finanziell kämen uns also beide Lösungen gleich teuer?«

»Definitiv ja, hier gibt es keine signifikanten Unterschiede.«

»Gut, dann wäre auch dieser Unterpunkt abgehakt. Ihr Fazit, Kollege Reimers? Der NDR hat ja zunächst mal die Federführung bei diesem Talk-Format.«

Zustimmendes Nicken in Hamburg. »So ist es. Ich will hier gar nicht verhehlen, dass auch wir diese Personalie intern sehr kontrovers diskutiert haben. Erst recht vor dem Hintergrund dieser allerjüngsten biografischen Enthüllungen von Frau Steiner, die ich ja zu Beginn kurz skizziert habe. Stichwort ›Stasitäter wurden zu Stasiopfern‹; inwieweit …«

Aus Leipzig fährt der MDR dazwischen, sichtlich ungeduldig: »Jaja, Kollege, mit Verlaub, dein Fazit wollen wir hören, dein Fazit!«

Reimers fährt in bester Uncle-Sam-Manier den Zeigefinger aus, direkt in die Kamera. »Das ist genau der Punkt, lieber Micha«, lächelt er verschmitzt, »pass auf: Unserer Redaktion ist es gelungen, in Österreich einen ehemaligen Stasimajor ausfindig zu machen, der über Hannah Steiners Familientragödie, sagen wir mal, sehr gut Bescheid weiß. Wir haben ihn neutral angefragt, als früheren Schalck-Mitarbeiter, ob er als Zeitzeuge in die Show ›Deutschland wird 30!‹ kommt. Achtung, der Mann weiß aktuell also nicht, wem er gegenübersitzen wird!«

»Und Frau Steiner weiß es?«

Ein kurzes unbehagliches Zucken, dann lächelt Reimers wieder. »Ich plädiere schon aus rein dramaturgischen Gründen dafür, dass dieser Mann unser Überraschungsgast wird in ›Deutschland wird 30!‹.«

Der MDR bläst die Backen auf. »Boah, das ist allerdings ein Hammer! Da hätte wahrscheinlich sogar ich kalte Füße bekommen. Muss aber zugeben, diese Konstellation ist in der Tat einmalig. Das würde ich selbst gern sehen. Unbedingt. Auch wenn du damit, quasi durch die Hintertür, in letzter Sekunde deine Hannah Steiner doch noch auf den Anne-Will-Stuhl hievst.«

»Ist das so?«, klinkt sich die RBB-Chefin ein. »Muss es bei diesem Automatismus bleiben? Die neue Will muss auch die Show am 3. Oktober moderieren?«

Der ARD-Chef hebt abwehrend die Hände. »Also dieses Fass machen wir garantiert nicht mehr auf, liebe Kollegen, nur über meine Leiche! Den 3. Oktober macht die Neue, niemand anders!«

»Unser Fazit deshalb: Der NDR schlägt Hannah Steiner vor. Selbstverständlich unter der Prämisse, dass es bei diesem Namen und beim vorgesehenen Konzept bleibt.«

»Dann schreiten wir endlich zur finalen Abstimmung, liebe Kolleginnen, Kollegen. Wer ist dafür, dass Hannah Steiner vom NDR das sonntägliche Talk-Format einundzwanzig Uhr fünfundvierzig übernimmt? Damit verbunden ist die Moderation unserer Koproduktion mit dem ZDF am 3. Oktober, ›Deutschland wird 30!‹.«

Der Bildschirm wird schwarz, ein grüner Balken wächst empor.

»Wer ist dafür, dass Ann-Kristin Beerbaum vom MDR den Sonntagabend-Talk und die große Deutschland-Show übernimmt? Bitte jetzt drücken.« Der Bildschirm bleibt schwarz.

»Enthaltungen? … Keine. Herzlichen Dank, ich stelle fest, die Intendanten der Mitglieder der ARD haben sich einstimmig für Hannah Steiner entschieden!«

43

Hamburg

Apathisch sieht Hannah zu, wie das Leitungswasser in die kleine grüne Plastikgießkanne prasselt. Der Ton verändert sich, die Füllhöhe steigt. Unaufhörlich, immer höher. Bis das Wasser schließlich den Rand erreicht, darüber hinausschießt, sich ins Waschbecken ergießt. So wird es weitergehen, immer und ewig weitergehen, denkt sie apathisch.

Wenn ich nicht einschreite, wenn ich nicht aktiv werde.

Was habe ich hier noch verloren?

Dieser erbärmliche Versuch Axels, mich schonend darauf vorzubereiten, dass Anki »die Nase vorn hat«. Liegt mir jetzt noch im Magen. Gleich wird er mit dem offiziellen Ergebnis um die Ecke kommen. Fuck. Was für eine Schmach, was für eine Demütigung. Weder die Show noch den Sonntagabend-Talk zu bekommen. Gegen dieses kleine Ossi-Luder zu verlieren.

Dabei bin ich doch selbst eines.

Ich, Jana Borkow.

Axel hatte recht. Ich hätte sofort professionell trennen müssen.

Hannah und Jana. Person und Figur. Identität und Marke.

Life and show.

Wie wunderbar hätte ich mich am 3. Oktober vor laufenden Kameras outen können, was für ein perfektes Timing wäre das gewesen. Zu spät.

Nein, ich werde mich definitiv nicht bei »Ann-Kristin Beerbaum« Sonntagabend zu Hause vor den Fernseher setzen. Aufs Kuschelsofa. Das kann sowieso May mitnehmen.

Und ich will auch nicht in irgendwelchen regionalen Vorabendshows wie »DAS!« enden.

Sie schließt den Wasserhahn.

Ich will ein eigenes Format bekommen, meinen eigenen festen Sendeplatz. Sonst ziehe ich doch noch die Option Genf. Rufe Jane Bukoleya bei UNIDIR an, gehe in die Pressestelle des Instituts für Abrüstungsforschung.

Fuck Hamburg, fuck Axel und Co, fuck ARD.

Die Tür wird aufgerissen, Karen Bergholt ist überrascht und erleichtert zugleich: »Hier steckst du, Hannah? Habe dich überall gesucht!«

»Hole doch nur Wasser für unsere Hydrokulturen. Da haben sich früher mal die Putzis drum gekümmert. Was gibt's?«

»Sollst sofort zu Reimers!«

»Sie wirken überrascht, liebe Frau Steiner. Kann das wirklich sein?« Der Intendant, wie immer im hellblauen Hemd und mit einer marineblauen gemusterten Krawatte, strahlt sie herausfordernd an.

»Ja«, sagt Hannah fassungslos. Sie glaubt immer noch, sich verhört zu haben.

»Ich bitte Sie! Der Zweijahresvertrag liegt morgen Mittag unterschriftsreif vor. Einschließlich aller Anlagen und Nebenvereinbarungen. Die Rechtsabteilung hat auch schon grünes Licht gegeben für die Hannah Steiner Media Productions. Ich hoffe, von Ihrer Seite gibt es keine Last-Minute-Änderungen mehr.«

»Doch«, sagt Hannah.

Reimers schlägt mit gespielter Verzweiflung die Hände über dem Kopf zusammen. »Nein! Ich wusste es! Da kommt noch was um die Ecke!«

»Nur eine redaktionelle Änderung«, sagt Hannah. »Nichts Großes. Streichen Sie den Namen May Westwood. Ich benenne Ersatz, so schnell wie möglich.«

Hannah jagt die Treppe hoch. Keinen Lift, keine Kollegen; diesen Moment will sie ganz für sich allein.

Keuchend entriegelt sie die graue Stahltür und tritt vorsichtig hinaus auf die verbotene Dachterrasse.

Freier Blick über die gesamte Stadt.

Allein im Wind, mit dem weiten Himmel über Hamburg.

»Jaaa!«, schreit sie, ballt die Faust und lehnt sich gegen die Wand. »Jaaa!«

Endlich ganz oben.

In tiefen Zügen atmet sie die kühle Luft ein. Vom Schülerpraktikum bei NDR 90,3 vor dreizehn Jahren bis an die absolute Spitze des deutschen TV-Journalismus.

Hannah Steiner hat ihren Zenit erreicht.

Jana Borkow kann kommen.

Nicht, dass sie den lukrativen Vertrag gefährden möchte, bestimmt nicht. Die bloße Marke, das Label »Hannah Steiner« wird sie nicht mehr in Frage stellen.

Aber Jana Borkow wird trotzdem zu ihrem Recht kommen.

Ein persönliches Coming-out, in der Show am 3. Oktober, nach genau dreißig Jahren, live auf ARD und ZDF, wird einschlagen wie eine Bombe. Es wird ihr einen Platz in der deutschen TV-Geschichte sichern.

Versonnen blickt sie zu den weißgrauen Wolken hoch, die der auffrischende Südwestwind immer schneller vor sich hertreibt. Richtung Ostsee, vielleicht zum Timmendorfer Strand.

Sie greift zum Smartphone. *Theo Steiner?* Später, persönlich. Sie geht eine Zeile höher und wählt. »Hallo, David …?«

44

Plauen

»Linke Führhand, linke Führhand … links-rechts, links-rechts, links-rechts! Ja, gut!« Stellmacher lässt seine Fäuste sinken und hält keuchend inne. Ein paar Jungs am Rande johlen anerkennend. Der Trainer, ein muskulöser Endzwanziger, nimmt die Pratzen herab. »Super, Jo! Tolle Reflexe, und deine Rechte hat immer noch echten Bums. Mit einundsechzig!«

»Geht eben nichts über Fitnessboxen«, knurrt Stellmacher. »Sandsack, Birne, Seilspringen, kleine Hanteln. Mehr brauchst du gar nicht. Nur dranbleiben, immer wieder dranbleiben und beißen, beißen, beißen! Merkt euch das, Jungs!«

Ehrfürchtig nicken die Kleinen um ihn herum. Der hoffnungsvolle Nachwuchs …

»Du sollst deine Kinder im Geiste des Friedens und des Sozialismus zu allseitig gebildeten, charakterfesten und körperlich gestählten Menschen erziehen.« So stand es im »Buch der Familie«, das in jedem Standesamt der DDR den Brautpaaren überreicht wurde.

Weiter hinten sparren, ächzen und fluchen die aktiven Mannschaftsboxer unverdrossen weiter in dem jahrzehntealten Turnhallenmief.

»Ich hab dich laufen sehen, Jo«, sagt ein Junge schließlich, »beim Tierheim oben, letzte Woche mal.«

»Ja, das mache ich fast jeden Tag, seit ich dort arbeite. Ganz gemütlich aber, nur fünf Kilometer.«

»Und wie lange boxt du schon?«, fragt ihn der Kleinste, ein Rothaariger mit Sommersprossen.

»Vierzig Jahre fast«, sagt Stellmacher. Er zieht sich die Handschuhe aus und schraubt ein kleines Bad Brambacher Mineralwasser auf. »Seit meiner Armeezeit, bei der NVA.«

Wo alles begann.

In Gera, in der Pionierkaserne, im Boxring in der Sporthalle. Hatte keine Ahnung vom Boxen, aber hab mir nichts gefallen lassen, von keinem, bin immer wieder aufgestanden. Aber nie blindwütig. Immer ein Auge für den Gegner. Und im entscheidenden Moment dann selbst eiskalt zugeschlagen. »Unser Terrier«, hat Oberst Maschinke immer geröhrt, »der Stellmacher, der hat 'nen echten Killerinstinkt!«

Wie recht er doch hatte. 1980 schon.

Maschinke hab ich alles zu verdanken. Das alte Narbengesicht hat mich protegiert, gefördert, zu einer echten Hausnummer gemacht im »Militärischen Nahkampf der NVA«.

Im August 1988 dann schließlich die Krönung. Einladung nach Lehnin bei Potsdam ins Luftsturmregiment 40. Ein dreiwöchiger Lehrgang für fünfundzwanzig Handverlesene, für die Besten der Besten der NVA. Allesamt namentlich aufgeführt im Befehl 38/88 des Ministers für Nationale Verteidigung, Heinz Keßler; eine vergilbte Kopie hängt immer noch zu Hause an der Wand: »Instruktiv-methodische Ausbildung im Nahkampf Gjogsul«, in die streng geheime Nahkampftechnik der nordkoreanischen Armee. Drei Wochen Training bis zum Erbrechen, bei zwei Schleifern der nordkoreanischen Militärakademie »Kim Il-sung«, den Genossen Fallschirmjägeroffizieren Hauptmann Rim Mjong Snob und Oberleutnant Tschä Ho Il.

Mit Note Eins bestanden.

»Zeugnisse sind das Allerwichtigste, Jungs! Gebt in der Schule alles, dann staut ihr auch viel mehr Power auf, die ihr hier rauslassen könnt. Und keene Prügeleien, immer faire Sportsmänner bleiben! Mit heißem Herz und kühlem Kopf.«

So wie ich.

Immer kurz und schmerzlos. Fünf Tote insgesamt.

Plus zwei weitere in den nächsten hundert Stunden.

45

Hamburg

Die Redaktionskonferenz plätschert nur noch dahin. Letzte Wortmeldungen, ebenso vorhersehbar wie überflüssig. Axel linst gelangweilt auf sein Smartphone.

Neue WhatsApp und drei entgangene Anrufe.

Alle von »BKA«, von Anki, die er selbstredend nicht mit Klarnamen abgespeichert hat. Ann-Kristin Beerbaum wird abgekürzt zu AKB, umgestellt zum zweideutigen BKA.

Doppelte, nein zweieinhalbfache Chiffrierung, um ganz auf Nummer sicher zu gehen.

Ärgerlich, er hat sie ganz vergessen im Stress der letzten Stunden. Jetzt auch noch eine Sprachnachricht von ihr. Kindisch-pubertär.

Könnte Ärger bedeuten.

Er murmelt eine Entschuldigung in die Runde und schlüpft schnell zur Tür hinaus. Die gummibaumbestandene Sitzecke am Ende des Flurs, an deren Sinn sich kein lebender Kollege mehr erinnern kann, ist wie immer frei.

Genauso frei wie Ankis Wortwahl.

»Mann, ist das erbärmlich, wie du dich jetzt versteckst! Nicht rangehst, nicht antwortest! Steck dir deine Ausreden sonst wohin! Wie kann es sein, dass mich diese fleischgewordene Langeweile Hannah Steiner aussticht? Und ich soll jetzt die Bühne vor dem Brandenburger Tor moderieren? DJ Ötzi und Helene ansagen? Zwischendurch ein paar Landeier ans Mikro holen? Hast du dir das ausgedacht, als kleinen Trostpreis für mich?«

Axel flucht leise. Will erst zurückrufen, verwirft den Gedanken aber sofort wieder.

Kein Grund, hier gleich zu Kreuze zu kriechen. Textnachricht ist angesagt. Einfachste Deeskalation, erst mal auf Zeit spielen.

»Bin mitten in XXXL-Konferenz, bitte bleib ruhig! Verstehe dich voll und ganz! Konnte dieses völlig unerklärliche Ergebnis leider nicht verhindern. Aber vertrau mir, ich hab noch ein allerletztes Ass im Ärmel ...!«

Senden. WhatsApp schließen.

Nichts wie raus hier.

Keine Zeit mehr, schon gar nicht für den gerade aufleuchtenden »Anruf BKA«.

46

A9, Autohof Bitterfeld

Gebratene Kalbsleber mit Zwiebelsoße auf Kartoffelpüree, ein Clausthaler.

»Zwölf fünfundzwanzig!«

Stellmacher legt einen Zehner auf den Tresen und kramt drei Euro dazu heraus. Er schüttelt nur den Kopf, als die Kassiererin ihm herausgeben will. Langsam trägt er sein Plastiktablett nach draußen.

Ein unrasierter Trucker mit fettigen Haaren löffelt achtlos eine Gulaschsuppe, ganz vertieft in die aufgeschlagene BILD: »Wir werden 30! So feiern wir am Samstag in Berlin!«

Eine Großfamilie, drei quengelnde Kinder und ein fest schlafendes Baby. Um sie herum sind Pommes und halb leere Ketchuptütchen auf Tisch und Fußboden verstreut. Passen zu dem alten Benz da drüben, Mordswohnwagen mit SAT-Schüssel hintendran.

Vorwurfsvoll beäugt werden sie von einem hageren weißhaarigen Paar am Nebentisch. Zwei Pfefferminztee, zwei trockene Kuchen.

Lehrer, denkt er. Pensionierte Lehrer. Oder verdiente Altbürokraten.

Ganz hinten, in der Ecke der Terrasse, sitzt er.

Reglos und unbeweglich.

Schwarze Ray-Ban-Sonnenbrille, dunkelgrauer Troyer. Vor ihm ein Espresso und der aktuelle SPIEGEL.

»Noch frei hier?«

Clavius nickt, schweigend und kaum wahrnehmbar.

Diese Buddha-Allüren.

Gehen selbst mir langsam auf den Senkel. Stellmacher nimmt einen tiefen Zug von seinem eiskalten Clausthaler.

Hinter Clavius, jenseits der A 9, rotieren riesige weiße Windräder unter dem milchigen Himmel, lautlos, unaufhörlich, wie Fremdkörper aus einer anderen Welt.

Langsam lässt er das Besteck aus der Serviette rollen und konzentriert sich ganz auf seine Kalbsleber. Irgendwann wird der BNDler sein Schweigen brechen. Er war es schließlich, der das Treffen vorgeschlagen hat. »Kleine Abschlussbesprechung für deine Projektabwicklung. Auf deiner Anfahrt nach Berlin, morgen um die gleiche Zeit, Autohof Bitterfeld.«

Bitterfeld. Wie vor dreißig Jahren.

Zumindest fast.

Damals war's die Mitropa-Raststätte Köckern-Ost, zwanzig Kilometer südlich. Jahrelang ein stasiüberwachter Hochsicherheitspunkt an der Transitstrecke Nürnberg–Berlin. Im Herbst 1990 natürlich längst ein BND-Knoten. Ein Zivilist vom Bundesnachrichtendienst hatte ihn damals aus stundenlangen Befragungen herausgeholt, sich knapp als »Clavius« vorgestellt und ihm ein Angebot eröffnet, das er nicht ablehnen konnte: Einstellung sämtlicher Ermittlungen gegen ihn. Für einen einmaligen, allerletzten operativen Einsatz, unter alleiniger Federführung des Ex-Majors Klaus Schefczik aus dem engsten Umfeld von Oberst Alexander Schalck-Golodkowski. Als Bonus zehntausend D-Mark bar auf die Hand.

Natürlich hatte er zugesagt.

Achtundvierzig Stunden später, am 2. Oktober, stieg er dann um drei Uhr nachmittags bei strömendem Regen in Köckern-Ost in einen schwarzen Volvo. Am Steuer Klaus Schefczik, im Handschuhfach eine schallgedämpfte 7,65er Walther PPK.

Das Magazin dazu gab ihm Schefczik erst am Ziel.

Drei Stunden später.

In Rottenbach.

»Fokussiert?«, fragt Clavius leise.

Stellmacher sieht von seinem Teller hoch, nickt und gönnt sich einen Schluck Clausthaler.

»Alkfreies Bier, du als trockener Alkoholiker. Spielst du da nicht mit dem Feuer?«

»Alles im Griff, Clavius. Seit 1.11.'95.« Mehr musst du gar nicht wissen, fügt er im Stillen hinzu.

Clavius legt eine Hand auf das schwarz-rot-goldene SPIEGEL-Cover. »30 Jahre – wie vereint ist Deutschland?«

»Auf Seite zwanzig findest du einen großen Umschlag. Deine Anzahlung.«

»Zwanzig?«

»Die restlichen dreißig dann nach der großen Show. Merk dir: Sonntag, 4. Oktober, drei Uhr nachmittags. AVUS-Treff Spinnerbrücke, steht alles drin.«

»Wo logiert Schefczik?«

»Im Hilton. Das Hotelparkhaus ist in der Charlottenstraße 29. Was macht deine Planung in Sachen Rosinsky?«

»Steht.« Stellmacher blickt kurz auf seine Uhr. »In einer Stunde ruf ich ihn an und mach ihn scharf.«

Clavius kratzt mit dem Espressolöffel die letzten Cremareste aus seinem Tässchen. Er grinst spöttisch. »Lukratives Wochenende, Jo. Erst Rosinsky abziehen, ihn dann für Schefczik erledigen, dreißig von diesem kassieren und schließlich den edlen Spender selbst ausschalten. Für weitere fünfzig aus Wien und Moskau. Respekt.«

Für Wien, für Moskau – und für dich als lachenden Dritten!

»Damit endgültig Schluss ist. Ein für alle Mal.«

Rosinsky reißt ein Streichholz an und entzündet den Che Teniente. Sein erster Zigarillo seit dem Bleaching heute früh bei Dr. Andreyna Leon in der Schottengasse im ersten Wiener Gemeindebezirk.

Die Kolumbianerin, seit Langem die Zahnärztin seines Vertrauens, hat es mit untrüglichem Instinkt festgestellt: »Du bist verliebt, David, das merke ich doch!«

Vermutlich hat sie sogar recht, doch er streitet selbstverständlich lachend ab und unterstellt ihr bloßes cold reading.

Männer seines Alters, die über professionelle Zahnreinigung hinaus plötzlich ein Bleaching verlangen, dürften überproportional häufig verliebt oder auf der Suche sein.

Er schmeckt die Würze des Tabaks, doch er sucht vergeblich nach den feinen Rum- und Vanillearomen. Die Zahnarztchemie wirkt immer noch nach, denkt er, schade.

Aber Hannah ist auch dieses kleine Opfer wert.

Body & Brain. Sex und Schlagfertigkeit. Deutsch und anbetungswürdig zugleich.

Was für eine einzigartige, sensationelle Mischung.

Viel zu lange hat sie ihr Bett mit einer Frau geteilt.

Viel zu lange hat er sich mit belanglosen Blondinen aufgehalten.

Jetzt hat sie den Gipfel ihrer TV-Karriere erreicht, während er selbst kurz vor dem Scoop seines Lebens …

Piep.

Das Smartphone zerreißt seinen Gedankenfluss.

Er zieht den Pan-Am-Aschenbecher heran, legt vorsichtig seinen Zigarillo ab und öffnet.

Nachricht von 015256264654.

»Morgen Abend, Berlin. 22:00 Zielkoordinaten für Finalisierung. Bestätige Pauschale 150 kgS«.

150 kgS. Hundertfünfzigtausend in kleinen gebrauchten Scheinen. Wie in einem schlechten Fernsehkrimi. Seine Finger rasen über das Display, er sucht und wählt die Handynummer, die er vor wenigen Tagen erst abgespeichert hat.

»Herr Dr. Schönmetz-Vargas? Disponieren Sie, realisieren Sie bitte, es ist so weit! Morgen Abend in Berlin.«

47

Berlin

Leichtfüßig entert Hannah die Bühne vor dem Reichstag. Sie genießt ihr zartes, sanftes Lampenfieberchen, wie sie es bei Generalproben gern nennt: angenehm erhöhte Konzentration und Fokussierung, ohne Nervosität, ohne den typischen stundenlangen Tunnelblick unmittelbar vor der Premiere.

Früher trug sie schon zur Generalprobe hohe Absätze, um selbst die Körperspannung der Premiere so weit wie möglich zu simulieren. Schmunzelnd blickt sie auf ihre schwarzen Sneaker. Flach und bequem, Entspannung erleichtert die Konzentration. Die Körperspannung kennt sie inzwischen aus Erfahrung.

Beleuchter und Kabelträger wuseln durcheinander, dahinter winkt ihr eine kleine Männergruppe fröhlich zu. Sie kennt die Gesichter.

Verbeeck, der Producer, unverkennbar mit seinem grauen Bart und der Prinz-Heinrich-Mütze. Sein gemütliches Äußeres täuscht, wie Hannah weiß. Er ist ein knallharter Profi, eine Institution. Kein deutschsprachiger Sender, für den er in den letzten zwanzig Jahren nicht gewirkt hat.

Neben ihm lachen gerade die ganz hohen Tiere, die Herren Intendanten von ARD und ZDF. Im Freizeitdress, offenes Hemd, ohne Krawatte, geben sie sich heute betont relaxed.

Zwischen ihnen ein kleiner Glatzkopf mit Brille, weißem Poloshirt und der großen bunten Exceltabelle des Regieplans. Herbie, der Ablaufregisseur. Ein Eigengewächs des NDR, auch er seit Jahren ein echtes Ass in seiner Branche.

Schließlich noch Reimers, mit dem unvermeidlichen Axel im Schlepptau. Karen Bergholt, als einzige Frau, wirkt fast etwas verloren.

Eine Runde männlich-forscher Shakehands. »Tach, Frau

Steiner, freue mich sehr auf unsere Zusammenarbeit ... Hallo, Hannah, grüße dich ...«

Herbie zeigt auf den riesigen Fahnenmast vor dem Reichstag. »Damit machen wir auf, die blenden wir ein, vor und nach den Schaltungen ans Brandenburger Tor.«

»Deutschlands Größte«, kommentiert Verbeeck launig.

»Wie?«

»Fahne! Größte Deutschlandfahne der Republik, sechs auf zehn Meter!«

»Ach so, ja klar. Heißt ja nicht umsonst ›Fahne der Einheit‹.« Herbie klopft mit dem Stift auf den Regieplan. »Aber zur Sache, liebe Kollegen, gleich also das letzte große Statusmeeting vor unserer Generalprobe zwanzig fünfzehn.«

»›Deutschland wird 30!‹, die große Infotainment-Nacht; hier auf der Reichstagsbühne die seriöse Hälfte, unsere großen Talk- und Infoblöcke, Moderation Hannah Steiner. Dazu elf Einspielungen, kurze Filmbeiträge, eins dreißig bis drei Minuten, hier vor Ort natürlich auf unserer Videowand zu sehen.« Herbie zeigt mit großer Geste rechts an der Reichstagskuppel vorbei in Richtung Osten. »Achthundert Meter diese Richtung, am Brandenburger Tor die Bühne für unsere Showacts, undichholjetzmaganztiefluft, Helene Fischer, Udo Lindenberg, die Toten Hosen, Herbert Grönemeyer, die Scorpions, Peter Maffay, Silly, Karat, City, die Puhdys undjetzbittenichtlachen«, er schnappt nach Luft, »mit David Hasselhoff!«

Ungläubige Mienen, Hannah kann nicht mehr an sich halten: »Präsentiert von Dieter Thomas Heck, ja?«

Gejohle in der Runde, nur Herbie scheint die Frage ernst zu nehmen. »Natürlich von Anki Beerbaum.«

»Wie oft schalten wir da, von Info- auf Entertainment?«, fragt der ZDF-Mann.

»War ich zu schnell? Wenn Sie mitgezählt hätten: Elfmal, auch dort bespielen wir in den Breaks zwischen den Showacts eine Videowand ...«

Die Probe läuft wie am Schnürchen. Ganz selten nur muss die Regie eingreifen, kurz und knackig, »stopp, Sie kommen doch von dort drüben auf die Bühne«, »hier fehlt eine Markierung«, »Vorsicht, das wirft Schatten an die Wand, hallo Licht?«.

Die professionelle, hoch konzentrierte Atmosphäre beflügelt Hannah. Sie spürt, wie sie im Scheinwerferlicht in ihren ureigenen Flow findet, wie sie immer wieder instinktiv im richtigen Moment die richtige Position einnimmt, ungezwungen und freundlich-souverän; wie sie lächelnd, mit ruhiger Stimme, vom ersten Moment an alles und alle in den Griff bekommt.

Die drei improvisierten Talk-Doubles ebenso wie einen getürkten Zwischenrufer.

»Cut, danke schön! Exzellent, Hannah! In fünfzehn Minuten weiter, wir gehen solange fiktiv rüber zu Anki Beerbaum …«

Hannah reckt kurz den Daumen zur Regie und geht nach hinten ab. Beschwingt federt sie die kleine Treppe hinunter.

Den Cateringstand belagern schon die ersten Kollegen. Sie schnappt sich ein kleines San Pellegrino, zwei Grissini und entflieht damit dem Trubel, geht ein Stück weit in die Nacht hinaus. Auf den stark in Mitleidenschaft gezogenen Rasen namens Platz der Republik.

Die Reichstagskuppel leuchtet.

Fasziniert betrachtet Hannah das nächtliche Ensemble. Der historische Bau, die hell erleuchtete Kuppel, davor die riesige Fahne der Einheit.

Sechzig Quadratmeter feinstes Fahnentuch in Schwarz-Rot-Gold, angestrahlt von tausend Watt.

Die einzige Fahne, die ganz offiziell als Denkmal gilt, erinnert sich Hannah; vor Jahren durfte sie als Volontärin einen Kurzbeitrag verfassen. Eine schwarz-rot-goldene Fahne, die deshalb grundsätzlich nicht auf halbmast gesetzt wird. Nur vier Ausnahmefälle in dreißig Jahren:

Nach den drei großen Terroranschlägen in Paris, Brüssel und New York.

Und nach dem Amoklauf am Erfurter Gutenberg-Gymnasium.

26. April 2002.

Der Tag, der mich genauso prägt wie der 3. Oktober.

Der 26. April 2002 brachte mich bis nach New York zur IANSA.

Der 3. Oktober 1990 brachte mich bis nach Berlin, auf die ganz große Bühne vor dem Reichstag hier …

»Hier bist du, Hannah?«

Erschrocken fährt sie herum.

Axel. Nur mit einem lässig geknoteten Schal über dem Hemd, trotz der mittlerweile frischen Nachttemperatur. Lächelnd hebt er sein Proseccoglas. »Wollte dich nicht erschrecken. Ganz im Gegenteil.«

Das typische lauernde Glitzern seiner Augen, sie kennt es. Sie spürt es mehr, als dass sie es im schwachen Licht hier wirklich sieht.

»Was willst du?«, fragt sie verärgert.

»Dir helfen«, sagt er nach einer kurzen Pause.

»Wieso das? Was soll der Blödsinn, Axel? Muss gleich zurück.«

Er räuspert sich. »Pass auf«, sagt er leise. »Die lassen dich ins offene Messer laufen.«

Fassungslos starrt sie ihn an. »Was? Wer lässt mich ins Messer laufen? Hast du irgendwas eingeworfen?«

Er sieht sich verstohlen nach allen Seiten um, bevor er einen Schritt näher kommt. Sie riecht seinen Sektatem. »Der Überraschungsgast, Hannah. Sie lassen dich ins offene Messer mit ihm laufen.«

»Wieso? Wer kommt denn?«

»Schefczik … sagt dir der Name Klaus Schefczik etwas?«

Er legt den Finger auf seine Lippen. Dreht sich dann abrupt um und geht.

Lässt sie einfach stehen.

Flasche und Grissini rutschen langsam aus ihren Händen.

Vor ihren Augen scheint alles zu verschwimmen; ein Messer, ja, ein Messer, tief und glühend heiß bohrt es sich in ihren Bauch, ein Messer, das einen Namen trägt.

Klaus Schefczik.

Der Stasimörder oder Helfershelfer, ganz egal, der Mann, der in Rottenbach dabei war, der vielleicht sogar vor ihrem Bettchen stand, diesen Verbrecher soll sie lächelnd begrüßen, ihn freundlich befragen, ihm persönlich die Hand schütteln?

Die Fahne der Einheit, permanent angestrahlt, von ihrem eigenen kalten Scheinwerferlicht, sie bläht sich, nur kurz, fast widerwillig.

Schwarz und Gold, diese zwei Extreme ... Der goldene Westen und der arme Osten ... Schau hin ... Sie werden durch das tiefdunkle Rot getrennt ... oder erst richtig verbunden ... Immer breiter wird der rote Streifen, immer breiter, er blutet regelrecht aus ... wie Blut ... Blutvergießen ... Das ist unsere gemeinsame deutsche Tradition!

»Es geht weiter«, quäkt die Regie durchs Mikro, »bitte wieder alle auf die Bühne kommen ... Hannah, wo steckst du denn?«

»Liebe Frau Steiner«, der ARD-Vorsitzende ringt die Hände, »es ist Donnerstagabend, zweiundzwanzig Uhr fünfzehn, in sechsundvierzig Stunden steigt diese Riesenshow, die größte, die es in Fernsehdeutschland jemals gab! Sie können doch jetzt nicht einfach den Krempel hinschmeißen!«

»Und ob ich das kann!« Sie bebt vor Wut und Verzweiflung. »Ich lasse mir doch nicht als Überraschungsgast den Mörder meiner Familie unterjubeln! Was denken Sie sich eigentlich dabei?«

»Mit Verlaub, jetzt machen Sie aber doch mal einen Punkt, bitte hören Sie mir doch ganz kurz auch mal zu, bitte, Frau Steiner!« Ein paar Schweißperlen stehen auf seiner Stirn. Sie presst die Lippen zusammen und schweigt.

»Frau Steiner, ich kann Sie wirklich verstehen, und das ist

weiß Gott keine Floskel. Als allererste spontane Reaktion kann ich das absolut nachvollziehen. Aber bitte, lassen Sie uns gemeinsam einen Schritt weiter denken, bleiben Sie nicht hängen am Überraschungsgast …« Axel schiebt vorsichtig seinen Kopf um die Ecke. »Nein, Herr Maaß, jetzt nicht, wir möchten von niemandem gestört werden!« Der Kopf verschwindet, deutlich schneller, als er erschienen ist.

»Nur zwei Gedanken, Frau Steiner, die für mich persönlich ausschlaggebend waren.« Er reckt den Daumen. »Erstens, dieser Mann war an Alexander Schalck-Golodkowski so nah dran wie kein anderer. Als Zeitzeugen der dunklen Seite, als Advocatus Diaboli, wenn Sie erlauben, finden wir keinen Besseren. Nichts verschweigen, alles entzaubern; das ist doch unser journalistisches Tagesgeschäft, erst recht bei diesem Anlass, in diesem Rahmen! Seriös, professionell, auf allerhöchstem Level, das kann keine so wie Sie, Frau Steiner!«

Hannah will aufbegehren, er lässt sich nicht unterbrechen, streckt Daumen und Zeigefinger aus.

»Kleinen Moment bitte, mein zweiter Gedanke dazu. Wir haben, korrigieren Sie mich bitte, wenn ich nicht up to date sein sollte, wir haben bis zur Stunde keinen einzigen justiziablen Beweis für die Verstrickung Schefcziks in diesen fürchterlichen Mordfall, keinen einzigen! Sollte sich das ändern, liebe Frau Steiner, dann bin ich der Erste, der die Polizei ruft und Klaus Schefczik vor laufenden Kameras verhaften lässt!«

Der ARD-Vorsitzende schnappt sich das Handtuch, das über einem Stuhl hängt; ungeniert wischt er sich in ihrem Beisein über Stirn und Nacken.

»Sie machen es sich so leicht. So verflucht leicht«, sagt Hannah mit brüchiger Stimme.

Er faltet das benutzte Handtuch wieder zusammen, übertrieben sorgfältig. Hängt es akkurat wieder über die Stuhllehne. »Nein, Frau Steiner. Ganz bestimmt nicht. Ich möchte nicht mal den Anschein erwecken.« Er blickt auf seine Uhr. »Geben Sie uns allen hier wenigstens noch eine Chance. Gehen wir in uns. Getrennt. Und dann lassen Sie uns in fünfzehn Minuten noch mal zusammenkommen. Nur Sie und ich.«

»Hat sie das wirklich zu ihm gesagt? Dass sie die ganze Show schmeißen will?« Reimers zieht eine Braue hoch.

Axel greift erneut in das Salzletten-Glas. »Hab es dort drüben mit eigenen Ohren gehört. Jetzt eben, vor zwei Minuten. Ich wollte noch dazwischengehen, aber er hat mich gar nicht mehr reingelassen.«

»Dann brauchen wir also doch einen Plan B«, sagt Reimers. Nachdenklich verschränkt er die Arme hinter dem Kopf.

Axel knabbert. Ein hamsterartiges nervöses Salzletten-Stakkato. »Woran, oder sollte ich lieber sagen, an wen denken Sie?«

Reimers zuckt ratlos mit den Schultern. »Mhmm … muss sagen, da fällt mir eigentlich nur noch eine externe Lösung ein.«

»ZDF?«

»Marietta Slomka. Der würde ich das auf die Schnelle noch zutrauen.«

Axel leert das Salzletten-Glas. »Nicht gut, gar nicht gut. Sollten wir als ARD uns wirklich diese Blöße geben, Chef?«

»Haben Sie eine bessere Idee?«

»Warum in die Ferne schweifen? Sieh, das Gute liegt so nah, achthundert Meter nur. Holen wir einfach Anki Beerbaum herüber. Die Showbühne am Brandenburger, das kann doch jede bessere Praktikantin!«

»Ich kann diese Fahne nicht mehr sehen«, bricht es aus Hannah heraus, »ich kann sie einfach nicht mehr ertragen!« Abrupt dreht sie dem Reichstagsgebäude den Rücken zu.

Karen zieht sie zu sich heran und umarmt sie. »Komm her«, sagt sie leise. »Hier zieht's auch nicht so.«

Hannah legt den Kopf auf ihre Schulter. »Ich bin so leer«, flüstert sie, »einfach nur leer. Völlig am Ende. Weiß überhaupt nicht mehr, wie es weitergehen soll.«

Karen streicht ihr über den Rücken. »Das ist gut. Wenn du

leer bist, ist auch alles Negative, Destruktive endlich wieder draußen. Dann bist du schon kurz vor dem emotionalen Turnaround.«

»Emotionaler Turnaround.« Hannah muss fast lachen, während sie vorsichtig ihre Tränen aus dem Gesicht tupft.

»Natürlich. Bleib authentisch jetzt, bleib ganz bei dir. Sei Hannah, nicht Jana!«

»Wie meinst du das?«

»Zieh das durch. Es ist deine Show. Sonst fällt am Ende noch diesem Ossi-Luder alles in den Schoß. Reicht doch wohl, wenn Axel da schon drinsteckt!«

»Waaas?«

Hannahs Handy vibriert. Widerwillig checkt sie das Display. David Rosinsky. »'tschuldige, Karen.« Sie eilt ein paar Schritte zur Seite. »Ja, David?«

Seine Stimme ist weit entfernt, es rauscht im Hintergrund. »Hey, Hannah, ganz kurz nur, mein Akku schwächelt.«

»Ich versteh dich ganz schlecht! Wo bist du?«

»Bin in Schwechat am Flughafen, ich check gleich ein nach Berlin.«

»Du kommst?«

»Ich komme. Endstation Sehnsucht. Morgen Abend liefert er, Hannah, die Beweise! Die Beweise für Fini und für Rottenbach!«

»Beweise … für Rottenbach?«

»Ja. Und damit grillst du das Arschloch, damit nagelst du ihn Samstagabend ans Kreu…«

Die Verbindung bricht ab.

Hannah lässt ihr Smartphone sinken. Ihr Blick streift Karen, geht hinaus über die Bühne, über die schwarz-rot-goldene Fahne, über die Reichstagskuppel, wandert immer höher.

Hinauf an den Nachthimmel.

Den Himmel über Berlin, den Himmel über Deutschland.

Wo in dieser Sekunde dieselben Sterne funkeln wie vor dreißig Jahren.

Wie vor dreißigtausend Jahren.
Wie vor dreißig Millionen Jahren.

»Haben Sie es sich noch mal durch den Kopf gehen lassen?«, fragt der ARD-Vorsitzende. Leise, zweifelnd, als ob er selbst nicht mehr daran glaubt.

»Ja«, sagt Hannah. »Ja. Ich mache die Show.«

48

Pinzgau

»Ich höre dich mit so einem seltsamen Hall, Clavius. Wo steckst du?«

»Bin in meinem Zerwirkraum, Roger«, sagt Clavius und befühlt vorsichtig die Klinge seines Aufbrechmessers. »Hier kommen wirklich nur handverlesene Anrufer durch. Aktive BND-Kollegen zum Beispiel.«

»Zer-wirk-raum! Sag bloß, du zerlegst gerade ein Stück Wild?«

»Bin kurz davor.« Behutsam, fast zärtlich klopft er mit dem Messergriff am Brustbein des Rehbocks entlang, der direkt vor ihm an seinen Hinterläufen hängt. »Das gönne ich mir noch. Bevor es dann heute Abend wieder zurückgeht nach Berlin.«

Ein unbehagliches Räuspern. »Na gut, jedem das Seine. Wollte dich nur mal kurz, äh, updaten. Weil's ein alter Spezialfall von dir ist.«

Clavius hat das Ende des Brustbeins gefunden. Setzt die Klinge an und markiert spielerisch mit einem leichten Stich. »Lass mich raten. Schalck-Golodkowski, diese never ending story?«

»Richtig. Vor einer Stunde hat uns eine Medienanfrage erreicht. ORF, ein gewisser Rosinsky. Merkwürdige Sache. Will dringend wissen, was uns beim BND über einen Ex-Stasi-Mann Hans-Joachim Stellmacher bekannt ist. Hab ihn natürlich abblitzen lassen, generelle Geheimhaltung, grundsätzlich kein Kommentar, du kennst das ja.«

»Klar. Wo ist dein Problem?«

»Na, wie ich jetzt sehe, war dieser Stellmacher kein Unbekannter. Abteilung für Spezialkampfführung, zuletzt Hauptabteilung XXII des MfS. Wurde schon 1983 mit Lutz Eigendorf in Verbindung gebracht. Zuletzt musst auch du ihn interviewt haben. Am 2. Oktober 1990, in Köckern-Ost. Hier steht aber nur dein Name, kein Protokoll, kein Aktenvermerk, nichts. Nur noch ganz lapidar: Einstellung aller Verfahren gegen Stellmacher, am 25. Oktober 1990.«

»Köckern 1990«, sagt Clavius langsam. »Lass mich nachdenken. Interviews am Fließband waren das damals. Keine Ahnung, warum da die Akte nicht mehr hergibt. Erinnere mich noch ganz verschwommen, dass wir den einen oder anderen Fall an die Alliierten abgeben mussten. Aber egal. Alles richtig gemacht, Roger ... Ja, natürlich. Danke für deinen Anruf. Wir bleiben in Kontakt, bis bald.«

Es knackt in der Leitung.

Es knackt im Brustbeinknorpel, als er mit fest zusammengepressten Lippen das Messer in den Rehbock jagt.

49

Berlin

Einundzwanzig Uhr zweiundfünfzig. Rosinsky macht den Motor aus.

Hier, in dieser kleinen Parkbucht, wird er jetzt auf Empfang bleiben. Der Handy-Akku ist geladen, der Ton auf MAX. Hinter seinem Sitz, er tastet noch mal blind danach, ist ein schwarzer Oakley-Rucksack versteckt.

Hundertfünfzigtausend in kleinen gebrauchten Scheinen.

Feiner Nieselregen perlt unaufhörlich über die Windschutzscheibe seines silbergrauen Sixt-Mini und lässt die Lichter draußen langsam verschwimmen. Er stellt den Kragen seiner Jacke hoch, rutscht tief in seinen Sitz hinein.

Im leise gestellten Radio läuft tatsächlich The Band.

Meine erste Live-CD, 1983 gekauft, »The Last Waltz«. Wie hat mich diese ekstatische Hymne fasziniert, diese Session absoluter Superstars. Bob Dylan, Ringo Starr, Ronnie Wood, Joni Mitchell, Neil Young, Neil Diamond, Ronnie Hawkins, Van Morrison.

»I see my light come shining
From the west unto the east.
Any day now,
Any day now,
I shall be released …«

Sein Magen knurrt, nervös und laut. Rosinsky greift nach der Chipstüte auf dem Beifahrersitz. Crispy Chips Sea Salt, kurz vor Ladenschluss noch im KosherLife-Supermarkt Berlin-Mitte geholt.

»Standing next to me in this lonely crowd,
Is a man who swears he's not to blame.
All day long I hear him shout so loud,
Crying out that he was framed ...«

Keiner ist schuld. Jeder ist nur reingelegt worden.

So geht das seit Jahrtausenden.

Piep.

Er schmeißt die Chipstüte zurück, schnappt wie elektrisiert das Handy.

»GC5G+QH Berlin. 22:30«.

Ein Plus Code für Google Maps.

Köpenicker Straße 40, an der Spree.

Berliner Eisfabrik.

Schnell auf Google Bilder: ein heruntergekommenes, verwahrlostes Fabrikgelände; umgeben von Heras-Gitterzäunen, die teilweise selbst schon überwuchert und eingewachsen sind.

Ein klassischer lost place.

Ein verlassener, aufgegebener Ort, der allein deshalb allerlei zwielichtige Typen anziehen kann. Junkies, Obdachlose, Hobbyfotografen.

Was bezweckt er damit? Bloße Einschüchterung?

Rosinsky tastet nach seinem Bauchgurt, zum x-ten Mal heute, spürt die geladene und gesicherte 6,35er. Seine Gedanken rasen.

»16 Minuten (5,9 km)«, zeigt der Routenplaner.

Er teilt den Link mit Hannah und schickt nach kurzem Zögern noch ein Herz hinterher.

Das erste seit Belinda.

Bedächtig greift er nach dem Gurt, schnallt sich an und startet den Mini.

»Any day now,
Any day now,
I shall be released ...«

Hannah sitzt angezogen auf ihrem Hotelbett, eingekuschelt in die Decke. Nichts mehr riskieren, heißt die Devise. Die Klimaanlage lässt sich nicht regulieren, sie könnte jetzt, am Vorabend der Show, noch die Stimme angreifen.

Ein GAU vor dieser, in jeder Hinsicht, historischen Show.

Sie betrachtet die Papiere, die sie um sich herum auf dem Bett ausgelegt hat.

Checkliste, Timeline, Bühnenplan.

Zwölf orangefarbene Moderationskärtchen.

Plus eine einzige gelbe. Gelb wie das Schnatterinchen ihres Bruders, das neben ihr auf dem Nachttisch sitzt.

Ein gelbes Kärtchen, mit Stichworten, Pfeilen und Halbsätzen für ihr persönliches Statement.

Für das Coming-out der Jana Borkow.

Es muss sich in das Schefczik-Interview einbauen lassen. Stundenlang hat sie heute über den dramaturgisch richtigen Zeitpunkt gegrübelt. Gleich zu Beginn des Interviews ein shocking effect zur Überrumpelung?

Nein. Er soll sich sicher fühlen. Aus sich herausgehen, erst mal aus dem Nähkästchen plaudern.

Damit der Schock umso größer ist.

Aber verpufft das Coming-out dann nicht? Wenn das Interview schon beendet ist, wenn *er* nicht mehr live reagieren muss?

Zu viel hängt ab von den Beweisen, die David heute Nacht oder morgen früh liefern wird. Sie muss die Beweislage prüfen, bewerten und in allerletzter Minute darauf das ganze Interview aufbauen.

Momentan hängt alles in der Luft.

An ihr übliches Vorabendritual, heiß baden und früh ins Bett gehen, ist heute nicht zu denken. Hannah ist hellwach. Wieder greift sie nach dem Handy, will die Uhrzeit sehen.

Der Piepton erschreckt sie bis ans Herz, fast lässt sie das Handy fallen.

Ein Link.

»Schnellste Route trotz üblicher Verkehrslage 16 Minuten (5,9 km)«.

»Zur Berliner Eisfabrik, Köpenicker Str. 40«.

Ein kommentarloses Herz.

Hannah springt auf. Geht ans Fenster und wieder zurück zum Bett.

Zweiundzwanzig Uhr zwei.

Nein, ich kann hier nicht ruhig sitzen bleiben und warten. Völlig unmöglich.

Sie greift zum Zimmertelefon. Bestellt ein Taxi.

Schlüpft schnell in ihre Puma-Laufschuhe und zieht einen schwarzen Blouson an.

Setzt eine schwarze Calvin-Klein-Cap auf, zieht sie tief in ihr Gesicht.

Handy, Geldbeutel, Licht aus.

Wieder mal kein Lift, wenn man ihn braucht. Kurz entschlossen eilt sie die Treppe hinab.

»Sie haben Ihr Ziel erreicht.«

Von wegen, denkt Rosinsky.

Irgendwo im Niemandsland zwischen Friedrichshain und Kreuzberg. Auf der anderen Seite der Straße das verlassen wirkende Autonome Kulturzentrum Köpi.

Im Scheinwerferlicht vor ihm die alte Eisfabrik. Ein Ziegelbau mit meterhohen eingeworfenen Fenstern, in deren Rahmen nur noch kleine Glasreste stecken.

Bauzäune ziehen sich an den Mauern entlang, Unkraut und Gebüsch wuchern.

Ein Stück weiter vorn entdeckt er eine Art Feldweg, der näher an die Fabrik heranzuführen scheint. Er überlegt kurz, dann biegt er ab und rollt im Schritttempo über die morastige Fahrspur. Der Weg nimmt eine Kurve, dann führt er hinter einer wilden Hecke nur noch an Bauzaun und Gebäude entlang.

Noch eine Kurve. Plötzlich ein Hindernis, quer über dem Weg liegt ein umgeworfener Bauzaun.

Das kann ja wohl kein Zufall sei... Er hat den Gedanken noch nicht zu Ende gedacht, als urplötzlich die Tür aufgerissen wird.

Klein, zerfurcht, krumme Nase, dicke Lippen.

Sieht aus wie Belmondo.

»Rosinsky?«

»Zur alten Eisfabrik?« Der Taxifahrer, ein gepflegter junger Bartträger mit dezentem Eau-de-Toilette-Wölkchen, mustert Hannah skeptisch-interessiert. »Sind Sie ein Urban Explorer?«

»So ähnlich.« Hannah stört sich erst an der typisch Berliner Neugier, die in seltsamem Kontrast steht zu seiner offenbar albanischen oder kosovarischen Herkunft. »Durim Hoxhaj«, steht auf dem Visitenkärtchen am Armaturenbrett. Vielleicht brauche ich ihn noch, denkt sie dann. »Ich muss jemand finden, der dort auf mich wartet. In fünfzehn Minuten spätestens. Ist so eine Art Wette zwischen uns.«

»Fünfzehn Minuten? Na, dann wollen wir mal«, grinst Durim, zieht auf die linke Spur.

Das Taxi braust über die Leipziger Straße, weit vorn schaltet die Ampel an der Kreuzung Wilhelmstraße auf Gelb. »Mist«, flucht Durim leise, »die schaffen wir nicht mehr!«

Rechts jetzt das Detlev-Rohwedder-Haus. Unauffällig, langweilig, denkt Hannah, aber was für eine Geschichte hat dieser riesige Bau.

Hier saß der fette Nazi Göring drin, als Reichsluftfahrtminister.

Hier drin wurde 1949 die DDR gegründet.

Hier hatte die Treuhand ihren Sitz.

Und jetzt residiert der Bundesfinanzminister da.

»Wo ist die Kohle, Rosinsky?«

Die Stimme ist rau, der mattschwarze Pistolenlauf schimmert. Eine Handbreit nur vor seinem Herzen.

Leichter sächsischer Akzent, es muss der Anrufer Steindling

sein, der jetzt mit untergeschlagenem Bein auf dem Beifahrersitz neben ihm hockt.

Klein, gedrungen, muskulös; unter der schwarzen Dockermütze ein faltig-unrasiertes Gesicht, mit wulstigen Lippen und seltsam schief stehender Boxernase.

Belmondo für Arme.

Speckige Lederjacke, grauer Kapuzenpulli.

Ein Mief aus Fritteuse, Hund und Kettenraucher.

»Hier unten«, sagt Rosinsky und zeigt mit der erhobenen Rechten ganz langsam hinter seinen Sitz, »im Rucksack.«

Der Pistolenlauf zuckt, kurz und gebieterisch. »Raufholen. Zeig mir deine Scheinchen. Aber ganz vorsichtig.«

Langsam zieht Rosinsky den Rucksack nach vorn auf seinen Schoß und öffnet den Reißverschluss.

Die Pistole in der Rechten zeigt unverwandt auf ihn, die Linke wühlt in den Geldbündeln. Zieht wahllos eines heraus. »›Erste Group Bank AG Wien‹?«, liest er fragend ab. Reißt dann die Banderole auf, knüllt die Scheine leicht zusammen. »Gut. Keine Farbpatronen, kein Zeitungspapier.« Er wühlt weiter, sein rechter Zeigefinger bleibt am Abzug. »Okay. Hundertfünfzig, das kommt hin.« Er lässt die Pistole sinken. »Entspann dich, Rosinsky. Vertrauen ist gut, Kontrolle ist besser.«

»Stalin«, murmelt Rosinsky. Langsam nimmt er seine Hände wieder herunter. »Was hast du für mich?«

»Die Eisfabrik.« Durim bremst ab und zeigt nach rechts in die Nacht hinaus. »Da isse. Macht fuffzehn neunzig, Lady.«

Hannah erkennt durch das regennasse Seitenfenster nur schemenhaft einen Fabrikschornstein und ein unbeleuchtetes großes Gebäude, von Wildnis und Bauzäunen umzingelt. Fragend schaut sie ihn an.

»Wo geht's da rein?«

»Gar nicht«, brummt er. »Jedenfalls nicht legal.«

Zögernd zückt sie einen Zwanziger. Überlegt kurz, ob sie sich herausgeben lässt.

»Stimmt so. Warten Sie hier auf mich?«

»Why not? Dreißig pro angefangene Stunde.«

Hannah nickt, gibt sich einen Ruck und steigt aus.

Kalter Wind bläst ihr ins Gesicht. Sofort bereut sie ihre Bauchentscheidung wieder. Fröstelnd zieht sie den Reißverschluss hoch und stopft die Hände in die Taschen.

Was soll das, was mach ich hier eigentlich, hab nicht mal eine anständige Taschenlampe dabei ... Zweiundzwanzig Uhr dreißig, sollte lieber ins Bett gehen ... David ist doch der Investigativjournalist, der braucht keine Mama, die ihm über die Schulter sieht. Und dieses Mistwetter stand auch nicht in der Wetter-App ... Aber ich kann mir doch jetzt nicht die Blöße geben und wieder ins warme Taxi schlüpfen, wo ich schon mal da bin ...

Missmutig stapft sie im Restlicht der Straßenbeleuchtung auf den Bauzaun zu. Irgendwo muss eine Lücke sein, eine illegale.

Ihr Handy schweigt. Kein Update, keine neue Nachricht. Sie schaltet auf Taschenlampe.

Über Gras und Maulwurfshügel huscht der schwache Lichtstrahl, tastet sich vor bis zum Gitterzaun. Auf der Ziegelmauer dahinter alte Graffitis; unleserliche Tags und verblasste Parolen: »Auch im Osten trägt man Westen«. »No deportation now«.

Wo soll da eine Lücke sein?, fragt sie sich verärgert. Erneut beginnt es zu regnen, der böige Wind treibt ihr ein paar schwere Tropfen ins Gesicht. »Fuck!« Sie zieht den Kopf ein, bleibt stehen und dreht sich um. Das Taxi ist gerade noch in Sichtweite.

Abbruch. Es reicht.

Keine zweiundzwanzig Stunden mehr bis zur Show, und ich treib mich hier bei Nacht und Nebel im Regen herum.

Durim zieht amüsiert die Brauen hoch, als Hannah zurückkommt. »War wohl nix?« Er legt sein Smartphone weg, sie sieht gerade noch das bwin-Logo, und startet den Motor. »Weiter vorn muss es übrigens noch eine Zufahrt geben.«

»Wo?«

»Müsste gleich kommen ... Da, hier geht's rein! Sollen wir?«
»Moment, ich seh doch gar nichts.« Sie fährt ihre Scheibe herab. »Was ist das für ein Licht, da steht doch ein Auto hinter der Hecke?«
Er beugt sich hinüber. »Sieht so aus.«
Ein dumpfer Knall peitscht durch die Regennacht.
Das muss ein Schalldämpfer sein.
»Daaviid!«

Rosinsky spürt ungläubig etwas Warmes, Feuchtes unter seinen Fingern.
Blut.
Aus meinem Bauch.
Und draußen verschwindet Belmondo in die Berliner Nacht. Mit meinen hundertfünfzigtausend.
Er hat tatsächlich geschossen ...
Hab doch blitzschnell reagiert, seine Waffe weggedrückt, als er auf meinen Kopf gezielt hat ... Dann löst sich dieser verfluchte Schuss, explodiert unter meinen Rippen ... Ist das die Leber, Milz, irgendwelche Schlagadern ... Dann verblute ich hier ... Wieder mal ein Jude in Berlin ermordet ... Zur Feier der Deutschen ... habt ihr ihn endlich gerächt, euren SS-Mann, den meine Bobe 1938 am Nestroyplatz in Wien erschossen hat ... Oh Mann, warum tut das so weh ...? Eine schmutzig braune Hand, die sich quer durch meinen Bauch wühlt ... Licht, da kommt Licht immer näher draußen, ist es schon so weit, bin ich so schnell verblutet ...
Die Tür wird aufgerissen.
Ein Engel ... ein blonder Engel ... Aber warum hat der Engel Angst, warum schreit er mich so an ...?
»David, David!«

»Sein Blutverlust ist ziemlich hoch«, sagt der Notarzt. Ein hohlwangiger Mittdreißiger, seine tief liegenden Augen fixieren Hannah.

Nein, du kennst mich nicht, ich bin nicht die, für die du mich hältst.

»Kommt er durch?«, fragt sie mit belegter Stimme.

»Wir fahren ihn jetzt in die Klinik«, weicht er aus. »Dort ist er in besten Händen. Wird sofort operiert und versorgt.«

»Kommt er durch?«, wiederholt sie.

Im Scheinwerferlicht des Rettungswagens gleißen die Reflektoren seiner Einsatzjacke. »Fifty-fifty.«

»Wo bringen Sie ihn hin?«

»St. Hedwig.«

Klingt nach letzter Ölung.

Nach Aufbahrung.

»Rufen Sie morgen Mittag mal an. Alles Gute.« Er deutet einen Gruß an und steigt dann schnell ein.

Mit zuckendem Blaulicht wendet der RTW und pflügt durch den Morast zurück auf die Köpenicker Straße, wo er sofort Gas gibt und das Martinshorn zuschaltet.

Hannahs Hand umklammert krampfhaft die spielzeughaft kleine Pistole in ihrer Blousontasche.

David Rosinskys Erbstück.

Sein ganzer Stolz, sein Familienstolz. Dieser kleine Klumpen Metall. Todbringendes Metall. Einem plötzlichen Impuls gehorchend, hat sie es aus seinem Bauchgurt gezogen.

Um es vor Sanitätern und Polizei in Sicherheit zu bringen. Um es für ihn zu retten.

Oder, besser noch, um es endgültig unschädlich zu machen.

Ihre Beine fühlen sich tonnenschwer an, als sie über die nasse Wiese langsam zurück zu ihrem Taxi geht.

»Zum Hotel«, sagt sie leise und starrt reglos auf den Timer ihres Smartphones.

Noch 21:20:04 Stunden.

50

A 9, Richtung Berlin

»Null Uhr, einunddreißig Minuten, keine Störungsmeldungen, wir wünschen weiter freie Fahrt. Bei uns in der ARD-Hitnacht geht's weiter mit Engelbert, Tom Jones und zunächst den Three Degrees, aus dem Jahr '73, ihr ›Dirty Ol' Man‹!«

Schefczik klopft ans Lenkrad und summt mit. Es war die richtige Entscheidung, den Flieger nach Berlin zu stornieren und lieber den frisch ausgelieferten Mercedes Benz GLE zu nehmen. Ein Genuss, mit welcher Laufruhe der große SUV seine dreihundertsiebenundsechzig PS auf den Asphalt bringt.

Linke Spur, hundertfünfundneunzig Stundenkilometer; immer noch Muße genug, um entspannt mit den vierundsechzig Farben der Ambientebeleuchtung zu spielen. Dazu der göttliche Geruch der in einer Grazer Manufaktur handgenähten Ledersitze; ihr Tiefseeblau changiert im Licht der wechselnden Displayfarben.

Im Scheinwerferlicht taucht wieder ein blau-weißes Schild auf. Geradeaus weiter zum Dreieck A 10/A 9 Berlin und Potsdam, nächste Abfahrt Beelitz-Heilstätten/Fichtenwalde.

Beelitz-Heilstätten, ausgerechnet.

Wo Erich und Margot Ende 1990 noch drei Monate ausharrten, bevor sie nach Moskau ausreisen durften.

Beelitz-Heilstätten. Wo auch die Russen ihren Sitz hatten. Die 105. Militärkommandantur der Roten Armee.

Er verlangsamt das Tempo, wechselt auf die rechte Spur. Versucht vergeblich, einen Blick durch das Dunkel der Nacht zu erhaschen, in die Kiefernwälder direkt neben der A 9. Urplötzlich steigt sie wieder vor ihm auf, jene alptraumhafte Vollmondnacht im heißen August 1983.

Gemeinsam mit Maik Born und Udo Helmes, zwei weiteren

NVA-Unteroffiziersschülern, entdeckt er auf dem Heimweg von einer privaten Feier zufällig die seit Tagen vermisste russische Offiziersgattin Anastasja Ivonenka. Zu dritt folgen sie ihr heimlich bis in eine Kleingartenanlage, wo sie von einem Unbekannten in einem Bungalow erwartet wird. Helmes informiert die Militärkommandantur. Keine zehn Minuten später prescht ein Wolga GAZ-24 über den staubigen schmalen Weg heran. Ein leibhaftiger Generalmajor steigt aus. Andrej S. Ivonenko persönlich. Er tritt die Tür ein, überrascht das nackte Pärchen im Bett, zückt wortlos seine 9 mm Makarow und tötet den Mann mit zwei Kopfschüssen; Blut, Knochensplitter und Hirnmasse spritzen über das Kopfkissen, an das gerahmte alte Familienfoto an der Wand, auf die gehäkelte weiße Tischdecke. Ivonenko dreht sich wortlos um und geht zurück zum Auto. Die bildhübsche Russin kauert hysterisch weinend beim Toten.

»Was ist mit ihr, was sollen wir mit ihr machen?«, schreit Born ihm nach.

Nie wird Schefczik die Worte vergessen, die Ivonenko ausspuckt, als er wieder in den Wagen steigt.

»Delajs nej chto khochesh.«

Macht mit ihr, was ihr wollt.

Zweiundzwanzig Jahre später dann, 2005, zu Hause in Kitzbühel, in der Tennislounge, auf dem Bildschirm in der Bar, Aktenzeichen XY: »Mysteriöser Fund eines weiblichen Skelettes bei der Erweiterung des Truppenübungsplatzes Beelitz«. Eine 3D-Gesichtsrekonstruktion, die ihm, als er wie versteinert am Tresen sitzt, eiskalte Schauer über den Rücken jagt. Täuschend echt, bis auf die Frisur.

Er schüttelt sich; unbehaglich, widerwillig, trotzig.

Nein, sie hat es nicht anders verdient. Ivonenkos Entscheidung. Ihn, den Generalmajor, hat sie gehörnt! Der Lächerlichkeit preisgegeben! Er hätte sie, ohne mit der Wimper zu zucken, auch auf der Stelle liquidieren können.

Delajs nej chto khochesh! Macht mit ihr, was ihr wollt!
Schefczik zieht wieder hinüber auf die linke Spur, tritt das Gaspedal jetzt bis zum Anschlag durch.

Nichts anderes haben wir gemacht. Und ich selbst war doch nur ganz kurz in ihr drin, nicht mal bis zum Schluss! Habe dann nur noch beim Verstecken und Eingraben geholfen, mehr war doch gar nicht!

Saubere Hände!

Genau wie bei Rolf und Moni in Rottenbach.

Der Blankoscheck kam von Alex. »Dann macht, was ihr vor Ort für erforderlich haltet, aber geht verdammt noch mal auf Nummer sicher!« Die Drecksarbeit erledigte Stellmacher.

Ich war überhaupt nicht drin! Ich habe nur im Auto gewartet! Wo Jo dann sein Souvenir vergessen hat, dieses gelbe Schnatterinchen …

Nein, auch Rolf und Moni, haben es nicht anders verdient. Selbst schuld! Eiskalte Erpressung; den Sozialismus und seine letzten verbliebenen Bannerträger mit Füßen getreten, politische und wirtschaftliche Interessen beider Seiten gefährdet … Ja, ich bleibe dabei, ihr wart nur ein unvermeidbarer Kollateralschaden der deutschen Einheit.

Und euer Erstgeborener eben ein »Kollateralschaden des Kollateralschadens«.

Abhaken.

Auf zu Hannah Steiner. Diesem dummen, blonden TV-Püppchen. Dieser künstlich empörten Gutmenschin.

Mit ihrer krankhaft-lächerlichen Aversion gegen Schusswaffen …

»… bei uns geht's weiter durch die Nacht mit Johnny Cash und ›I Walk the Line‹!«

»… because you're mine, I walk the line!« Stellmacher ächzt leise mit, während er versucht, den prall gefüllten Rucksack unter sein Hotelbett zu quetschen. Endlich.

Schwerfällig steht er auf. Er öffnet die Minibar, mustert desinteressiert Pils, Piccolo, Wein und Billigwhisky, bevor er sich eine Cola herausnimmt.

Hundertfünfzigtausend.

Das ist er, das ist sein längst überfälliger, sein ganz persönlicher Jackpot!

Ärgerlich nur, dass der Schuss verrutscht ist und das beschissene Taxi plötzlich ankam. Was ist, wenn der Jude am Ende überlebt …?

Egal, die große Kohle ist in Sicherheit, die habe ich.

Und nicht nur die, nein, viel mehr noch: eine Info, eine Insider-Info, die ich Rosinsky entlockt habe.

Die Gold wert ist.

Eine Info, die Herrn Major a. D. Klaus Schefczik in Furcht und Schrecken versetzen wird. Für die ich eigens meinen Plan ändere. Nur um Schefczik auch öffentlich noch mal leiden zu sehen. Vor Millionenpublikum.

Hannah Steiner ist der Fratz, der Rottenbach überlebt hat! Und alle glauben, dass Schefczik im Haus war.

Was wird das für ein einmaliges Schauspiel vor laufenden Kameras.

Das gönn ich dir.

Und mir! Dieses Live-Spektakel werd ich mit großem Genuss verfolgen.

Bevor ich dir den Gnadenstoß versetze.

Er räkelt sich in seinem bequemen Sessel. Ein satter Cola-Rülpser entfährt ihm. Plötzlich spürt er die Erschöpfung, die Anspannung, die ihn den ganzen Tag unter Strom gehalten hat. Immer schwerer werden seine Augenlider und fallen schließlich ganz zu, während gleich neben ihm »Una Paloma Blanca« in den Himmel der ARD-Hitnacht steigt.

51

Berlin, 3. Oktober

07:35 Uhr.

Sie hat sich das Frühstück auf ihr Zimmer kommen lassen. Ein kleines Bircher-Müsli, etwas Obst, grüner Tee und Wasser. Vier Stunden Schlaf nur, bleiern schwer und traumlos. Doch der Schlafmangel selbst lässt sie kalt. Sie weiß, dass allein das Adrenalin, das professionelle Lampenfieber ausreichen würden, um sie fokussiert durch die Show zu tragen.

In zwölf Stunden, vierzig Minuten.

Doch heute geht es um mehr.

David lebt.

Das hat man ihr vorhin am Telefon gesagt. Er hat die Not-OP gut überstanden, ist aber noch lange nicht über den Berg. Die nächsten vierundzwanzig Stunden entscheiden. Keine Besuche, absolute Ruhe.

Sie wird alle sechs Stunden wieder anrufen. Mindestens.

10:15 Uhr.

Es kracht und knistert in der Leitung, als sich Dr. Börnssen, der ARD-Chefjustiziar, kräftig räuspert. Sie kennt das typische Geräusch, sofort sieht sie den weißhaarigen Pfeifenraucher vor sich sitzen.

»'tschuldigung, liebe Frau Steiner! Danke für Ihr Vertrauen, Ihre Geschichte macht mich persönlich sehr betroffen. Ganz allgemein: Natürlich können Ermittlungen auch nach dreißig Jahren wieder aufgenommen werden. Mord verjährt schließlich nicht. Allerdings wird jeder Staatsanwalt nach belastbaren neuen Erkenntnissen fragen, von Beweisen will ich noch gar nicht reden. Und genau da, liebe Frau Steiner, scheint mir der Hund begraben zu sein. Wenn ich Sie recht verstehe, gibt es bislang nur diesen anonymen Anrufer? Der eine mögliche Tatbeteiligung dieses Herrn Schefczik an einem möglichen, bislang ebenfalls nicht bewiesenen Mord behauptet hat?«

»Also sind die Chancen für eine Festnahme oder Verhaftung gleich null?«

»Aktuell, unter diesen Umständen, ein ganz klares Ja, liebe Frau Steiner. So leid mir das natürlich ganz persönlich tut, gerade für Sie und für Herrn Rosinsky.«

Sie schweigt, ihre Gedanken rasen.

Börnssen räuspert sich wieder. »Darf ich Ihnen einen Rat geben, Frau Steiner?«

»Natürlich.«

»Lassen Sie sich zu nichts hinreißen oder provozieren. Sie sind live drauf, vor zwanzig Millionen oder mehr.«

»Ist mir durchaus bekannt. Worauf wollen Sie hinaus?«

»Bleiben Sie so beeindruckend souverän und cool wie immer. So wie Sie ganz Fernsehdeutschland kennt.«

»Und wenn nicht?«

Börnssen seufzt. »Dann denken Sie an das legendäre Ackermann-Interview und Leo Kirch. Sie wissen doch, die Deutsche Bank musste am Ende eine Milliarde zahlen. Ackermann privat über drei Millionen. Ein Stasi-Mann, ein offensichtlich mit allen Wassern gewaschener Geschäftsmann wie dieser Schefczik, würde doch ARD, ZDF und Sie ganz persönlich mit Schadenersatzklagen und Schmerzensgeldforderungen nur so überhäufen. Sobald Sie ihm öffentlich eine Straftat unterstellen. Oder ihn auch nur in die Nähe einer solchen rücken.«

»Verstehe. Danke, Herr Dr. Börnssen.«

»Immer wieder gern, Frau Steiner. Alles Gute und toi, toi, toi für Ihren großen Abend heute!«

Sie legt auf.

Greift nach dem Schnatterinchen auf ihrem Nachttisch und drückt es fest an ihre Brust.

Dann bricht sie in Tränen aus.

11:35 Uhr.

Stellmacher fläzt in Unterhemd und Unterhose auf dem Bett und zappt durch die Programme.

Immer gleiche, langweilige Liveaufnahmen vom »Bürgerfest«, Touristenmassen, die sich über die Straße des 17. Juni schieben, immer wieder kurze Einspieler, »Leute, so war das vor dreißig Jahren!«.

Er kann es nicht mehr hören, er will es nicht mehr sehen.

AUS.

Ein Blick in die Minibar. Mars, Kitkat, Ültjes.

Die Ültjes müssen dran glauben. Gierig reißt er das Tütchen auf und stopft sich eine Handvoll gesalzener Erdnüsse in den Mund.

Gleich darauf wieder der reflexartige Griff unter das Bett; unbewusst und monoton.

Wie ein Lokführer, der seinen Totmannknopf bedient.

Der pralle Rucksack liegt unverändert an seinem Platz.

Hundertfünfzigtausend.

Dazu dieser irrsinnige, unvergessliche Moment in Rosinskys Mini, die ungläubig aufgerissenen Augen des vermeintlichen Profis aus Wien. Der so besessen war, dass er allen Ernstes die lange angekündigten finalen Beweise erwartete, für Fini und für Rottenbach.

Um stattdessen ein zweites Mal in den Lauf der 7,65er Walther PPK zu blicken.

Seine Reaktion war schnell, aber eben nicht schnell genug.

Hundertfünfzigtausend.

Plus zwanzigtausend Vorschuss von Clavius. Dazu kommen noch je dreißigtausend von Schefczik und Clavius. Macht zweihundertdreißigtausend insgesamt.

Reicht locker für das kleine Fischerhäuschen auf Lošinj. Die Sonneninsel in der jugoslawischen Adria, sein Sehnsuchtsort seit Kindheitstagen. Seit er 1970, zusammen mit anderen asthmakranken Kindern aus der DDR, zur Kur dort war. Und geheilt wieder zurückkam.

Ein Häuschen in Veli Lošinj. Ein Jeep, ein Roller, ein großer Hundezwinger.

Mehr braucht ein Mann nicht.

Nüsse kauend steht er auf und schlendert auf Strümpfen ans Fenster.

Berlin. Westberlin, um genau zu sein. Die Stadt, die früher nur eine Himmelsrichtung kannte.

Rundherum Osten.

Grauer Himmel hängt jetzt über ganz Berlin.

Passt doch. Gibt sowieso keinen Grund zum Feiern heute. *Wegen mir kann's Backsteine regnen.*

Er schüttet sich die restlichen Erdnüsse in den Mund, knüllt das Papier zusammen und wirft es Richtung Papierkorb.

Knapp vorbei.

Ärgerlich bückt er sich und versenkt es aus nächster Nähe. *Wird mir kein zweites Mal passieren.*

12:21 Uhr.

Langsam geht Hannah auf das St.-Hedwigs-Krankenhaus zu. Neugotische Spitzbögen, grüner Efeu breitet sich aus.

Rote Klinkerfassade.

Wie gestern Nacht. Nur ohne Graffiti.

Ihre Knie werden weich.

Ich will da rein, ich muss zu ihm. Ihn unbedingt sehen. Selbst wenn es nur ganz kurz ist, selbst wenn es das letzte Mal ist … Nein, das darf nicht sein …!

»Waterloo«. Ein Stich ins Herz.

Ich wollte es doch im Taxi schon ausschalten und in den Flugmodus gehen. Ärgerlich kramt sie in ihrer Tasche, reißt das Smartphone heraus. Es rutscht ihr aus der Hand, fällt auf den Asphalt.

Erschrocken bückt sie sich und hebt es auf. Kein Glasschaden, zum Glück. Auf die richtige Seite gefallen. Nur das Gespräch ist weg.

Auslandsnummer, Schweiz – Jane Bukoleya! Muss ich später unbedingt noch zurückrufen, meine Bedenkzeit für den UN-Job ist um. Seufzend geht sie offline.

»Sein Fieber steigt plötzlich«, sagt die Ärztin mit hartem russischem Akzent. »Dr. Kaufman«, mit einem »n«, steht auf ihrem Namensschild. »39,3 aktuell, trotz Medikamenten. Ist nicht gut. Gar nicht gut. Habe ich nicht erwartet.«

Hannah schluckt. Er schläft. Ihr Blick hängt an Rosinskys unrasiertem Gesicht, in dem verschwitzte grau melierte Locken kleben. Infusionsschläuche, Kabelgewirr, Monitore. Seine Hände ruhen auf der Bettdecke.

Hände, beim ersten Mal schon zärtlicher und wissender, als die von May es jemals waren.

Sie streckt ihren Finger nach ihm aus.

Trifft nur die kalte Glasscheibe.

Hamburg, New York, Rottenbach, Wien, Berlin.

David. May. Sabine, Theo. Emma Parker, Jane Bukoleya. Axel, Reimers, der ARD-Chef. Klaus Schefczik. Monika und Rolf-Peter Borkow, Stefan Borkow.

Jana Borkow – Hannah Steiner.

Ein Tsunami aus Gesichtern, Namen und Gefühlen; aus Hoffnung, Enttäuschung, Glück, Angst. Inmitten dieses ganzen Stimmengewirrs im Foyer eines Berliner Krankenhauses. Sieben Stunden vor der Show.

Dreißig Jahre danach.

Leichter Schwindel erfasst sie.

»Zur Marienkapelle«. Ein unscheinbares, kleines Schild.

Spontan folgt sie dem Wegweiser.

Schmal, hoch und strahlend weiß.

Tiefe Stille umfängt sie.

Sie bleibt stehen, schließt ihre Augen. Spürt, wie sie mit jedem Atemzug ruhiger wird.

Endlich macht sie die Augen wieder auf. Zögernd schreitet

sie durch den Mittelgang, über bunte Mosaikfliesen mit den vier Elementen Erde, Feuer, Wasser und Luft, bis ganz nach vorn. Schüchtern setzt sie sich auf die erste Bank.

Maria und das Jesuskind. Ein schlichter grauer Altartisch. Ein Lesepult mit Mikrofon.

Hoch über dem Altar ein lebensgroßes Kruzifix. Von dünnen, kaum sichtbaren Stahlseilen gehalten, scheint es im Raum zu schweben. Angestrahlt vom göttlichen Auge der Vorsehung, aus dem mächtigen Spitzbogenfenster der Wand hinter dem Altar.

Gibt es eine Vorsehung? Was hält sie alles noch bereit für mich?

Sie möchte etwas tun, was sie noch nie getan hat, in einer Kirche ein Kerzenlicht anzünden. Suchend blickt sie sich um. Ist das nicht üblich bei den Katholiken?

Keine Opferkerzen, nichts.

Könnte eine Brandschutzauflage sein, überlegt sie und ist schlagartig wieder zurück im Hier und Jetzt. Ist schließlich eine Krankenhauskapelle.

Ein kleines buntes Kärtchen liegt hinter ihr, neben einem einsamen, vermutlich vergessenen Gesangbuch. Neugierig nimmt sie es. Irgendein Sinnspruch oder Gebet. Taugt vielleicht als Erinnerung an diesen speziellen Moment heute.

Wer bin ich?
Bin ich das wirklich, was andere von mir sagen?
Oder bin ich nur das, was ich selbst von mir weiß?
Wer bin ich? Der oder jener?
Bin ich denn heute dieser und morgen ein anderer?
Bin ich beides zugleich?
Wer bin ich? Einsames Fragen treibt mit mir Spott.
Wer ich auch bin, Du kennst mich, Dein bin ich, o Gott!
(Gebet von Dietrich Bonhoeffer)

Unwillkürlich geht ihr Blick nach oben. Sie spürt plötzlich den ungewohnten Drang, sich zu bekreuzigen.

Widersteht ihm, wenn auch leicht verwundert.

Etwas verlegen nickt sie dem Gekreuzigten zu. Dann liest sie das Kärtchen noch einmal durch. Steckt es in ihre Tasche und geht nachdenklich wieder hinaus.

17:01 Uhr.

Missmutig tigert Stellmacher im Hotelzimmer auf und ab. Gelangweilt-verdrossenes Schattenboxen, ein paar Rechts-links-Kombinationen, Double-Jabs, ein Aufwärtshaken.

Zeit totschlagen heißt die Devise. Nur nichts mehr riskieren auf den letzten Metern. Schön in der Deckung bleiben, die Kohle nicht aus den Augen lassen.

»Tschaa!« Ein finaler Uppercut.

Er bläst wie ein Blauwal, als er sich in den Sessel plumpsen lässt.

Fünf Uhr. Genau die richtige Zeit, um sich endlich bei Schefczik zu melden. Bevor der Herr aus Kitzbühel zu Tisch geht oder in der Maske sitzt.

Er hasst es, breitfingerig auf einem schmalen Handy herumzutippen. Aber hier schaut ihm keiner dabei zu, er hat alle Zeit der Welt. Konzentriert beginnt er zu texten.

»Wiener Sache erledigt. Abholung Prämie morgen, 13:00. Location kurzfristig. Neu! Steiner = geb. Borkow = adoptiert aus Rottenbach 1990!«

19:10 Uhr.

Ein Teller Spargelcremesuppe, etwas Weißbrot. »Hannahs Henkersmahlzeit« haben sie es beim NDR anfangs spöttisch genannt. Ihre leichte letzte Mahlzeit vor einer Abendsendung.

Bedächtig wischt sie mit dem Weißbrot ihre Terrine aus. Ein Ritual aus Kindertagen, das sie gern fortführt, wenn sie, wie jetzt in ihrer Garderobe, allein und ungestört ist. Rundherum ausgebreitet liegen ihre orangefarbenen Moderationskärtchen.

Und die gelbe Stichwortkarte: Coming-out.

Aber es muss ohne Beweise laufen. Ohne Rottenbach-Anklage. Börnssens Warnung in den Wind zu schlagen könnte teuer werden. Ein derartiger Triumph wäre das Letzte, was man dem Stasischwein gönnen sollte.

Bleib cool, ermahnt sie sich.

Zum x-ten Mal in den letzten Stunden.

Bleib bei Schefczik knallhart am Thema, blende die Person völlig aus. Mach genau das, was in der normalen Talkshow nicht passieren darf. Hier ist es kein Anfängerfehler, hier ist es allerhöchste Professionalität.

Sei Hannah, nicht Jana.

Dann wird auch der Punkt kommen im Interview, an dem ich mich gefahrlos outen kann.

Neunzehn Uhr dreizehn, alles im Plan. Gleich umziehen, dann Maske.

Sie steht auf, geht an das kleine Waschbecken und schraubt die Zahnpastatube auf. Sorgfältig drapiert sie einen extralangen, doppelten Strang auf eine nagelneue Zahnbürste.

Das XXL-Zähneputzen vor der Sendung. Ein weiteres, unverzichtbares Ritual für sie. Das befreiende Gefühl einer alles andere überstrahlenden, beißenden Frische im Mund – Power! Power, die süchtig macht. Für kurze Breaks während der Show, hinter den Kulissen, hat sie ein kleines Atemspray dabei.

Den Kopf in den Nacken gelegt, gurgelt sie hingebungsvoll mit einer Überdosis Odol. So lange, bis sie sich fast daran verschluckt.

Es klopft an ihrer Tür. Die Stylistin. »Frau Steiner? Kann ich schon rein?«

19:47 Uhr.

»Fertig, Herr Schefczik. Ein perfektes HD-Make-up, hält bis zu fünfzehn Stunden«, haucht die kleine Chinesin.

Oder Japanerin. Oder Thai. Völlig schnurz. Zum Vernaschen süß jedenfalls.

»Sehen wir uns bei der After-Show-Party?«

Sie winkt ab. »Danke, alles Gute für Sie.« Und entschwebt mit feinem, unergründlichem Lächeln.

Bedauernd blickt er ihr nach.

Dann erst kontrolliert er sich im Spiegel.

Seltsam pfirsichfarben. Wer möchte schon fünfzehn Stunden so herumlaufen?

Er betastet noch einmal kurz den perfekt gebundenen Krawattenknoten, dann kehrt er seinem Spiegelbild den Rücken zu.

Eine gute Stunde noch. Gegen zwanzig Uhr fünfundvierzig wird er laut Ablaufregie die Bühne betreten.

Als einziger Zeitzeuge der damals offiziellen DDR-Seite. Unangekündigt, wie ein Überraschungsgast, »um etwaige unliebsame Proteste oder Störaktionen schon im Vorfeld möglichst zu vermeiden«. So hat es ihm die zuständige Redakteurin zu erklären versucht.

Weicheier. Gibt schließlich nichts, wofür er sich schämen oder hier zu Kreuze kriechen müsste.

Mein Smartphone, fällt ihm ein. Seit heute Nachmittag nicht mehr kontrolliert. Noch mal draufschauen, bevor ich's wegschließe.

Unbekannte Nummer. Kann doch nur Clavius sein.

Nein, Stellmacher ist es.

»Wiener Sache erledigt. Abholung Prämie morgen, 13:00. Location kurzfristig. Neu! Steiner = geb. Borkow = adoptiert aus Rottenbach 1990!«

Wie paralysiert starrt er auf das Display. Liest die Nachricht ein zweites, drittes, viertes Mal.

»Das kann nicht sein«, flüstert er heiser, »das glaubst du doch selbst nicht! Was hast du bloß für einen beschissenen Humor!«

Er drückt auf Anrufen, lauscht mit pochendem Herzen dem Wählton.

Dem Wählton.

Dem Wählton.

»Scheiße, Stellmacher, geh endlich ran!«

Dem Wählton.

»Ihr Gesprächspartner ist zurzeit leider nicht erreichbar. Bitte hinterlassen Sie eine Nachricht nach dem Signalton.«

»Ruf mich sofort zurück, nein, schreib mir auf der Stelle, dass das ein Witz ist! Du Arschloch!«

Schwer atmend lässt er sein Handy sinken. Glotzt reglos vor sich hin. Endlich dreht er sich um und zieht unter dem Schminktisch einen kleinen Aktenkoffer hervor. Er stellt den Zahlencode ein, die Schnappschlösser springen auf.

Ein dunkelbrauner Leder-Flachmann.

Mit zitternden Fingern schraubt er auf und setzt ihn an. Würzige Wärme breitet sich sofort aus.

Johnnie Walker, du bist mein bester Freund.

Scheißlied. Muss wieder klar denken. Mich ganz auf die Fakten konzentrieren.

Ich war nicht im Haus! Konnte gar nicht ahnen, dass drinnen was aus dem Ruder läuft! Nein, halt, noch besser: Ich kann mich überhaupt nicht erinnern, ob ich jemals in Rottenbach war! Zigtausend Kilometer heruntergerissen, erst für die KoKo, dann für Fini, schließlich für mein Geschäft!

Noch ein großer Schluck.

Die Tussi hat nichts in der Hand. Kann sie gar nicht haben, nicht gegen mich. Es gibt nichts juristisch Verwertbares, rein gar nichts. Sie kann lästern, sticheln, provozieren, meinetwegen. Mehr nicht. Ich mach den Gysi. Und Akquise, dank eurer Gratis-Werbezeit.

Gysi und Akquisi ... Prost!

20:47 Uhr.

Es läuft wie am Schnürchen.

Ihr Last-Minute-Lampenfieber löst sich wie immer mit dem Begrüßungsapplaus; der nervöse Tunnelblick weicht wohltuend klarer Fokussierung. Ruhige, sichere Stimme, kein Stocken, kein Verhaspler. Souveräne Live-Routinen greifen.

Ob dreihundert in einer Halle oder dreißig Millionen bei der

TV-Show, für die Moderation selbst macht es keinen Unterschied.

Hannah registriert hochgereckte Daumen, hinter der Kamera und in den Kulissen. Gerade sind die für jeden Rückblick obligatorischen Prager Botschaftsflüchtlinge mit Beifall verabschiedet worden; ein etwas geschwätziges Ehepaar diesmal, das seit einigen Jahren wieder in Dresden wohnt.

Jetzt kommt er.

Unscheinbar tritt er aus den Kulissen, während auf Videowand und Millionen TV-Geräten sein Einspieler läuft.

»Klaus Schefczik. Heute ein erfolgreicher Immobilienmakler und Finanzberater im österreichischen Kitzbühel ...«

Er kommt auf sie zu.

Gedrungen, leichte Plauze, das schüttere Haar ist blond gefärbt.

»... enger Mitarbeiter von Alexander Schalck-Golodkowski, dem Leiter der Abteilung Kommerzielle Koordinierung, kurz KoKo ...«

Weiße Jacketkronen. Schmieriges Verkäuferlächeln. »... Dunstkreis der SED-Spitze und des Ministeriums für Staatssicherheit ...«

Der Händedruck.

Widerlich warm und selbstsicher.

»Hallo, Frau Steiner.«

Stumm zeigt sie ihm seinen Platz auf dem roten Sofa.

»... DDR-Insider und Zeitzeuge Klaus Schefczik!«

Mäßiger Applaus nur, ein paar schüchterne Pfiffe.

Gott sei Dank.

»Ja, Herr Schefczik, schön, dass Sie heute bei uns sind. Wie sieht Ihr persönlicher Rückblick aus, wie haben Sie die Tage damals in Erinnerung?«

»Nun, was mir am meisten in Erinnerung geblieben ist, das waren damals Tage, Wochen und Monate mit einer ungeheuren Eigendynamik. Da ist etwas ins Rollen gekommen, immer größer, immer schneller, das einfach niemand mehr aufhalten konnte ... und auch gar nicht mehr aufhalten wollte«, beeilt er sich hinzuzufügen.

»Wie bewerten Sie das aus heutiger Sicht? Damals waren Sie ja sicher linientreu gegen eine Grenzöffnung und Wiedervereinigung. Heute sind Sie erfolgreicher Geschäftsmann.«

»Ja, also Letzteres will ich gar nicht abstreiten, Frau Steiner«, er lächelt geschmeichelt, »jeder, der heute ein schönes Häuschen in Tirol sucht, der landet fast automatisch bei Schefczik Kitzbühel. Aber zu Ihrem Vorwurf ›linientreu‹«, er wiegt seinen Kopf, gespielt nachdenklich, »machen wir es uns mit diesen alten Schwarz-Weiß-Schubladen nicht zu einfach? Ist das Leben nicht viel öfter eine einzige Grauzone? Schauen Sie, Frau Steiner«, er lehnt sich zurück, bringt seine Hände ins Spiel, scheint sich zu entspannen, »natürlich hatten wir in der DDR, trotz aller Anstrengungen, nicht annähernd den Wohlstand des Westens. Aber vergessen Sie nicht, wir hatten auch nie diese extremen Ausschläge nach unten und oben. Keine Superreichen. Aber auch keine Tafeln. In der DDR musste niemand unter der Brücke schlafen.«

»War die Wiedervereinigung also aus Ihrer Sicht falsch?«

Schefczik verzieht das Gesicht. »Ich bitte Sie, das wird niemand ernsthaft behaupten wollen. Ich frage mich nur, ob diese Euphorie '89/'90 nicht völlig überzogen war. Denn am Ende sind doch viele, sehr viele vom Regen in die Traufe geraten. Vom Regen der gefühlten Armut im Osten in die Traufe des sozialen Absturzes im Westen.« Zufrieden greift er nach seinem Glas.

»Was man von Ihnen nun nicht gerade behaupten kann. Sie genossen schon in der DDR Privilegien. Wie war das unter Schalck-Golodkowski? Die KoKo suchte bekanntlich aus allem Kapital zu schlagen, von importiertem Giftmüll aus dem Westen über beschlagnahmte Kunst und Antiquitäten bis hin zu internationalem Waffenhandel.«

»Oh, oh, oh«, er wehrt theatralisch ab, »ich bitte Sie, liebe Frau Steiner! So verkürzt und zugespitzt, das klingt ja fast schon mafiös ...«

»War es das nicht?«

»... dabei waren das doch ganz legale internationale Handelsgeschäfte. Auch in der KoKo waren doch, wie in allen Betrieben, ganz normale Menschen am Werk. Die, im guten Glauben, mit ehrlicher harter Arbeit ihren ganz persönlichen Beitrag leisten wollten. Für das Gemeinwohl. Denn der Auftrag der KoKo war nun mal, Devisen zu erwirtschaften, auf die der Staat, also wir alle, dringend angewiesen waren ...«

»Selbst wenn es Häftlinge waren, die man in den Westen verkaufen konnte?«

»Ja, natürlich, so anrüchig das im ersten Moment klingen mag, aber im Kern, Frau Steiner, im Kern war das doch eine klassische Win-win-Situation. Die BRD möchte einen inhaftierten Menschen übersiedeln lassen, sie macht ein Angebot, das die DDR annimmt, der Betroffene kommt frei, alle sind zufrieden!«

»Lassen wir diese Bewertung ruhig mal so stehen im Moment, da werden sich viele ihren eigenen Reim drauf machen. War die DDR ein Unrechtsstaat, Herr Schefczik?«

Er stockt kurz. »Das ... also nein, das wäre mir wirklich zu billig, zu pauschal! Wieder nur schwarz-weiß. Alle in einen Sack und kräftig drauf, das kann es doch nicht sein. Natürlich, Ausnahmen gibt es immer. Aber es bleiben doch letztlich Einzelfälle, verschmerzbare Einzelfälle. Dafür können Sie doch unmöglich alle Ostdeutschen unter Generalverdacht stellen. Oder«, er beugt sich leicht vor, er versteigt sich allen Ernstes zu einem listigen Augenzwinkern, »oder, mit Verlaub, liebe Frau Steiner, haben Sie am Ende vielleicht ein bisschen was gegen uns Ossis?«

Die Zeit hält den Atem an.

Das Hannah-Steiner-Lächeln.

Es gefriert.

Zu ewigem Eis.

»Natürlich nicht.«

22:49 Uhr.

Hannah sitzt still in ihrer Garderobe, vor sich eine Flasche Lebensstern Dry Gin und ein halb volles Glas.

Ganz kurz nur hat sie sich auf der After-Show-Party blicken lassen. Sie kann sie nicht ertragen.

Nicht heute. Nicht am 3. Oktober.

All die völlig überdrehten, scheinheiligen Schulterklopferinnen und Umarmer; ganz gleich, ob Weiblein oder Männlein. »Suuper, einfach suuuupi, Hannah!« – »Sooo toll, ich freu mich soooo sehr für dich!« – »Du bist und bleibst die Beste, Hannah!«

Als dann noch Schefczik und Anki um die Ecke kamen, hat sie spontan den polnischen Abgang gewählt. Die Ginflasche war nicht geplant, sie stand einfach günstig.

Gedankenverloren dreht sie an ihrer rechten Hand den Friedenstaubenring, den sie eigens zur Show heute angelegt hat. Zwei, drei Großaufnahmen davon während der Sendung waren abgesprochen.

Nein, ich war nicht wirklich gut heute. Vielleicht für Außenstehende. Aber das reicht nicht. Ich habe meinen eigenen Ansprüchen nicht genügt.

Am 3. Oktober.

Nach dreißig Jahren.

Ich habe persönlich versagt.

Kein Coming-out gewagt.

Bin nicht mal in die Nähe gekommen.

Warum war ich nicht authentisch, erlaubt es das Format nicht? Erlaubt es der Job nicht mehr? Oder war ich einfach nur zu feige?

Ich konnte ihn nicht stellen. Ich war ihm nicht gewachsen. All seinen Verdrehungen, Verharmlosungen, Unwahrheiten.

Ich war schlecht.

Und wenn ich nur ein bisschen mehr hier trinke, wird mir noch ganz anders schlecht. Richtig schlecht.

»Der charakteristisch sanfte Wacholderton wird vom Duft frischer Holunderblüten bereichert und mit Kräutern der alpinen Bergregion versehen. Österreicher verstehen sich auf das Brennen von hochprozentigen, klaren Spirituosen. Lebensstern Dry Gin wird als offizieller Gin bei Staatsempfängen auf Schloss Bellevue gereicht. Ein Edel-Destillat, das Berliner Großstadt-Lebensgefühl und echte österreichische Brennkunst aufs Vortrefflichste vereint.«

Mein Österreicher liegt vielleicht schon im Sterben.

Alles, was mir von ihm bleibt, trag ich seit gestern Nacht in meiner Tasche mit herum.

Seine alte Pistole, ausgerechnet.

IANSA-Preisträgerin Hannah Steiner spielt mit einer Faustfeuerwaffe. Mit der schon mal jemand getötet wurde. Was wär das für ein Foto.

Völlig crazy.

Sie wirft die Pistole angewidert in die Tasche zurück. Trinkt einen Schluck.

Und auf diesem Briefblock werde ich jetzt meine Kündigung aufsetzen. Ab nach Genf.

Es klopft.

Bevor sie reagieren kann, geht auch schon die Tür auf.

Klaus Schefczik.

Gerötete Wangen, ein breites Grinsen auf dem Gesicht. In der Hand ein Whiskyglas.

»Hier stecken Se, tatsächlich! Alle feiern, alle Welt fragt nach Ihnen!«

»Hauen Sie ab«, schleudert sie ihm entgegen, »hauen Sie sofort ab!«

»Hehehe«, meckert Schefczik, ganz offensichtlich angeheitert. »Ham Se vorhin schon probiert, mich in eine Ecke zu drängen. Ham Se nicht geschafft! Aber was ich sagen wollte, ich wollte mich nur noch kurz persönlich bei Ihnen bedanken.«

»Be-dan-ken?«, zischt sie.

»Ja, bedanken! Muss ein klasse Einspieler gewesen sein. Der Makler aus Kitzbühel, Berge und blauer Himmel, ich habe in zwei Stunden hundertfünfzig Anfragen bekommen, tausendachthundert Zugriffe auf meiner Website, allerbeste Werbung war das heute für mich, hehehe!«

Hannah umklammert ihre Tasche, wie ein Schutzschild vor ihrem Körper. »Gehen Sie. Gehen Sie einfach raus da und machen Sie die Tür hinter sich zu. Ich bring Sie vor Gericht, Schefczik, das schwör ich Ihnen! Mord oder Beihilfe zum Mord, suchen Sie sich was aus!«

Sein Grinsen gerinnt. »Was wolln Se mir da in die Schuhe schieben? Ich habe niemandem ein Haar gekrümmt, niemals!« Er bekommt Schluckauf. »Was da in Rottenbach im Haus passiert ist, weiß ich nicht. Ich war an diesem Tag überhaupt nicht drin. Ist mir auch völlig egal. Kollateralschäden, ich sag's immer wieder. Alles nur Kollateralschäden. Selbst verschuldete noch dazu.« Er kommt immer näher, sie sieht die großporige Haut in seinem abgeschminkten Gesicht.

»Hauen Sie endlich ab, Schefczik!«

Er hebt den Finger.

»Apropos! Rottenbach ... Hier, Kindchen.« Er zieht etwas aus seiner Tasche und legt es ihr auf den Tisch.

Ein abgewetztes Plüschtier.

»Zur Versöhnung, ein kleines persönliches Mitbringsel, aus den Wirren der Wiedervereinigung ... Parallelen zu unseren beiden deutschen Staaten sind rein zufällig! Auch von dem Ding hier gab's, glaub ich, mal zwei, richtig, Frau Steiner ...?«

Ein gelbes Schnatterinchen.

Mein Schnatterinchen.

Draußen krachen Böllerschüsse. Sie riecht seine Alkoholfahne, ihre Finger fahren zitternd in die Tasche, es klickt, als ihr Ring gegen kühles Metall stößt, sofort packt sie zu, hält sich daran fest, umklammert es ...

»... stimmt's, oder hab ich recht ...«, er will sie anfassen, will ihr übers Haar streichen, »... Steinerchen?« Ihr Finger krümmt sich vor Ekel.

Die Patrone ist nicht größer als eine Büroklammer, nicht schwerer als zwei Gummibärchen.

Aber achthundertachtundzwanzig Stundenkilometer schnell.

Mit zweihundertdreißig Metern pro Sekunde rast sie aus dem Lauf, durchschlägt die Ledertasche.

Bis der Knall in sein Bewusstsein dringt, reißt ihm das hundert Grad heiße Metallstück bereits die Haut auf. Zerfetzt Sehnen, Muskeln, Fettgewebe, zersplittert sein Brustbein und bohrt sich tief in seine linke Herzkammer.

Sofort ergießt sich Blut in seinen Herzbeutel, beginnt sich dort zu stauen.

Heißer, entsetzlich heißer Schmerz, rasend schnell überlagert vom tonnenschweren Druck in seiner Brust, von der riesigen stählernen Faust, die plötzlich sein Herz umklammert, die es grausam zusammenpresst, immer fester, die es schier herausreißen will.

Er kann nicht mehr atmen, er bekommt überhaupt keine Luft mehr.

Nur noch grauenvoll lähmende Todesangst.

Als er endlich auf dem Boden aufschlägt, stirbt er.

»Borkow«, flüstert sie, »nicht Steinerchen. Ich heiße Jana Borkow.«

Draußen, über der Reichstagskuppel und über dem Brandenburger Tor, zerplatzen die Lichter des riesigen Abschlussfeuerwerks in unsterblich schönen Farben.

Deutschland ist dreißig.

52

Berlin
Eintrag im POLIKS (Polizeiliches Landessystem zur Information, Kommunikation und Sachbearbeitung)

Sonntag, 4. Oktober
15:59, VN 041020/427
Steglitz-Zehlendorf: offensichtlich angetrunkene Person auf A115 Ri. Funkturm, Höhe Spinner-Brücke, Ausfahrt Spanische Allee (anonymer Melder).
16:00, VN 041020/428
VUPS, Verkehrsunfall mit Personenschaden auf A115 Ri. Funkturm, Höhe Spinner-Brücke, kurz nach Ausfahrt Spanische Allee (Anruf UB, unfallbeteiligter Lkw-Fahrer B-ST 1892, MELZER, Dieter, *13.01.1973 Hildesheim.
16:10
VU EX. Notarzt stellt Tod der angefahrenen Person fest. Auffälliger, offenbar frischer, unfachmännischer Einstich in linker Armbeuge. Mitgeführter BPA, Führerschein und AOK-Karte: STELLMACHER, Hans-Joachim, *31.01.1959 Plauen.
16:13
UB MELZER erklärt Einverständnis zu Blutentnahme (BAK-Messung).
16:14
Ein Zeuge vor Ort meldet auffälliges Verhalten des STELLMACHER gegen 15:45 Uhr auf der Spanische-Allee-Brücke (Spinner-Brücke). STELLMACHER soll den Fahrbahnrand entlanggetorkelt sein und laut gesungen haben (»Auf der Autobahn nachts um halb eins, ob du'n Auto hast oder hast keins«).

16:27

Diensthabende Staatsanwältin DR. CRONENBERG, Mareike, ordnet Blutentnahme des Unfalltoten an.

18:53

Labor meldet BAK-Werte: MELZER 0,0 ‰, STELLMACHER 2,2 ‰.

19:01

Nachtrag zu 16:14. Zeugenpersonalie: CLAVIUS, Manfred Horst, *17.05.1955 Wiesbaden. Der Unfalltote STELLMACHER ist dem Zeugen völlig unbekannt.

53

Berlin
Dienstag, 6. Oktober

Neben Rosinskys Krankenbett stapeln sich Tageszeitungen von gestern und heute.

»Mysteriöser Todesfall nach TV-Show«.

»Mord nach TV-Show! Was geschah in Hannah Steiners Garderobe?«

»TV-Star unter Verdacht! Ex-Stasimann erschossen!«

Er versucht noch, den oben liegenden Titel zu wenden, als sie zur Tür hereinkommt, doch mit seinen Schläuchen und Kanülen an Arm und Bauch ist er zu langsam.

Sie winkt ab, zieht einen Stuhl heran und setzt sich zu ihm ans Bett. »Schön, dass es dir wieder besser geht«, haucht sie, greift nach seiner Hand und küsst ihn sanft auf Stirn und Wangen.

Bleibt mit ihrem Kopf dann stumm auf seiner Schulter liegen. Ihre Haare kitzeln sein Gesicht.

Er riecht ihr Haarspray, ihr dezentes Parfüm. Alles scheint wie immer.

Und ist doch so anders.

Er hört sie leise aufschluchzen an seinem Hals. Ganz kurz nur, keine Tränen. Tröstend streichelt er ihr den Rücken. »Willkommen in der Familie.« Seine Stimme kratzt.

Sie reagiert nicht. Plötzlich kichert sie und muss schließlich sogar lachen. »Danke«, sagt sie und wischt sich jetzt doch kurz über die Augen. »Das tut mir gut. Nicht diese scheinheiligen Betroffenheitsrituale. Von Leuten, denen dabei selbst die Sensationsgier aus den Augen tropft.«

»Versteh ich. Bin selbst Journalist«, grinst er. »Was haben deine Anwälte jetzt gesagt?«

Ihr Lächeln erstirbt. »Vermutlich Totschlag im Affekt.«

»Heißt?«

»Ein bis zehn Jahre«, sagt sie leise.

»Niemals! Und wenn du nicht mehr als zwei Jahre kriegst ...«

»... gibt's normalerweise Bewährung, ich weiß.« Sie schluckt. »Aber dazu muss ich das Gericht erst überzeugen von der extremen psychischen Belastung, vom Druck, von der ganzen Vorgeschichte in den letzten Wochen.«

Er nickt nachdenklich. »Du, das wird automatisch ein sensationelles, ein gigantisches Coming-out. Deine ureigene Story, von Rottenbach bis zum Reichstag! Sie wird während des Prozesses auf allen Kanälen laufen, sämtliche Medien beherrschen.«

Ungläubig mustert sie ihn. »Meinst du?«

»Ja, natürlich«, er versucht, sich aufzurichten, seine Wangen sind leicht gerötet, »du kennst diese Mechanismen, die arbeiten zwangsläufig für dich! Die öffentliche Meinung kann nur auf deiner Seite stehen!«

»Aber der Richter ...«

»Ach, der Richter«, ärgerlich winkt er ab, »ist auch nur ein Mensch. Der wird sich dem auch nicht entziehen können. Den spricht seine Frau drauf an; beim Frühstück, beim Abendessen. Und er muss auch juristisch bewerten, dass du als Waffenhasserin selbst zur Waffe gegriffen hast. Allein das beweist doch schon deinen extremstmöglichen psychischen Druck! Dazu noch der Alkohol!« Schwer atmend lässt er sich wieder zurück auf sein Kissen plumpsen.

Sie schmiegt sich wieder an ihn. »Du bist lieb. Aber das bleibt trotzdem erst mal Wunschdenken.«

Er antwortet nicht. Stumm streicht er ihr übers Haar. »Wunschdenken?«

»Wie dein Traum vom großen Scoop.«

»Der große Scoop heißt Hannah, nicht Fini! Au! An der Steindling werd ich trotzdem immer irgendwie dranbleiben. Aber wie geht's bei dir im Sender weiter?«

»Erst mal unverändert. Hängt wohl davon ab, wie sich die öffentliche Meinung entwickelt. Ob Druck gegen mich aufgebaut wird. Reimers sagt, für ihn greift erst mal die Unschuldsvermutung.« Sie schlägt seine Bettdecke zurück. »Mach dir nicht so viel Gedanken über mich. Das hier ist viel wichtiger.« Ihre warmen Finger berühren seinen Bauch. Beschreiben sanft einen Kreis um die Wundauflage. »Auch hier. Wächst zusammen, was zusammengehört.«

»Nein.«

Erstaunt sieht sie auf. »Was, wieso denn nicht?«

»Von selbst wächst gar nichts zusammen. Es verkrustet nur. Vernarbt. Verhärtet immer mehr.«

»Nur wenn wir nichts dafür tun …«

»… wenn wir es nicht aktiv pflegen …«

»… geduldig und liebevoll …«

»… ja, wir müssen eben …«

»… mehr Liebe wagen!«

»Küss mich, *Jana*.«

Epilog

Angesichts zerbrochener und zerstörter Lebensläufe anderer, also angesichts der verhinderten Identität anderer, muss das Ideal einer vollständigen und gelingenden Ich-Identität befremdlich klingen. Es wäre nur um den Preis des Verdrängens und der Verhärtung gegenüber anderen denkbar … In jeder Begegnung mit anderen wird unsere Identität neu herausgefordert.

Henning Luther

Die Vergangenheit ist ein toller Ort. Ich will sie nicht vergessen oder bereuen. Aber ich will auch nicht ihr Gefangener sein.

Mick Jagger

ENDE

Soundtrack

Songs, die die Entwicklung des Romans (2017–2019) begleiteten:

ALIOTTA HAYNES JEREMIAH – Lake Shore Drive
BOB DYLAN – Positively 4th Street
BOB SEGER – Till It Shines
VELVET UNDERGROUND – Sunday Morning
THE CURE – Friday I'm in Love
NEIL DIAMOND – Do It
BURT BACHARACH – Don't Go Breaking My Heart
BOB DYLAN – Changing of the Guards
E. POWER BIGGS – Wachet auf, ruft uns die Stimme (BWV 645)
BOB SEGER – Night Moves
FADOUL – Bsslama Hbibti
DEMIS ROUSSOS – Schönes Mädchen aus Arcadia
NICO – Das Lied der Deutschen
CROCODILE HARRIS – Give Me the Good News
VAMPIRE WEEKEND – Hannah Hunt

(Spotify: »Soundtrack Oktobernacht. EMONS-Krimi.«)

Fakten, Hintergründe, Inspirationen

... verdanke ich insbesondere:

der/dem Bundesbeauftragten für die Unterlagen des Staatssicherheitsdienstes der ehemaligen Deutschen Demokratischen Republik, Karl-Liebknecht-Straße 31/33, 10178 Berlin

Reinhard Buthmann, Die Arbeitsgruppe Bereich Kommerzielle Koordinierung, MfS-Handbuch, Teil III/11, Berlin 2004

der Bundeszentrale für politische Bildung und Robert-Havemann-Gesellschaft e. V. (Hrsg.), Demonstrationen am 7. und 8. Oktober 1989 in Berlin
www.jugendopposition.de/145462

rbb Rundfunk Berlin-Brandenburg, Rückblick: Mein 7. Oktober 1989
https://www.rbb-online.de/klartext/ueber_den_tag_hinaus/diktaturen/rueckblick__mein_7.html

Georg Bönisch, 21 Tonnen Gold im Keller – Alexander Schalck-Golodkowskis Geheimimperium KoKo, SPIEGEL 48/1999
https://www.spiegel.de/spiegel/print/d-15158107.html

Deutschlandradio Kultur, Länderreport, »Kennt wohl jeder: Schalck-Golodkowski – Ein Mann und die besonderen Beziehungen zwischen Bayern und der DDR«
http://www.deutschlandfunkkultur.de/manuskript-alexander-schalck-golodkowski-pdf.media.f9032563b6e4232cdcbbc94470378a3b.pdf

Matthias Judt, Ein kommunistischer Kapitalist. Zum Tode von Alexander Schalck-Golodkowski, 2015
http://www.bpb.de/geschichte/zeitgeschichte/deutschland-archiv/209006/ein-kommunistischer-kapitalist-zum-tode-von-alexander-schalck-golodkowski

Sven Felix Kellerhoff, Wer schützt Honeckers Devisenbeschaffer?, Die WELT, 2012
https://www.welt.de/kultur/history/article107704935/Wer-schuetzt-Honeckers-Devisenbeschaffer.html

Klaus Marxen und Gerhard Werle, Strafjustiz und DDR-Unrecht: Amtsmissbrauch und Korruption, Berlin/New York 2000

Michael Nikbaksh, Geschäftsfrau Rudolfine Steindling ließ 130 Millionen Euro spurlos verschwinden, 2010
https://www.profil.at/home/geschaeftsfrau-rudolfine-steindling-130-millionen-euro-verschwinden-266160

Hans Werner Scheidl, Frau »Fini« und ihre KPÖ-Millionen, 2012
https://diepresse.com/home/zeitgeschichte/1311087/Frau-Fini-und-ihre-KPOeMillionen

Florian Horcicka, Die Millionen der Roten Fini, 2012
https://www.trend.at/wirtschaft/business/die-millionen-fini-345593

Judith Kessler, Jüdische Emigration aus der ehemaligen Sowjetunion seit 1990, 2003
http://www.berlin-judentum.de/gemeinde/migration-1.htm

Justinian Jampol (Hrsg.), Das DDR-Handbuch, Köln 2017

TV-Programm DDR 2 von Samstag, 7. Oktober 1989
http://retro-media-tv.de/tvp/80/1989/19891007.htm

Frank Pelny, Gjogsul – Militärischer Nahkampf in der NVA, BoD 2005

Dirk Waltmann, Tipps zur ersten Gamsjagd, in: https://wildundhund.de/gamsjagd-in-europa/

Dieter Geuß, IT-Experte, für technischen Support

Café M (Coburg), Refugium für inspirierende Schreib- und Mittagspausen

Café Feiler am Theaterplatz (Coburg) und dem allmorgendlichen »Zeitung-mit-Espresso«-Ritual

meiner Lektorin Dr. Marion Heister, Korrektor Lorenz Knieriem sowie Dr. Christel Steinmetz, Hannah Naumann, Nina Schäfer, Sophie Olk, Daria Gaberdan, Dominic Hettgen und Mike Stirnagel vom Kölner Emons Verlag – danke für Ihre geduldige und professionelle Unterstützung

»Mafia-Gitarrist« Franco Corleone aka Franz Wachter, exzellenter musikalischer Begleiter meiner Krimi-Lesungen

Anne Will lehnte ein Interview leider ab.

Volker Backert
TODESFESSEL
Broschur, 208 Seiten
ISBN 978-3-95451-019-1

»Eine atemlose Jagd in menschliche Abgründe. Ein furioser und dunkler Frankenkrimi.« BR Franken

VOLKER BACKERT
Hardrock
FRANKEN KRIMI
emons:

Volker Backert

RHEIN-MAIN-BESTIE

Broschur, 208 Seiten

ISBN 978-3-7408-0161-8

»Ein rasanter und sehr aktueller Regionalkrimi!« Bayern im Buch

»Backerts Geschichten sollen nach eigenen Worten ›härter, schwärzer, schneller‹ sein. Und ›aktueller‹ könnte man auf jeden Fall noch hinzufügen. Denn erschreckend aktuell ist das, was Backert in seinem Krimi beschreibt. An manchen Stellen hat die Wirklichkeit seine fiktive Geschichte sogar schon eingeholt.« Bayerischer Rundfunk